KB008897

사표
내겠습니다

2   이현성 장편소설

달

사표 내겠습니다 2

초판 1쇄 인쇄 2020년 1월 9일
초판 1쇄 발행 2020년 1월 23일

지은이 이헌성
발행인 오영배
편집 편집부
표지 · 본문 디자인 오정인
제작 조하늬

펴낸곳 (주)삼양출판사 · 단글
주소 서울시 강북구 도봉로 173
대표 전화 02-980-2112 / **팩스** 02-983-0660
편집부 전화 02-987-9393 / **팩스** 02-980-2115
블로그 blog.naver.com/dan_gul
출판등록 1999년 3월 11일 제9-00046호

ISBN 979-11-283-9830-8 (04810) / 979-11-283-9828-5 (세트)

+ (주)삼양출판사 · 단글의 서면 허락 없이는 어떠한 형태나 수단으로도 이 책의 내용을 이용하지 못합니다.
+ 지은이와 협의하에 인지는 생략합니다. 잘못된 책은 구입한 곳에서 바꾸어 드립니다.
+ 이 도서의 국립중앙도서관 출판시도서목록(CIP)은 서지정보유통지원시스템홈페이지(http://seoji.nl.go.kr)와
  국가자료종합목록 구축시스템(http://kolis-net.nl.go.kr)에서 이용하실 수 있습니다. (CIP제어번호 : 2020000181)

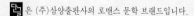 은 (주)삼양출판사의 로맨스 문학 브랜드입니다.

사표 내겠습니다

2

이현성 장편소설

단글

목차

4장. 널 유혹하는 거야

이번에 두엔에서 밀어주는 드라마 촬영 현장에 나가 홍보 영상을 따 와야 하는 일이 있었다.

제작팀의 몇 명과 홍보팀의 몇 명이 가기로 했는데, 슬희는 지원하지 않았다.

1박, 어쩌면 2박까지도 해야 하는데 슬희는 집에 돌아가 번역 일을 해야 했기 때문이다.

그런데 이게 웬일인지, 오늘 아침 출근했더니 지원자였던 재현 대신 슬희의 이름이 들어가 있었다.

"대표님이 자기한테 기회를 많이 주고 싶은가 보다."

지수가 말했다.

"윽. 내가 가고 싶었는데. 부럽다, 이슬희. 나, 최영빈한테 사인 받아다 줘."

최영빈은 이번 드라마의 남자 주인공으로, 요새 '국민 동생'이라는 소리를 듣는 배우였다.

최영빈을 실제로 보고 싶긴 했지만 슬희는 떨떠름한 기분을 감출 수가 없었다.

'민창현, 도대체 무슨 생각이지?'

* * *

태윤은 세영에게 받은 흥신소에 연락을 해 슬희의 뒷조사를 맡겼다. 남의 뒷조사를 해 보는 건 처음이었다.

슬희에게 과연 어떤 비밀이 있을지 궁금했다.

'이제 애리 언니 차례인가?'

애리에게 전화를 걸어야 할지 문자를 보내야 할지 고민을 하고 있는데, 휴대폰이 울렸다.

우현에게서 온 전화였다.

"뭐니?"

[드라마 로케. 누나가 한 짓이야?]

"응? 드라마 로케?"

[이슬희가 드라마 로케 가게 된 거, 누나가 한 거냐고.]

"왜 내가 했을 거라고 생각해?"

[형이 나랑 이슬희를 같이 보낼 리는 없으니까.]

"창현이가 아직 이슬희를 그 정도로 좋아하는 건 아니거든?"

잠시 말이 없었다.

전화가 끊긴 줄 알고 확인해 봤지만, 여전히 연결 중이었다.

[누나. 누나 마음이 급한 건 알겠는데 섣불리 행동하지 마. 누나가 한 행동 때문에 나까지 덤터기 쓰고 싶진 않아.]

"손을 잡자고 한 건 너거든?"

[그 손, 이제 그만 놓고 싶을 지경이야. 이 일은 정말 멍청했어. 형이 모를 거라고 생각해?]

"어차피 창현이 귀에 들어가는 보고는 나를 거쳐야 돼. 그런 건 신경 쓰지 말고 넌 가서 이슬희나 잘 꼬셔 봐. 너랑 손잡은 거, 후회하게 만들지 마."

[누가 할 말을.]

태윤은 신경질적으로 전화를 끊었다.

거의 내놓은 자식이나 다름없는 우현이 자신을 꾸짖는 이 상황이 마음에 들지 않았다.

이건 다 이슬희 때문이다.

그 여자가 내 인생에 들어오면서부터 뭔가 변해 가기 시작한다.

슬희가 나타나기 전까지 태윤은 우아하고 어른스럽고 성숙한 미인 비서였다.

그런데 지금은 질투에 휩싸여 멍청한 짓을 하는 여자 취급을 받고 있다.

이건 전부 이슬희 때문이다.

이슬희가 눈앞에서 사라졌으면 좋겠다.

　　　　　*　　　*　　　*

　"우와, 누나. 그럼 진짜 연예인들 보러 가는 거야?"

　집에서 저녁을 먹으며 1박으로 드라마 촬영 현장에 가게 됐다고 했더니, 동생인 정우가 눈을 빛냈다.

　항상 듣는 '누나'라는 호칭에 심장이 덜컥 내려앉은 이유는, 며칠 전 진지한 눈으로 '누나'라고 말하던 우헌 때문이었다.

　지금껏 '누나'는 슬희의 또 다른 이름 같은 것이었는데, 우헌 때문에 그 의미가 달라졌다.

　그렇다고 동생한테 '누나라고 부르지 마.'라는 말을 할 수도 없어서, 슬희는 그냥 고개만 끄덕였다.

　"대박. 우리 누나 진짜 잘나가네."

　"내가 연예인이 된 것도 아닌데, 뭘. 너도 누구 사인 받아다 줄까?"

　"누구누구 나오는 건데?"

　슬희는 이제 질릴 정도로 들은 출연자들의 이름을 읊었다.

　"오, 백상희. 백상희 사인 받아다 줘."

　"알겠어. 노력해 볼게."

　드라마 촬영 현장에 가 보는 건 처음이라서, 어떤 분위기일지 짐작도 되지 않았다.

　갑질을 많이 하네, 어쩌네 하는 소리를 심심치 않게 들었기 때문에 조금 걱정이 되기도 했다.

　하지만 슬희는 집에서 그런 티를 내지 않았다.

대표실에 가지 않게 된 지도 거의 일주일이 다 되어간다.

바쁜 건지, 슬희를 피하는 건지, 회사에서는 창현의 얼굴을 볼 수가 없었다.

'원래 그게 기본이겠지. 사실 자기 회사 사장님 얼굴 자주 보면서 다니는 직원이 어디 있겠어. 내가 유독 자주 봤던 거지.'

본사에 근무할 때는, 민호연 회장의 얼굴을 한 번도 보지 못했다.

지금까지도 민 회장의 얼굴을 실제로 본 적은 없다.

'원래 이러기를 바랐는데.'

창현과는 딱 이 정도의 사이이기를 바랐다.

혹여 실수로라도 과거의 일을 꺼내지 않도록.

가끔 회사에서 마주치면 살며시 인사를 하고 지나가는, 딱 이 정도의 사이.

하지만 저도 모르는 새 부푼 마음이 그와 더욱 가까워지기를 원하고 있었나 보다.

슬희는 방에 돌아와 내일 가지고 갈 준비물을 챙긴 후, 책상 앞에 앉았다.

펼쳐 놓은 사전에 창현의 얼굴이 어른거렸다.

'아, 보고 싶다. 민창현.'

* * *

출장 멤버들은 출근 시간보다 한 시간 이른 여덟 시에 회사 앞에서 모였다.

회사에서 준비한 밴에 출장 멤버가 타는 모습을, 창현은 대표실에서 가만히 내려다보고 있었다.

'저기에 왜 슬희가 있지?'

드라마 촬영 현장에 홍보 영상을 따기 위해 출장을 간다는 건 알고 있었다.

누구누구 가게 될지는 본부장의 판단에 맡겼고, 딱히 보고를 들을 필요는 없는 일이라 잊고 있었다.

다만 이상한 점은, 슬희는 입사한 지 고작 한 달이 지났을 뿐이었다.

아무리 직급이 대리라도 이쪽 일에 대해서는 아직 모르는 게 많다.

그런 슬희를, 연예인을 상대해야 하는 출장 멤버에 넣었다는 점이 이상했다.

게다가 출장 멤버에는 우현이 포함되어 있었다.

우현은 이쪽 일을 잘 알 뿐 아니라, 연예인들과도 친분이 있었다.

그러니 우현이 포함된 건 이상한 일이 아니지만…….

'거슬려.'

슬희와 함께라는 게 거슬렸다.

우현이 창현을 찾아와서 했던 말들이 아직도 창현의 머릿속에는 또렷하게 남아 있었다.

마음 같아서는 당장 뛰어 내려가 슬희를 붙잡고 가지 말라고 하고 싶지만, 한 회사의 대표가 되어서 그렇게 감정적으로 움직일 수는 없었다.

'짜증 나.'

창현은 평소에 하지 않는 생각을 하며, 밴이 떠나는 것을 지켜봤다.

＊　　　＊　　　＊

밴의 가장 뒷자리에 우현과 슬희가 나란히 앉았다.

사람들 딴에는 우현과 슬희가 제주도에서 같이 면접 서바이벌을 한 데다가, 그동안 이런저런 사건들이 있었으니 친하게 지내라고 한 자리에 앉힌 것이리라.

하지만 슬희에게는 그들의 배려가 불편하기만 했다.

어쨌든 슬희는 며칠 전 우현의 진지한 고백을 받았고, 그 고백을 매몰차게 거절했다.

내게 딴마음을 품고 있는 사람과 친하게 지낼 수 있을 만큼 넉살이 좋진 않았다.

정작 우현은 그런 일이 없었다는 듯 쾌활하게 행동하고 있었다.

"대구는 엄청 덥겠죠? 여름에는 대구에 가 본 적이 없는데. 얼마나 더울지 기대되네요."

"어마어마할 거예요. 작년 여름에 대구에 친구 만나러 갔다가 죽을 뻔했거든."

앞자리에 앉아 있던, 제작팀의 여직원이 말을 받았다.

"차라리 부산이었으면 좋았을 텐데. 바다도 있고."

"그러게 말이에요. 왜 하필이면 대구람."

"오늘은 백상희 일찍 올까요?"

"다섯 시간은 늦을 거라는 데 내 양말 한 짝 건다!"

"저도요. 다섯 시간 늦는 데 걸래요."

항상 반듯한 이미지의 여배우 백상희는 언제나 지각을 하는 모양이다.

슬희는 우현이 옆에 있다는 것도 잊고 직원들의 이야기를 흥미롭게 들었다.

"이번에는 또 얼마나 지랄 맞게 행동하려나?"

"너무 어릴 때부터 떠서 그래요. 다들 오냐오냐해 주니까 얼마나 기가 살겠어요."

"그래도 어쩌겠어. 백상희가 나와야 드라마가 뜨는데. 로코퀸이잖아."

"그래도 연기력 하나는 좋잖아. 그 지랄을 하다가도 촬영 들어가면 표정이 딱 변하니까."

"맞아요, 맞아요. 저런 사람들이 배우를 하는 거구나, 싶었다니까요."

대구까지 가는 몇 시간 동안, 직원들은 시간 가는 줄을 모르고 배우들을 씹어 댔다.

7월의 대구는 어마어마하게 덥고, 촬영 장소는 더 더웠다.

촬영은 벌써 진행 중이었다.

백상희는 아직 도착하지 않았고, 다른 배우들이 나오는 신을 먼저 촬영하고 있었다.

그중에는 최근에 국민 동생 소리를 듣는 최영빈도 있었다.

실제로 보니 화면보다 더 마르고 얼굴도 작았다.

저 작은 얼굴에 어떻게 눈코입이 다 들어갈 수 있는지 신기할 정도였다.

제작팀도, 홍보팀도 해야 할 일을 찾아 움직이고 있는데, 슬희는 뭘 해야 할지 몰라 어정쩡하게 서 있었다.

"전 뭘 해야 할까요?"

같이 온 홍보팀의 하진에게 물었더니, 하진은 "오늘은 그냥 보고 배우시면 될 거예요."라고만 말하고 바삐 지나갔다.

아는 것도 별로 없는 상태에서 현장에 투입되었으니, 이렇게 일이 흘러갈 것 같다고 예상은 했다.

하지만 정말로 뭘 해야 좋을지도 모르는 상황이 되자, 어색해서 견딜 수가 없었다.

가만히 서 있다 보면, 누군가 툭 치고 지나가며 비키라고 투덜거려서 서 있어야 할 곳조차 알 수가 없었다.

'내가 없어져도 아무도 모르겠네.'

문득 그런 생각이 들었다.

'그럼 그냥 다른 데 가서 아이스크림이나 먹고 올까?'

슬희는 촬영 장소 주위를 둘러봤다.

멀지 않은 곳에 편의점이 있었다.

슬희가 몰래 빠져나가려고 할 때였다.

"거기. 나 레모네이드 좀 사다 줘."

마침 한 신을 끝내고 나온 영빈이 슬희를 멈춰 세웠다.

슬희가 눈을 동그랗게 뜨고 영빈을 올려다봤다.

"저요?"

"응, 레모네이드. 얼음 많이 넣어서. 존나 덥네."

슬희는 헉, 숨을 삼켰다.

최영빈이 누구인가.

나이답지 않은 순수함과 예의 바른 태도로 대한민국 누나들의 가슴을 설레게 만든 '국민 동생'이 아니던가.

그런 최영빈의 입에서 '존나'라는 말이 나오다니.

슬희는 눈을 휘둥그레 뜨고 영빈을 올려다봤다.

영빈이 인상을 찌푸렸다.

"뭘 봐? 반했어?"

"……."

"초짜야? 처음 보는 얼굴이네."

"……."

"뭔데 대답을 안 해? 더워 죽겠는데 짜증 나게. 그런데 너, 예쁘게 생겼다? 아, 신인인가? 배우야? 소속사 어딘데? 우리 두엔이야?"

'국민 동생' 영빈의 생각지도 못한 모습에, 슬희는 평소의 당당함도 잊고 멍하니 그의 얼굴을 응시할 수밖에 없었다.

"지금 촬영하는 거 아니잖아. 가서 레모네이드나 사 와. 사 오면 이따 밤에 놀아 줄게. 자고 가지?"

연예인이 TV에서 보이는 모습과 실제 모습이 다를 수 있다는 건 이미 알고 있었다.

하지만 이렇게 극명한 차이를 보일 줄은 몰랐다.

얼떨떨한 기분으로 국민 동생의 얼굴을 보고 있을 때였다.

"누나, 여기서 뭐 해요?"

귀에 익은 목소리가 들려왔다.

평소에는 질색하는 음성이지만 지금만큼은 반가웠다.

슬희는 휙 돌아섰다.

"으아, 너무 덥다."

우현이 손으로 부채질을 하며 슬희에게 다가오고 있었다.

말은 슬희에게 하고 있지만, 우현의 시선은 영빈에게 고정되어 있었다.

영빈이 미간을 좁혔다.

"나, 지금 이 사람이랑 대화 중인데?"

영빈이 건방진 어투로 말하며, 슬희의 머리 위에 손바닥을 올렸다.

머리를 꾹 누르는 느낌에, 슬희는 소스라치게 놀라 저도 모르게 영빈의 손목을 때리듯 뿌리쳤다.

영빈의 표정이 험상궂게 일그러졌다.

"뭐야, 너? 지금 나 때린 거야?"

"네가 먼저 내 몸에 손댔잖아."

이제야 정신이 돌아온 슬희가 차갑게 말했다.

"하? 뭔데 반말이야? 너, 나 알아?"

"반말은 네가 먼저 시작했잖아."

"야, 너 이 바닥에서 매장당하고 싶어? 어디서 눈 똑바로 뜨고 대들어? 콱!"

영빈이 때릴 기세로 손을 올렸다.

덥석 ―

우현이 영빈의 손목을 잡았다.

영빈이 짜증스럽게 우현을 노려봤다.

영빈과 다르게 우현은 여전히 사람 좋은 미소를 짓고 있었다.

그 와중에도 슬희는, '민우현이 잘생기긴 잘생겼구나. 배우 옆에 있어도 밀리질 않네.'라는, 어울리지 않는 생각을 하고 있었다.

"미쳤냐?"

영빈이 손목을 빼내려고 비틀었다.

하지만 우현의 힘이 생각보다 센지 손을 빼내지 못했다.

우현이 미미한 미소를 띤 얼굴로 말했다.

"미친 것도 너, 매장당하고 싶은 것도 너인 것 같은데."

"하, X발. 날이 더우니까 별 미친 게 다 끼어드네. 야! 여기요! 이 새끼 누구예요?"

영빈이 언성을 높이자, 촬영 중이던 사람들이 이쪽을 돌아봤다.

감독과 대화를 나누고 있던 피디가 이 광경을 보고는 화들짝 놀라 달려왔다.

"무슨 일이야, 영빈 씨?"

"피디님. 이 새끼, 뭐예요? 뭔데 여기서 이러고 있어요?"

우현을 돌아본 피디의 얼굴에서 핏기가 빠져나갔다.

"우현 씨……."

"오랜만입니다, 정 피디님."

"여긴 언제 오셨어요?"

"아까 와 있었는데, 좋지 않을 때에 인사를 하네요."

"어이구. 오셨을 때 제가 먼저 인사를 드렸어야 했는데."

"아닙니다. 어차피 일 때문에 온 거니까요."

"두엔에 입사하셨다는 말을 들었습니다. 두엔에서 오신 건가요?"

"네, 제작팀에서 일하는 중이거든요."

피디가 굽실거리는 모습에 영빈은 당황한 것 같았다.

"그런데 우리 영빈 씨가 무슨 실례라도……?"

"네. 큰 실례를 하고 있네요. 우리 회사 직원분께."

"아……."

그제야 피디가 슬희를 돌아봤다.

"죄송합니다. 영빈 씨가 이쪽에서 일한 지 얼마 안 돼서 잘 몰라요."

"잠깐만요, 피디님. 제가 뭘 모르는데요? 이 사람, 뭐예요?"

피디의 태도 때문인지 우현은 '이 새끼'에서 '이 사람'으로 승진했다.

"인사드려요, 영빈 씨. 두드림 민 회장님의 아드님이세요."

"아……!"

영빈의 얼굴에서도 핏기가 빠져나갔다.

"죄, 죄송합니다. 제가 몰라뵀습니다. 안녕하세요, 최영빈입니다. 잘 부탁드립니다."

영빈이 언제 그랬냐는 듯 허리를 깊이 숙여 우현에게 인사했다.

그 광경을, 슬희는 놀라운 기분으로 지켜봤다.

두드림 민호연 회장의 아들.

그게 대단하다는 건 알고 있었지만, 이렇게 실제로 보니 새삼 신기했다.

이 남자, 평범한 사람이 아니긴 하구나.

"사과는 내가 아니라 이분께 해야 할 것 같은데요."

우현의 말에 당황한 건 슬희였다.

"아뇨, 난 별로……."

"죄송합니다. 제가 몰라뵀습니다. 앞으로 조심하겠습니다."

영빈이 얼른 슬희에게도 허리를 굽혔다.

"회장님은 건강하시지요?"

피디가 물었다.

"네, 너무 건강해서 탈이죠. 가끔 아프기도 하셔야 내가 효자 노릇도 좀 하고 그럴 텐데."

"하하하. 무슨 그런 말씀을. 회장님 건강하시면 좋은 거지요."

피디와 우현이 대화를 나누는 동안, 영빈은 안절부절못하며 옆에 서 있었다.

대화를 끝낸 우현이 영빈에게 말했다.

"앞으로 조심해 주세요, 영빈 씨. 갑자기 인기가 많아졌다고 하늘 높은 줄 모르고 굴다가, 이 바닥에서 매장당하는 수가 있어요."

우현이 상냥한 미소를 지으며, 아까 영빈이 슬희에게 했던 말을 그대로 돌려주었다.

영빈은 하얗게 질린 얼굴로 굽실거렸고, 우현은 그런 영빈을 놔두고 슬희의 어깨에 가볍게 손을 올렸다.

"괜찮아요, 누나? 마음 많이 상했죠?"

"아뇨, 마음이 상할 정신도 없었어요. 깜짝 놀라서. 연예인 실생활이 다를 줄은 알았지만, 저렇게 다를 줄은 몰랐어요."

"괜찮은 사람들도 많긴 한데, 유독 저런 사람들이 있더라고요. 미리 말했어야 했는데. 이번 드라마에 나오는 주조연들이 성격이 보통이 아니에요."

둘은 함께 편의점으로 향했다.

아이스크림을 하나씩 사서 편의점 앞에 있는 파라솔에 앉았다.

"이렇게 농땡이 피워도 되나?"

"아직 뭐 하는 건 아니니까요. 백상희 와야 홍보 영상 딸 테니까 좀 기다려야 할 거예요."

"많이 늦는대요?"

"오후 다섯 시쯤 도착 예정이래요. 낮에 찍는 신이 몇 개 있는데, 백상희 늦는 바람에 내일로 미뤄졌대요."

"그럼 우리도 꼼짝없이 내일까지 있어야 하는 거네요."

"그렇죠, 뭐."

"숙소는 어디일까요?"

"근처 모텔일걸요."

"우현 씨도 거기서 자요?"

"네, 왜요? 호텔 스위트룸에서라도 잘 줄 알았어요?"

"네. 그런 데 아니면 잠 안 와, 같은 타입일 줄 알았어요."

"아하하하. 아무 데서나 잘 자요. 아무거나 잘 먹고요. 근데 우리 큰형이랑 누나는 까탈스러워요. 혹시라도 나중에 마주칠 일 생기면 절대 눈 마주치지 마세요. 꼬투리 잡는 데 일가견이 있는 사람들이니까."

"마주칠 일은 없을 것 같지만, 조심할게요."

"그에 비해 우리 작은형은……."

작은형.

창현의 이야기였다.

슬희는 신경이 곤두섰다.

"참 괜찮은 사람이에요. 우리 집안에서 제일 괜찮은 사람인 것 같아요."

"그런가요?"

"네, 아버지는 작은형한테 많은 걸 해 주고 싶은 것 같아요. 말씀은 안 하시지만 아끼는 게 보이거든요. 그런데 큰형 때문에 그러질 못하죠. 큰형이 욕심이 많아서."

우현이 고개를 절레절레 저었다.

하지만 슬희는 우현의 말을 들으며 내심 안도했다.

친자식이 아니라 차별할 줄 알았는데, 그렇지도 않은 모양이다.

다행이다.

창현에 대해 좋은 말을 해 주는 우현도 달리 보였다.

내가 창현을 아끼듯, 우현도 창현을 아끼는 것 같아서, 왠지 모를 동지감이 생겼다.

*   *   *

드라마 사업본부에 들어간 창현은 사무실 안을 쭉 둘러봤다.

역시 슬희가 자리에 없었다.

지수가 일어나서 창현에게 다가왔다.

"무슨 일이세요?"

"잠깐 얘기 좀 하지."

창현은 지수와 함께 복도로 나왔다.

"이번 드라마 로케 건 말인데……."

"마침 잘 됐네요. 안 그래도 그것 때문에 대표님이랑 얘기 좀 하고 싶었어요."

지수가 쏘아붙이듯 말했다.

창현은 역시 이 여자가 이 회사에서 제일 무섭다고 생각하며 지수를 내려다봤다.

"대체 왜 슬희 씨를 로케에 포함시킨 거예요? 이것도 경험 때문에?"

"슬희 씨를 로케에 포함시켰다고? 내가?"

"네, 대표님이요. 여기 달리 누가 있어요?"

"난 그런 적 없는데."

"무슨 말씀이세요? 회의 끝낸 다음에 보고서 작성해서 올렸는데."

"보고서를 올렸다고?"

"네. 설마…… 못 받으셨어요?"

지수의 눈이 가늘어졌다.

창현은 잠시 입을 다물고 생각에 잠겼다.

"원래는 슬희 씨가 아니었나?"

"네, 원랜 재현 씨가 가게 되어 있었어요. 누군지 아시죠? 한재현 대리."

창현은 잘 모르지만 건성으로 고개를 끄덕였다.

대체 어떻게 된 걸까?

보고서는 항상 비서인 태윤의 책상 위에 놓인다.

그리고 태윤은 그걸 검토한 후, 창현에게 건넨다.

혼자서 처리할 일은 창현 혼자 하지만, 간혹 어려운 일이 있을 때는 태윤과 의견을 나눈다.

단 한 번도 보고서가 누락된 적이 없었다.

게다가 보고서는 수정이 되어서 본부장에게 도로 건네졌다.

이렇게 긴 추리의 과정을 거치지 않더라도, 보고서를 손댈 만한 사람은 태윤밖에 없었다.

다만 이유를 알 수 없을 뿐이었다.

대체 왜?

어째서 보고서를 말도 없이 수정한 거지?

왜 로케 멤버에 슬희를 포함시킨 거지?

창현은 혼란스러웠다.

"대표님이 수정하신 거 아니었어요? 그럼 비서님이 멋대로 수정한 거예요?"

눈치 빠른 지수가 날카롭게 물었다.

"슬희 씨가 로케에 가서 문제 될 만한 사항이 있나?"

"문제 될 건 없죠. 다만 슬희 씨 입장에서는 힘들겠죠. 아직 이쪽 일도 잘 모르는 상태에서 정글에 던져진 거니까요."

"그래."

"어떻게 된 일이에요? 정말 비서님이 멋대로 한 짓이에요?"

"일단 이 일은 입 다물어 줬으면 좋겠군."

"하지만……!"

"만약 또 이상한 일이 생긴다면 바로 나한테 알려 줘. 비서실, 통하지 말고."

지수는 탐탁잖은 표정이었지만 고개를 끄덕였다.

창현은 천천히 걸어서 대표실로 돌아왔다.

'정태윤…….'

굳게 닫힌 대표실 문을, 창현은 가만히 노려봤다.

'대체 무슨 생각이지?'

창현이 들어왔다.

이런 때에도 창현을 보면 가슴이 설레었다.

너는 알까?

미국에서 너를 처음 본 그날부터, 내 눈은 항상 너만을 향하고 있다는 걸.

내 심장은 아직도 네게 반응하고, 잠들기 전엔 언제나 네 생각을 한다는 걸.

너는 알고 있을까?

태윤은 스며 나오려는 한숨을 삼켰다.

"오후 다섯 시에 매니지먼트 윤 실장님이랑 약속 잡혔어. 오디션 결과 알려 주겠다고 합니다."

"메일로 보내라고 해. 가 볼 곳이 있으니까."

"가 볼 곳이요? 어디 가시는데요?"

"그걸 말해야 하나?"

"개인적인 일인가요?"

"그렇다면 그렇고."

창현과 슬희의 데이트에 끼어들었던 때부터, 창현은 태윤과 거리를 두기 시작했다.

시간이 지나면 좁혀질 줄 알았던 거리는, 오히려 점점 멀어지고 있었다.

창현의 눈빛도, 말투도 냉랭해진다는 걸, 태윤은 느끼고 있었다.

지금껏 창현과 가장 가까운 사람은 태윤이었다.

창현의 가족보다도 더 가깝고 편한 사람이었다.

하지만 순간의 실수 때문에, 창현의 태도가 완전히 바뀌고 말았다.

너무 자만했나 보다.

무슨 짓을 해도 창현에게 용서받을 수 있을 거라고, 그만큼은 친한 사이라고, 바보처럼 혼자서만 그렇게 생각했었나 보다.

태윤은 존댓말을 관두고 그의 이름을 불렀다.

"창현아."

"왜?"

"나한테 뭐 화난 거 있니? 저번에…… 그래, 저번에 슬희 씨와 데이트하는 데 따라갔던 것 때문에 그래?"

창현은 입을 굳게 다물고 태윤을 응시했다.

"미안해. 방해할 생각은 없었어. 그저…… 지금 중요한 때잖아. 이럴 때에 네가 구설수에 오르는 게 싫었어. 그래서……."

"감시해야겠다고 생각했나?"

"감시라니…… 그런 거 아냐. 그냥…… 창현아, 정말 널 방해하려거나 그런 건 아니었어. 내가 생각을 잘못했어. 그 일은 정말 미안해."

"그래."

"그런 일 때문에 너랑 멀어지고 싶지 않아."

"딱히 멀어지진 않았어."

"정말?"

"그래. 딱히 가깝지도 않았잖아."

심장이 철렁 내려앉았다.

"딱 이 정도의 거리감이 좋은 것 같군."

"이슬희 씨 때문에 그래?"

"뭘?"

"이슬희 씨 때문에 이렇게 나랑 거리를 두려는 거냐고."

"난 여기서 왜 이슬희 씨 이름이 나오는지 모르겠는데? 지금 이건 너와 내 관계에 대한 이야기야."

"하지만 이슬희 씨가 오기 전엔 이렇게 거리를 두려고 하지 않았잖아. 이슬희 씨가 온 다음에 변했어, 너."

"아니. 변한 건 너야."

"……!"

"난 항상 이랬어. 네가 변했어, 정태윤. 더 변하지 않으면 좋겠군. 여기서 더 변하면, 같이 일을 할 수 없을 것 같으니까."

차게 말하는 창현의 모습에 말문이 막혔다.

창현은 더 얘기하고 싶지 않다는 듯 태윤에게서 몸을 돌려 대표실로 들어갔다.

굳게 닫힌 문이 이토록 견고하게 느껴진 적이 없었다.

그의 냉기가 문을 타고 흐르는 것만 같았다.

닫힌 문을 노려보며, 태윤은 주먹을 꽉 쥐었다.

'내가 정말…… 이런 짓까지는 안 하려고 했는데.'

창현이 이렇게 나오겠다면 태윤도 생각이 있었다.

'난 변한 거 없어. 변한 건 너야. 모든 게 다 잘 될 것 같으니까, 네가 변하고 있는 거야.'

민씨 가문의 양자로 들어가, 제 자리를 갖기 위해 아등바등 노력할 때의 창현이, 차라리 나았다.

여자에게 관심을 줄 틈도 없이, 두엔을 성장시키는 데만 열중하던 창현이 좋았다.

지금 창현이 슬희에게 관심을 보이는 건, 모든 게 수월하게 흘러가기 때문일 것이다.

이제 더는 거리낄 것이 없기에, 여자에게도 관심이 가기 시작한 것이겠지.

그렇다면.

'수월하지 않게 만들어야지. 예전처럼. 항상 노력하던 민창현으로 돌아와.'

국민 동생에게 충격을 받은 후라 그런지 백상희의 행동은 슬희에게 그리 큰 충격을 주지 않았다.

두엔 직원들은 피디, 영상팀과 홍보 영상을 찍는 일에 대해 의논을 했다.

홍보 영상을 찍는 도중에 포스터도 찍을 거라고 했다.

연신 덥다고 하는 백상희의 짜증을 들어 주며 홍보 영상을 몇 장면 찍는데, 한 시간이 넘게 걸렸다.

이렇게 오랫동안 찍어도 사용되는 영상은 고작 15초가량일 것이다.

'다들 힘들겠다.'

슬희는 다음에 또 이런 곳에 오게 되면 스스로 할 일을 찾을 수 있도록 열심히 배우느라, 시간 가는 줄을 몰랐다.

여름의 긴 해도 어느덧 저물어, 하늘은 회청빛 밤하늘로 바뀌어 있었다.

"우현이, 요새 얼굴 보기 힘드네."

잠깐 휴식 시간에, 백상희가 우현에게 다가왔다.

우현의 근처에서 다른 직원들과 홍보 영상을 돌려 보던 슬희는, 백상희의 목소리에 귀를 쫑긋 세웠다.

'정우가 백상희 사인 받아다 달랬는데. 어쩌지? 지금 말해 볼까?'

아까는 도저히 사인 받을 분위기가 아니었는데, 우현에게 말을 거는 백상희는 기분이 좋아 보였다.

"응, 요새 바빠. 회사 다니는 중이거든."

"너, 두엔 들어왔다는 소문이 자자하더라. 진짜로 두엔 다니는 거야?"

"응. 진짜로."

"그럼 우리 이제 한솥밥 먹는 사이네. 잘 부탁해."

"응, 나도."

"이거 끝나고 저녁이나 같이 먹을까? 술이나 한잔하자."

"싫어."

"응?"

"바빠, 난. 여기 일하러 온 거야."

"일을 뭐 퇴근도 없이 하니? 이따 연락할게."

"해도 소용없을걸. 그 번호, 없어졌거든."

"응? 왜? 번호 바꿨어? 뭔데?"

"안 가르쳐 줘."

"응?"

"이젠 아무한테나 안 가르쳐 주기로 했어."

"뭐야, 왜? 왜 갑자기 튕기는데?"

"촬영이나 하러 가."

"야, 뭔데? 왜 이래, 갑자기? 왜 비싼 척이야?"

"비싼 척이라니. 나, 원래 비싼 남자야. 내가 싸구려인 줄 알았어?"

우현이 입가의 미소를 지우고 묻자, 백상희가 시선을 옆으로 돌렸다.

"아니, 그런 뜻이 아니라⋯⋯."

"귀찮게 하지 마. 일하는 중이니까 일이나 하자. 그리고 내일 즐거운 얼굴로 바이 바이 하는 게 어때?"

"⋯⋯."

자존심이 상해 일그러진 백상희의 모습에, 슬희는 속으로 한탄했다.

'아, 또 사인 못 받겠네.'

그런 생각을 하다가 고개를 돌린 백상희와 눈이 딱 마주쳤다.

"뭘 그렇게 봐? 이게 재미있어?"

우현 때문에 상한 마음이 화살이 되어 슬희에게로 향했다.

"아뇨."

"아, 진짜 짜증 나네. 구경났니? 뭘 그렇게 흘끔흘끔 훔쳐봐?"

"구경났네. 이런 좋은 광경을 구경하지 않을 사람이 있나?"

목소리는 슬희의 뒤에서 들려왔다.

이 목소리는 백상희에게도, 슬희에게도, 그리고 우현과 다른 직원들에게도 의외였다.

다들 눈을 휘둥그레져서 슬희의 뒤쪽을 쳐다봤고, 슬희 역시 그들과 같은 표정으로 뒤를 돌아봤다.

슬희는 바로 뒤에 서 있는 창현을 보자, 갑자기 울컥 눈물이 나려고 했다.

진지한 표정으로 백상희를 응시하는 그의 모습이, 생각했던 것보다 훨씬 더 그리웠나 보다.

이곳이 어디인지도 잊고 두 팔을 벌려 그를 끌어안을 뻔했다.

슬희는 간신히 정신을 차렸다.

"대표님?"

"대표님⋯⋯."

두엔 소속인 백상희에게도 창현은 대표님이었다.

다들 놀라서 쳐다보는 가운데, 창현은 백상희에게 말했다.

"백상희 씨. 내가 전에 뭐라고 했지?"

백상희가 얼굴을 붉히고 뭐라고 웅얼거렸다.

"⋯⋯요."

"뭐라고? 안 들리는데."

"갑질하지 말라고요."

"그런데 지금 이건 뭐지?"

"죄송해요. 하지만 얘가 먼저⋯⋯!"

"얘가?"

"아니, 이 여자가, 아니, 이 사람이 먼저 날 째려봤단 말이에요."

"그럼 그렇게 반말 빽빽하면서 갑질해도 되고?"

"아뇨⋯⋯."

"우리 소속사 배우가 어디 가서 갑질하고 폐 끼치고 다닌다는 소리, 듣고 싶지 않은데. 그게 이슈가 돼서 곤란해지는 건 더 싫고."

"앞으로 안 그럴게요."

"조심할 거지?"

"네. 죄송해요."

사람들 앞에서 턱을 치켜들고 빽빽거리던 백상희가 창현의 앞에 서는 순한 양이 되는 모습이 신기했다.

우현을 대할 때와는 또 다른 느낌이었다.

우현을 대할 때는 '조심해야지.' 정도라면, 창현의 앞에서는 '이 사람 무서워!' 같은 느낌이었다.

"방해해서 죄송합니다."

창현이 주위를 둘러보며 말했다.

"아무래도 신경을 많이 쓰는 드라마다 보니, 방해가 될 걸 알면서도 이렇게 찾아오게 됐습니다."

"어휴, 우리 민 대표님은 언제나 환영이죠. 이리 오세요, 이리."

피디가 만면에 미소를 띠고 다가왔다.

백상희는 우물쭈물하다가 자기 자리로 돌아갔다.

피디와 함께 자리를 옮긴 창현이 대화를 나누는 동안, 슬희는 가만히 창현의 모습을 지켜보고 있었다.

"우리 형이 여기 올 줄은 몰랐는데."

옆에 있던 우현이 중얼거렸다.

"그러게요."

"설레요?"

"네?"

"우리 형 보니까요."

"그것보다는…… 재벌가 남자들은 뒤에서 등장하는 걸 좋아하나, 라는 생각을 하고 있었어요."

슬희의 말에 우현이 웃음을 터뜨렸다.

"아, 난 이래서 누나가 좋아요."

우현이 '좋다.'고 하는 말도 이제는 그렇게 거슬리지 않았다.

이윽고 창현이 대화를 마치고 돌아왔다.

"대표님, 여긴 어쩐 일이세요?"

"대표님이 현장에 나온 건 처음 보는데. 무슨 일 있는 건 아니죠?"

두엔 직원들이 창현에게 몰려들며 반가워했다.

창현은 별일 없다고 대답하면서도 슬희를 향한 시선을 떼지 않았다.

그의 갸름한 눈매 안에 갇힌 검고 깊은 눈동자가 신경이 쓰였다.

똑바로 보기 힘든데, 그렇다고 눈을 피할 수도 없었다.

어정쩡하게 그의 시선을 받아 내고 있는데, 우현이 슬희의 귀에 속삭였다.

"누나, 우리 또 농땡이 부릴까요?"

우현의 입술이 슬희의 귓가에 가까워지자, 창현이 인상을 찌푸렸다.

하지만 그 이유를 알 수 없는 슬희는, 창현이 무언가 화가 난 게 있는 것 같다는 생각이 들어 긴장했다.

'내가 뭐 잘못했나? 그래서 그것 때문에 나한테 대표실도 오지 말라고 한 건가?'

창현이 슬희를 향해 성큼성큼 걸어왔다.

무시무시한 기세였다.

슬희는 눈을 휘둥그레 뜨고 창현을 바라봤다.

슬희의 앞에 멈춘 창현이 슬희를 빤히 내려다봤다.

직원들이 의아한 듯 두 사람을 보고 있었지만, 창현은 아무래도 좋다는 듯 슬희만 보고 있었다.

이런 와중에도 슬희는 그의 눈동자에 비친 자신의 모습이 신기했다.

'얘는 눈이 진짜 맑구나.'

거리에서 도를 아시는 분들이 할 법한 생각을 하고 있는데, 창현의 입술이 벌어졌다.

"이슬희 씨."

"네?"

"잠깐 나 좀 봅시다."

"아, 네."

"다들 적당히 일하고 들어들 가요."

창현이 슬희를 데리고 가며 다른 직원들에게 말했다.

누가 봐도 '난 오늘 이슬희랑 함께 밤을 보낼 거야.'라는 태도였다.

두 사람이 떠나자, 직원들이 수군거렸다.

"역시 우리 대표님은 슬희 씨한테 관심 있는 거야."

"맞죠? 맞죠? 점심시간 끝나면 한 시간씩 불렀잖아요. 슬희 씨 얘기로는 커피 한잔 갚아야 할 게 있다고 했는데, 딱 봐도 썸이죠, 썸."

"우리 대표님, 여자에 관심 없는 줄 알았는데 적극적이시네."

"슬희 씨는 좋겠다. 대표님 눈에 들다니. 완전 인생 핀 거잖아."

"맞아요. 부럽다."

"그럼 정 비서님은 어떻게 되는 거지? 난 원래 정 비서님이랑 대표님이랑 사귀는 사이인 줄 알았거든."

"어, 저도요. 두 사람, 되게 친해 보였는데."

우현은 묵묵히 직원들의 이야기를 들었다.

듣고 싶지 않은 이야기들이 우현의 귓속으로 파고들었다.

창현과 나란히 걸어가는 슬희의 뒷모습.

두 사람이 보이지 않게 된 후에도 생생하게 남아 있었다.

왜일까?

둘 사이에는 도무지 우현이 끼어들 수 없는 무언가가 존재했다.

다른 때였다면, 창현이 슬희를 데리고 가려고 할 때 넉살 좋게 끼어들어 둘을 막았을 것이다.

혹은 적당한 말을("형, 날 버릴 셈이야?", "나도 같이 가. 좋은 데 가려고 하지?") 주절거리며 두 사람과 함께 떠났을 것이다.

그런데 아까는……

'그럴 수가 없었어. 왜지?'

우현은 미간을 좁혔다.

'그 두 사람, 대체 무슨 사이지?'

직원들은 '썸'이라고 하지만, 우현이 보기에는 단지 그런 사이가 아닌 것 같았다.

둘 사이에는 뭔가 더 진하고 깊은 것이 있었다.

그것이 무엇인지 우현은 도무지 알 수 없었고……

'아, 우울하네.'

당연한 듯 창현과 걸어가는 슬희의 모습이 어른거려, 가슴이 아팠다.

'아, 진짜 우울하네.'

＊　　　＊　　　＊

호화로운 저택 앞에서, 태윤은 크게 심호흡을 했다.

'돌아갈까?'

문득 그런 생각이 들었다.

　　　— 어머니는 날 위해 인생을 걸었어. 어머니를 안심시키고 싶
　어.

두엔을 말아먹은 애리를 대신해서 두엔을 맡게 되었을 때, 창현이 했던 말이 떠올랐다.

민 회장에게 두엔은 별거 아닌 작은 사업에 불과할지 몰라도, 창현에게 두엔은 인생을 건 중요한 사업이었다.

창현이 자신의 어머니를 얼마나 애틋하게 생각하는지, 태윤은 알고 있었다.

미국에서도 언제나 차가운 무표정인 창현이 어머니의 전화를 받을 때만 표정을 부드럽게 풀곤 했다.

민씨 가문에서 창현 어머니인 최 여사의 입지는 좁았다.

후처인 데다가 딸린 자식까지 있었다.

민 회장의 자식들도, 친척들도, 그리고 그쪽 세계의 사람들도, 최 여사와 창현을 인정하지 않았다.

창현이 두엔을 맡은 후 빠른 속도로 상승세를 보이자, 최근에 와서야 창현을 인정하는 분위기였다.

'하지만.'

슬희를 향하는 창현의 미소가 생각났다. 그와 함께 태윤을 향한 창현의 냉혹한 눈빛이 떠올라 눈물이 날 것만 같았다.

다들 태윤을 도도하고 쿨하다 하지만, 사실은 그렇지 않았다.

태윤 자신도 인정하고 싶지 않은 열등감이 있었다.

저쪽 세계 사람들과 어울리고는 있지만 급이 다르다는 열등감.

우월한 미모와 몸매 덕에 얻게 되는 애정과 관심으로, 그 열등감을 감추고 있었다.

그런 와중에 당연히 내 것이 될 줄 알았던 남자가 다른 여자에게 관심을 보이니, 열등감이 걷잡을 수 없이 부풀어 올랐다.

'민창현, 넌 나한테 그러면 안 됐어. 난 유일한 네 편이었는데. 그 대단한 집안 남자들이 아무리 날 꼬셔도, 나는 쭉 너였는데. 너는 그러면 안 됐어.'

태윤은 결정을 내리고 초인종을 눌렀다.

애리는 응접실에서 알몸으로 전신 오일 마사지를 받고 있었다.

이국적인 외모의 두 남자가 애리의 몸에 오일을 바르고 문지르는 중이었다.

저게 마사지가 되기는 할까 싶을 정도로 힘이 들어가지 않은 손놀림이었다.

같은 여자인데도 애리의 알몸에 눈 둘 곳을 찾을 수 없는데, 애리는 그렇지도 않은지 마사지 침대에 엎드린 채 고개를 돌려 태윤을 응시했다.

"웬일이니? 네가 먼저 날 찾아오고."

"그냥요. 언니랑 따로 만난 지도 오래된 것 같고, 언니 안부도 궁금하고."

"흥. 내 안부가 궁금해?"

애리가 입술을 비틀어 올렸다.

"마음에도 없는 소리 하지 말고 용건이나 말해."

"하지만……."

태윤이 마사지를 하는 남자들에게 시선을 보냈다.

"걱정 마. 얘들, 한국말 모르니까."

"네, 그럼."

태윤은 다시 한 번 심호흡을 한 뒤에 말했다.

"언니, 도장 찍지 마세요."

"도장?"

"네, 언니. 조만간 두엔 양도 계약서를 작성하실 텐데, 절대 동의하지 마세요."

애리는 엎드린 채 태윤을 빤히 보다가 몸을 일으켰다.

마사지사들에게 손을 휘젓자, 마사지사들은 허리를 깊이 숙여 인사를 하고는 응접실에서 나갔다.

애리는 옆에 있던 가운을 몸에 걸치고, 마사지 침대에 엉덩이를 걸친 자세로 테이블 쪽을 가리켰다.

테이블 위에 담배가 놓여 있었다.

태윤은 얼른 담배와 재떨이를 가져다가 애리에게 건넸다.

담배에 불을 붙인 애리가 깊이 연기를 빨아들인 다음 혹 뱉어 냈다.

"다시 한 번 말해 봐."

"조만간 두엔 양도하신다고 들었어요. 그거, 동의하지 마세요."

"너, 갑자기 왜 이래? 그 새끼가 날 떠보라고 시켰니?"

애리에게 창현은 항상 '그 새끼'였다.

"아뇨, 그런 거 아니에요."

"넌 그 새끼 여자잖아. 갑자기 찾아와서 그런 얘기를 하면 믿겠니?"

"창현이를 좋아해요."

"알아. 그런데 왜 이래?"

"창현이가 두엔을 손에 넣으면 절 떠날 것 같아서요."

"흐응."

"저는 창현이를 완벽하게 손에 넣고 싶어요. 걔가 다른 데로 눈을 돌리는 것도 싫고요. 남자가 여유가 생기고 손에 쥔 게 많아지면 그때부터는 다른 데로 눈을 돌리게 되잖아요. 그게 싫어요."

애리가 비릿한 미소를 지었다.

"고고한 척하더니 너도 결국 여자구나?"

"네, 언니. 인정하지 않으려고 했는데 저도 결국 여자예요."

애리는 태윤의 마음을 가늠해 보려는 듯 눈을 가늘게 뜨고 한참 동안 태윤을 응시했다.

이윽고 애리가 입을 열었다.

"무리야. 아빠가 이미 두엔을 그 새끼한테 넘기라고 했어. 말만 내 거지, 사실은 아빠 거잖아. 내가 어떻게 할 수 있는 부분이 없어."

"잘나가는 부분이 있으면 그만큼 무너뜨리기 쉬운 부분도 있는 거예요. 지난번 A 일진설, 기억하시죠?"

"아아, 걔."

"걔가 잘나갔던 만큼 손해도 컸어요. 이번 드라마, 두엔에서 힘을 쏟고 있어요. 투자도 많이 했고요. 그런데 주연 배우에게 문제가 생기면 어떨까요?"

"백상희?"

"네. 백상희 말고도 조연 여러 명이 두엔 소속이에요. 이번 드라마까지만 지켜보고 나서 양도 진행하겠다고 하세요. 그러면 회장님도 크게 문제 삼지 않으시겠죠. 무엇보다도 언니는 회장님의 진짜 딸이잖아요."

"그래, 맞아. 내가 진짜 딸이지. 하지만 드라마가 잘되면? 그때가 되면 할 말이 없어지잖아."

태윤이 옅은 미소를 지었다.

"그건 제가 뒤에서 손 좀 써 볼게요."

*   *   *

조수석에 앉은 슬희는 운전하는 창현의 옆모습을 흘긋 살펴봤다.

촬영장에서 데리고 나온 이후로, 창현은 말이 없었다.

자동차 안은 숨 막히는 침묵으로 가득 차 있었다.

창현의 눈치를 살피다가 문득 화가 났다.

내가 왜 애 눈치를 봐야 하는데!

"민창현!"

"응?"

마음을 다잡고 힘차게 불렀건만, 정작 창현은 아무렇지도 않은 표정으로 대답했다.

"너, 나한테 뭐 화난 거 있니?"

"아니. 왜?"

"화난 거 없다고?"

"응, 없어."

창현이 차를 세웠다.

대구 동촌 유원지 근처의 주차장으로, 앞에는 금호강이 흐르고 있었다.

강 건너의 건물들이 반짝반짝 빛을 내며 멋진 야경을 만들어 내고 있었다.

창현이 창문을 열자 후텁지근한 강바람이 불어왔다.

"밤인데도 덥네."

"그러게…… 가 아니라, 너 진짜 나한테 화난 거 없어?"

슬희의 질문에 창현이 의아한 표정으로 그녀를 돌아봤다.

"왜 화가 났다고 생각하는 건데? 너, 나한테 잘못한 거 있어?"

"아니, 잘못한 거 없어! 그런데 네가 화가 난 것 같으니까 이러는 거잖아."

"네가 잘못한 게 없는데, 내가 왜 화가 나?"

"갑자기 대표실에도 오지 말라고 하고."

"아, 그것 때문에 그래?"

창현의 눈이 가늘어졌다.

"서운했어?"

"안 서운했거든?"

"서운했구나."

"안 서운했다고!"

슬희가 가까이 오는 창현의 얼굴을 밀어냈다.

창현이 재미있다는 듯 웃었다.

"웃지 마. 웃을 기분 아냐."

"어떻게 해야 웃을 기분이 될까?"

"몰라."

"밖에 나가서 좀 걸을까? 덥긴 하지만."

"뭐, 그러든가."

슬희와 창현은 밖으로 나왔다.

역시 대구의 더위는 서울과 달랐다. 밤이 되어도 전혀 선선하지 않았다.

꽤 더웠지만 둘은 나란히 강변을 따라 걸었다.

"화난 거 없어. 그냥…… 네가 정 비서랑 불편한 것 같기도 하고, 나도 바빠질 것 같고. 그래서 그런 거야."

"그래?"

"응."

"그럼 얼굴 보고 말했어야지. 문자로 턱, 오지 말라고 하면 내가 뭔가 실수라도 한 줄 알았잖아."

"거기까지는 생각을 못 했네. 미안해."

창현이 곧바로 미안하다고 사과를 하는데, 거기에 대고 계속 뭐라고 할 수도 없었다.

그래도 그동안 신경 썼던 시간이 남아, 슬희는 입술을 비쭉거리며 물었다.

"······그렇게 바쁘신 분이 여기는 어떻게 왔대?"

"걱정이 돼서."

"걱정?"

"응, 네가 걱정이 돼서."

"내가 애도 아니고."

"애는 아니지만······ 입술 비쭉거리는 걸 보니까 애 같은데."

"야, 입술 비쭉거린 적 없거든."

"그럼 지금 튀어나온 그건 뭔데?"

창현이 슬희의 입술을 가리키며 말했다.

슬희는 얼른 입술을 안으로 오므렸다.

그 모습에 창현이 웃었고, 그의 웃는 얼굴을 보자 슬희는 마음이 풀렸다.

"어릴 때 학교에서 좀 걸어가면 강이 하나 있었는데. 개천이라고 해야 하나?"

"아, 거기······."

슬희가 우뚝 걸음을 멈추고 창현을 돌아봤다.

"거기?"

"응? 뭐가?"

"방금 거기라고 했잖아."

"아니, 저기라고 했는데."

"저기?"

슬희는 창현이 가리킨 곳을 봤다.

강을 가로지르는 다리가 환하게 밝혀져 아름다운 광경을 만들어 내고 있었다.

"저쪽으로 가 보자고."

"아, 그래."

깜짝 놀랐다.

창현이 '거기'라고 한 줄 알고.

그때, 그곳을 기억하는 줄 알고.

"그래서?"

"응? 뭐가?"

"학교 근처의 개천 얘기하고 있었잖아."

창현이 상기시켰다.

"아냐, 아무것도."

분위기에 취해, 하마터면 어린 해성과 있었던 일을 떠들어 댈 뻔 했다.

그 개천에서 있었던, 고요하고도 달콤한 추억.

하교 후 가끔 학교로 돌아가면, 그곳엔 항상 해성이 있었다.

혼자 있을 해성이 신경 쓰여서, 매일 같이 학교로 돌아가 대화를 나눈 지도 한참이 지났다.

단둘이 있을 때는 이야기도 잘 들어 주고, 대답도 곧잘 하는 해성이지만, 교실에서는 그렇지 않았다.

가끔 교실에서 말을 걸면, 해성은 못 들은 척 고개를 돌리거나 교실을 나가 버리곤 했다.

"넌 왜 교실에서 아는 척 안 해? 내가 부끄러워? 나랑 아는 사이인 게 창피해?"

그렇게 묻는 슬희를, 해성은 한동안 가만히 응시했다.

해성의 눈동자는 어린아이답지 않게 깊고 맑았다.

손가락을 넣으면 찰방, 소리가 날 것처럼 맑은 눈동자가 참으로 예뻤다.

다른 아이들도 이 눈을 똑바로 보면 이 애를 좋아하게 될 텐데.

"나랑 아는 척하면, 너도 따돌림당해. 괜히 아는 척하지 마."

"난 그런 거로 따돌림 안 당하거든? 너랑 아는 척하는 게 어때서?"

"몰라서 물어?"

"응, 모르겠는데."

"우리 아빠 사람을 죽였어. 그리고 우리 엄만……."

"……."

"우리 엄마는 술집 여자 아냐."

"그럼 그렇게 말하면 되잖아."

"말해도 안 믿어 주잖아."

"그래도 계속 얘기하면……."

"상관없어. 걔들이 뭐라고 하든, 뭐라고 믿든. 신경 안 써."

"정말?"

"정말."

"나 같으면 신경 쓰일 것 같은데."

"난 네가 아니잖아. 그러니까 귀찮게 하지 말고 가. 너까지 욕먹지 말고."

"말했잖아. 난 그런 거로 욕 안 먹는다고."

"……."

"아빠가 그랬어. 예쁜 게 최고라고."

"……."

"난 예쁘잖아. 아무도 날 안 괴롭혀."

"……."

"뭐야, 나 안 예뻐?"

"예뻐."

"대답 되게 건성으로 하네."

슬희는 투덜거리면서도 해성의 옆에 앉았다.

해성은 그런 슬희가 거슬리는지 계단에서 일어나 교문을 향해 걷기 시작했다.

슬희가 얼른 해성의 뒤를 따라갔다.

"야, 어디 가?"

"집."

"벌써?"

"응."

"거짓말. 내가 귀찮아서 그러지? 그래서 도망치는 거지?"

해성은 대답하지 않았다.

정말 내가 귀찮은가 보다.

순간 그냥 가게 내버려 둘까, 라는 생각이 들었다.

하지만 혼자서 걸어가는 해성의 뒷모습이 쓸쓸해 보여, 내버려 둘 수가 없었다.

슬희는 기어코 해성의 뒤를 따라갔다.

학교에서 쭉 걸어가다 보면, 개천으로 내려가는 계단이 있었다.

정리되지 않아 지저분한 개천이었다.

어른들이 위험하다고 가지 못하게 하는 곳이었는데, 해성은 그 계단으로 내려갔다.

"야, 거기 위험하대."

"넌 돌아가."

"너만 놔두고 어떻게 가니?"

슬희는 기어코 해성을 따라 개천으로 내려갔다.

개천에는 드문드문 가로등이 있었고, 바닥은 담배꽁초와 빈 캔으로 더러웠다.

지저분한 개천에서 올라오는 냄새도 좋지 않았다.

묵묵히 해성의 뒤를 걷고 있을 때였다.

저 앞쪽에, 담배를 피우는 남자들이 보였다.

고작해야 중학생일 텐데, 그 당시 슬희와 해성의 눈에는 큰 어른으로 보였다.

불량한 자세로 앉아 침을 찍찍 뱉으며 담배를 피우는 중학생 무리는 위협적으로 보였다.

그들은 걸어오는 슬희와 해성을 보고는 몸을 일으켰다.

땅만 보고 걷던 해성이 걸음을 멈추더니 스윽 슬희의 앞을 막아섰다.

항상 쓸쓸해 보이던 해성의 등이, 처음으로 무척이나 넓게 느껴졌다.

"뭐야? 데이트 중이냐?"

"쬐끄만 것들이 발라당 까져서는."

중학생들은 딱히 괴롭힐 생각은 없는지, 슬희와 해성을 보며 낄낄거릴 뿐이었다.

하지만 해성은 바짝 긴장해서 슬희의 손을 꽉 잡더니 작은 목소리로 말했다.

"돌아서서 달리자."

"응!"

둘은 손을 꼭 잡고 개천가를 달렸다.

슬희는 가만히 창현의 손을 내려다봤다. 가까운 곳에 있는 그의 손은, 그때와 다르게 무척 컸다.

자신의 손 정도는 그의 손안에 쏙 들어갈 것 같았다.

'저 손을 잡았었지.'

그 날, 한참을 달리다가 계단에 도착해서 멈췄을 때…….

두근거렸다.

숨이 벅차 헐떡이는 도중에도, 다른 느낌으로 심장이 뛰었던 기억이 났다.

'그래, 그때 난 두근거렸던 것 같아. 어쩌면 얘가 내 첫사랑일지도.'

말하고 싶었다.

그거 알아, 창현아?

넌 잊었을지도 모르겠지만, 난 그 날 개천에서 있었던 일을 똑똑히 기억해.

네가 내 손을 얼마나 꽉 잡았는지, 얼마나 열심히 뛰었는지, 그리고 내 심장이 어떤 느낌으로 뛰었는지.

우리가 계단 앞에 멈춰 서 숨을 헐떡거리다가 눈을 맞추고 웃었을 때도, 너의 그 환하게 웃는 얼굴도.

전부 다 기억이 나.

어쩌면 너는 내 첫사랑일지도 모르겠어.

그런 상황에서도 빛을 잃지 않은 네 눈동자와 수줍은 듯한 미소와 묵묵히 내 이야기를 들어 주는 너의 모습이, 나는 참 좋았던 것 같아.

너를 다시 만나게 되면서 떠오르는 그때의 기억들을, 너와 공유하고 싶은데 말할 수가 없어서 참 답답해.

이제야 '임금님 귀는 당나귀 귀'를 외친 사람의 심정을 이해하겠어.

나도 대나무 숲이나 찾아가서 외칠까 봐.

민창현, 나는 알고 있다! 네가 윤해성이라는 것을!

내가 네게 이 이야기를 하면, 너는 어떤 표정을 지을까?

당황하겠지. 난처할 거야.

네 과거를 아는 사람이 곁에 있다는 게, 무척이나 곤혹스럽겠지.

잊으라고 할 수도 없고, 그렇다고 네 성격에 회사에서 잘라 버릴 수도 없고.

너는 그렇게 난감한 기분으로 나를 대하게 되겠지.

걱정 마, 말하지 않을 테니까.

네게도, 다른 사람들에게도, 네가 윤해성이라는 거. 네 과거를 안다는 거.

말하지 않을 테니까 걱정하지 마.

"슬픈 기억이 떠올라?"

문득 창현이 물었다.

"응?"

"표정이 안 좋아."

창현이 가만히 손을 들어 올렸다.

슬희의 볼에 닿으려던 손이 멈칫했다.

"만져도 돼?"

창현이 물었다.

슬희가 눈을 가늘게 뜨고 웃었다.

"응, 괜찮아."

그제야 창현이 슬희의 뺨을 쓰다듬었다.

볼에 닿은 그의 따스한 손이 기분 좋았다.

슬희도 손을 올려 그의 손 위에 자신의 손을 겹쳐 놓았다.

역시 그의 손은 예전에 잡았을 때와 다르게 무척이나 커졌다.

"슬픈 기억 아니야."

슬희는 눈을 감고 고개를 살짝 옆으로 기울이고 그의 손길을 느꼈다.

"나한테는 참 좋은 기억이 하나 있거든."

주인의 손길에 즐거워하는 고양이처럼, 눈을 감고 손길을 즐기는 슬희를, 창현은 물끄러미 응시했다.

동그스름한 이마 옆으로 흘러내린 머리칼과 작고 하얀 얼굴이 무척이나 사랑스러웠다.

'나한테도 참 좋은 추억이 하나 있어.'

학교 근처의 개천을, 창현은 기억하고 있었다.

그 지저분하고 어두웠던 개천.

거기서 처음으로 잡은 그녀의 손.

그 작고 따뜻한 손.

중학생 무리에게서 도망치다가 계단 앞에 멈춰 숨을 고르는 동안, 이 심장이 터질 듯 뛰어 댔던 것도 기억한다.

마주 보고 웃던 그녀의 환한 미소도. 그녀의 이마 위로 살짝 흘러내린 몇 가닥의 머리칼도.

무엇 하나 잊지 않고 기억했다.

너를 기억한다고 하면, 내가 그때의 그 소년이라 하면, 너는 어떤 표정을 지을까?

전혀 기억에 없는 등장인물을 들은 듯 당황할까?

아니면 아아, 그런 애도 있었지, 하며 기억을 더듬을까?

그것도 아니면.

경멸할까?

살인범 아버지를 둔 남자가 이제는 한 회사의 대표라는 사실에, 그런 남자와 키스를 했다는 사실에.

혐오스러운 표정을 지을까?

무섭다.

그 어떤 것도 무서운 적이 없었다.

살인범 아버지, 술집 여자인 어머니를 뒀다고 비난하는 사람들의 시선도.

민씨 가문에 들어와 받게 된 조롱의 시선도.

한 번도 두려운 적이 없었다.

하지만 슬희만은 두려웠다.

진실을 알게 된 그녀가 지을 표정이, 행동이 두려워서 솔직하게 말할 수가 없었다.

이렇게나 두려운 와중에도 그녀의 입술을 원하는 자신이 환멸스러웠다.

그녀와 이 이상으로 가까워져서는 안 된다는 걸 알면서도, 자꾸만 그녀를 원하는 자신이 바보 같았다.

우현은 슬희를 좋아한다고 했다.

그 말은 진심이었다.

슬희를 우현에게 보내 주는 것이 옳았다.

우현은 민 회장의 진짜 혈육이고, 거리낄 것이 아무것도 없다.

우현이라면 슬희를 행복하게 해 줄 것이다.

그렇게 생각하면서도 그녀를 놓아줄 수가 없다.

창현은 천천히 허리를 굽혔다.

슬희의 입술 위에 창현의 입술이 겹쳐졌다. 부드러운 그녀의 입술이 닿았다.

키스를 할 때마다 발밑이 사라진 듯 아찔한 기분이 들었다.

이윽고 키스가 끝났을 때, 슬희가 촉촉한 눈으로 창현을 올려다보며 말했다.

"창현아. 우리, 연애나 할래?"

불쑥 튀어나온 말이었다.

말을 한 슬희 자신도 깜짝 놀랐는데, 창현은 오죽할까.

아니나 다를까.

창현은 눈을 크게 뜨고 슬희를 내려다보고 있었다.

"연애?"

"어, 응. 연애."

이미 한번 뱉은 말을 주워 담을 수는 없었다.

슬희는 그냥 밀어붙이기로 했다.

"너는 날 좋아하고, 나도 널 좋아하잖아. 우리 키스하는 것도 썩 괜찮고. 그러니까 우리, 연애나 하자."

"잠깐만. 난……."

"물론 결혼까지는 생각 안 해."

"결혼을 생각 안 한다고?"

"응, 생각 안 해. 난 비혼주의자거든."

"아……."

"결혼은 책임질 것도 많고, 너무 서로에게 얽매여야 하잖아. 너도 부잣집 아들에 두엔 대표이기도 하니까, 아무 여자랑 결혼할 수 있는 건 아닐 거고. 그런 사정은 잘 알아."

"잠깐만, 그런 문제가……."

"나중에 가서 너한테 결혼을 하자고 하거나, 그런 말은 안 해. 우리 그냥 연애나 하자. 지금 딱 이 순간에는 서로에게만 충실한, 그런 연애. 키스를 해도 죄책감이 느껴지지 않을, 그런 관계."

"죄책감을 느꼈어?"

"쬐끔?"

슬희가 엄지와 검지로 꼬집는 듯한 모양을 만들어 내며 말했다.

"키스만 하는 관계는 뭔가 좀, 너무 가벼워 보이잖아. 그렇다고 미래를 약속한 관계는 너무 무겁고. 그러니까 그냥 지금 너도, 나도 만나는 사람이 없으면 연애나 하자, 그런 거지."

"흠."

"싫어? 아, 혹시 만나는 사람 있어?"

"아니, 그런 건 아니고. 다만."

"다만?"

창현에게서 나올 대답이 두려웠다.

슬희는 주먹을 꽉 쥐고 창현의 대답을 기다렸다.

한동안 움직이지 않던 창현의 입술이 다시 움직였다.

"첫째로, 넌 아무 여자가 아니야. 절대 아무 여자가 아냐."

창현이 힘 있게 말했다.

슬희는 조금 놀라운 기분으로 고개를 끄덕였다.

"그리고 두 번째. 결혼은. 나는 원래 결혼 생각이 없어. 나 역시 비혼주의자야. 나는 너뿐만이 아니라 누구와도 결혼을 하지 않을 거야."

창현과의 결혼을 꿈꾼 건 아니었지만, 막상 그의 입에서 '결혼은 하지 않아.'라는 말이 나오니 심장이 쿵 내려앉는 기분이었다.

가슴에 퍼지는 둔탁한 충격이 슬희를 당혹스럽게 만들었다.

"세 번째. 나는 사내 연애를 지향하지 않아."

"그럼 나 사표 낼까?"

슬희가 애써 장난스럽게 물었다.

창현이 피식 웃었다.

"네 번째. 그럼에도 불구하고 네 제안이 마음에 들어. 다섯 번째. 방금 전에 네가 연애하자고 말한 건 없던 일로 하는 게 좋겠어."

"왜? 내 제안이 마음에 든다며?"

"내가 하려고."

"어?"

"이슬희."

창현이 잠시 망설이다가 슬희의 손가락 끝을 잡았다.

옛날처럼 손을 꽉 잡은 건 아니지만, 창현이 살짝 잡은 자신의 손가락으로부터 그의 다정한 체온이 전해졌다.

그렇게 슬희의 한 손을 잡고, 창현은 그녀를 내려다보며 말했다.

"우리 연애하자. 사귀는 동안에는, 널 그 어떤 누구보다도 행복하게 해 줄게."

일이 이런 식으로 돌아갈 줄은 몰랐다.

자신이 제안했으면서도, 슬희는 얼떨떨한 기분이었다.

"널 그 어떤 누구보다도 행복하게 해 줄게."

창현은 슬희와 눈을 맞추고 더없이 진지하게 또 한 번 말했다.

그 말은 프러포즈보다 달콤하게 슬희의 귓가에 내려앉았다.

먼 미래를 기약하지 않은 사이라는 건 알았다.

창현은 분명하게 '사귀는 동안에는'이라는 조건을 붙였다.

상관없었다.

지금 이 순간, 행복하니까.

지금 이 순간, 달콤하니까.

나중의 일까지 생각하고 싶지 않았다.

"응, 좋아. 어디 한 번 마음껏 날 행복하게 해 줘 봐."

슬희의 말에 창현은 웃으며 다시 한 번 허리를 굽혀 슬희의 입술에 입을 맞췄다.

                    *   *   *

저녁을 먹고 나니, 꽤 늦은 시간이 되었다.

"서울 안 가 봐도 돼?" 하고 슬희가 물었더니, "널 놔두고 어딜 가?"라는 대답이 돌아왔다.

정말로 연인이 된 것 같아, 가슴이 간질거렸다.

"그럼 숙소로 가자. 촬영장 근처에 모텔 잡아 뒀다던데."

"모텔."

창현은 살짝 미간을 좁히고 고민하다가 말했다.

"호텔로 가자."

"호텔?"

슬희가 깜짝 놀라 되물었더니, 창현이 빙그레 웃었다.

"걱정 마. 방 두 개짜리로 잡을 거니까."

"아니, 뭐. 꼭 그걸 걱정한 건 아닌데. 네가 또 비싼 방 잡을까 봐 그러지. 저번에 그 호텔 말이야. 너무 비쌌어! 1박에 2백만 원 가깝더라. 돈이 남아돌아? 그래, 남아도시겠지. 그래도 그 남아도는 돈 잘 아껴서 집도 사고, 차도 사고 그래야지. 아, 집도, 차도 있나?"

슬희의 잔소리를, 창현은 재미있다는 듯 듣고 있었다.

"뭘 그렇게 웃어?"

"그냥. 옛날 생각이 나서."

"옛날 생각?"

"응, 그런 게 있거든. 일단 호텔로 가자."

인터넷에서 검색한 호텔로 이동을 하면서, 창현은 옛 생각을 했다.

허리에 손을 얹고 잔소리를 하던 어린 소녀가 떠올랐다.

어느 누구에게도 관심받지 못했던 어린 소년에게, 그 잔소리는 참으로 신선하고 따뜻했다.

그래서 소년은 소녀의 잔소리를 듣는 게 좋았다.

많은 사람들의 관심을 받는 지금도 그건 마찬가지였다.

슬희가 하는 모든 행동이 창현을 즐겁게 했다.

그리하여 창현 역시 슬희를 즐겁게 해 주고 싶었다.

어린 시절부터 지금까지, 언제나 창현의 빛이 되는 그녀를 행복하게 해 주고 싶었다.

호텔에 도착해 스위트룸을 요청하는 창현의 팔을 붙잡고, 슬희는 작은 목소리로, "야, 돈 많이 쓰지 말라니까."라고 속삭였다.

　하지만 창현은 무시하고 카드를 내밀었다.

　스위트룸으로 안내를 받는 동안, 슬희는 하고 싶은 말이 많은 듯했지만, 안내를 해 주는 호텔 종업원 때문인지 입을 꾹 다물고 있었다.

　이윽고 스위트룸에 들어갔을 때.

　"우와, 멋지다!"

　우선 감탄 한번 해 주고.

　"내가 너 이런 방에 돈 쓰지 말라고 했지?"

　슬희는 본격적으로 잔소리를 시작했다.

　"방 두 개짜리는 스위트룸밖에 없어."

　"아, 진짜? 아니, 아니. 날 속이려고 들지 마. 그럼 그냥 일반 룸 두 개 잡아도 됐잖아. 그게 훨씬 싸게 먹히겠다!"

　"난 이런 방 아니면 잠이 안 와."

　"……그래?"

　"응. 불면증이 있거든."

　불면증이 있다는 건 사실이었다.

　다만 이런 방에서도 잠은 잘 자지 못할 것이다.

　어린 시절부터 사람들의 비난과 냉기 어린 시선이 항상 창현을 쫓아다녔다.

　그 시선에서 벗어난 지금도, 이상하게 밤만 되면 잠을 제대로 잘 수가 없었다.

"뭐, 그렇다면 어쩔 수 없지."

슬희는 믿는 것 같았다.

"그럼 감사한 마음으로 즐길게. 방 진짜 좋다. 부자들은 좋겠어. 이런 방도 척척 쓸 수 있고."

슬희가 스위트룸을 둘러보며 말했다.

"이제 너도 그럴 수 있어."

"내가? 난 아직 부자 아닌데?"

"내가 있잖아. 이제 내 지갑도, 카드도 다 네 거야."

창현의 말에 슬희는 놀란 표정으로 창현을 올려다보다가 곧 환하게 웃었다.

"그거 되게 감미롭다. 그런데 네 돈을 내 돈으로 여길 생각 없어. 우린 더치페이 할 거고, 선물도 비슷한 수준으로 주고받을 거야. 물론 이 방은 네가 원해서 온 거니까 네가 내!"

"하지만……."

"날 부끄럽게 만들지 마. 난 네 돈 때문에 너랑 연애하는 거 아니니까."

"그럼 뭐 때문에 나랑 연애하는데?"

"그거야……."

슬희는 고개를 바짝 들어 창현의 얼굴을 가만히 응시했다.

그의 잘생긴 얼굴을 한참 동안 살펴보다가 말했다.

"네가 잘생겨서."

"내가 잘생겼어?"

"응, 내 눈에는 세상에서 제일 잘생겨 보여. 그래서 너랑 연애하는 거야."

"그럼 이 얼굴에 감사해야겠군."

슬희가 키득키득 웃으며 창가로 향했다.

커다란 창문으로 보이는 야경을 내려다보며, 슬희가 말했다.

"널 처음에 봤을 때만 해도 되게 재수 없는 놈이라고 생각했는데."

"그래?"

"재수 없지. 실수로 허벅지에 한 번 앉았다고 커피 쏘라고 하고."

"지금은?"

"지금은, 글쎄. 네가 하는 거 봐서 평가가 좀 달라질 수도 있겠는데?"

"그럼 힘껏 노력해야겠군."

창현이 옆에 와서 섰다.

슬희는 그런 창현을 돌아보며 말했다.

"왜 그러고 서 있어?"

"응?"

"이럴 때는 내 뒤에 와서 백허그를 해 줘야지. 영화에서 못 봤어? 이럴 때 남자 주인공이 여자 주인공, 뒤에서 안고 어깨에 턱 올리고 같이 야경 보면서 속살거리잖아."

"그래도 돼?"

"당연하지. 우리 이제 연인이잖아."

"하, 그렇군."

창현이 작게 웃었다.

"이제 널 마음껏 만져도 된다는 거군."

"아니, 그렇게까지 마음껏은 아니라……."

슬희가 말을 끝맺기도 전에, 창현이 슬희를 공주님처럼 번쩍 안아 들었다.

"꺅!"

슬희가 작게 비명을 지르며 얼른 창현의 목을 끌어안았다.

"영화에서 남자 주인공이 이런 짓은 안 하나 보지?"

"하긴 하는데……."

창현이 슬희를 안고 가 소파 위에 눕히고 입을 맞췄다.

단둘만이 있는 공간에서 키스를 하는 건, 밖에서 할 때와는 또 다른 기분이었다.

좀 더 농밀한 감정이 가슴속에 들어찼다.

조용한 공간에 둘의 숨소리만 울렸다.

슬희는 두 팔을 창현의 목에 감았다. 창현의 손이 슬희의 목덜미와 어깨를 쓰다듬었다.

그의 손길이 좋았다.

조금 더. 조금 더.

키스를 하고 붙어 있는데도 그의 체온이 간절했다.

조금 더…… 창현과 가까워지고 싶었다.

"그만 자자."

그때, 창현이 입술을 떼며 말했다.

"어?"

"내일 일찍 일어나야 하잖아. 너도, 나도. 그만 자자."

"어, 그래."

농밀한 분위기가 갑작스럽게 깨지는 바람에, 슬희는 어떻게 반응해야 좋을지 알 수 없었다.

창현은 이 이상은 생각해 본 적도 없다는 듯, 담백하게 몸을 일으켰다.

그 모습을 보자, 자기 혼자 달아오른 것만 같아서 창피해졌다.

'이게 뭔 일이래?'

슬희는 쑥스러운 기분으로 소파에서 일어나 옷매무새를 정돈했다.

"욕실 두 개니까 각자 들어가서 씻으면 될 것 같아."

창현이 말했다.

"응, 그래."

슬희도 담담한 척 말하며 욕실로 들어왔지만, 거울에 비친 슬희의 얼굴은 새빨갛게 물들어 있었다.

'아, 창피해.'

남자와 함께 있으면서 그의 몸을 간절히 원해 본 건 처음이었다.

슬희 자신도 억누를 수 없는 강렬한 욕망이 육체를 가득 채우고 있었다.

오늘 막 사귀게 된 사이인데도, 그를 육체를 탐하고 싶은 마음이 너무 커진 게 부끄러웠다.

'나, 되게 음란하네.'

슬희는 거울을 응시하며 한숨을 내쉬었다.

　　　　　　　＊　　　＊　　　＊

　욕실 문을 닫자마자, 창현은 깊은 한숨을 내쉬었다.

　'큰일 날 뻔했네.'

　하마터면 슬희와…….

　그녀의 달콤한 입술과 따스한 체온, 그녀의 체취에 아찔해져서
다른 생각을 할 수가 없었다.

　뜨겁게 달아오른 몸은 오롯이 슬희만을 원했다.

　조금 더. 조금 더.

　그녀의 많은 부분을 느끼고 싶었다.

　하, 하고 그녀의 숨결이 흘러나왔을 때에야 간신히 정신을 차릴
수 있었다.

　큰일 날 뻔했다.

　슬희는 지켜 줘야만 하는 여자였다.

　한순간의 충동에 휩싸여 그녀의 몸을 더럽힐 수는 없었다.

　그녀와 미래도 약속하지 못하는 주제에, 그녀의 육체만을 손에
넣을 수는 없다.

　그녀를 소중히 아껴 줘야만 한다.

　창현은 거울 앞에 서서 크게 심호흡을 했다.

　'정신 차려. 슬희는 네가 함부로 대해도 되는 여자가 아니야.'

　　　　　　　＊　　　＊　　　＊

"슬희 씨가 안 오네."

"안 오겠죠. 대표님이랑 그렇게 가 버렸는데."

"그럼 소문이 진짜인가? 정말 두 사람 사귀는 거예요?"

"그렇겠죠. 오늘 우리 대표님 여기 온 것도 슬희 씨 때문에 온 것 같은데."

"이야, 대표님도 의외네요. 되게 냉정할 줄 알았는데 열렬하네."

직원들의 이야기가 들려왔다.

우현은 주먹을 꽉 쥐었다.

밤 열두 시가 넘었다.

슬희는 아직도 돌아오지 않았다.

남자와 여자가 함께 밤을 지새운다는 게 어떤 의미인지는, 우현이 누구보다도 잘 알았다.

'괜찮아, 아직은. 창현이 형은 신중한 사람이야. 나처럼 욕정에 지는 일은 없어. 사귀지도 않는데 슬희 누나랑 그런 짓을 하진 않을 거야.'

그렇게 자신을 달래어 보지만, 가슴은 여전히 답답했다.

마음 같아서는 슬희에게 전화를 걸고 싶었다.

'어디예요? 안 와요? 형이랑 같이 있어요?'

그런 질문들을 하고 싶지만, 그래서는 안 될 것 같았다.

집요하게 다가가면 다가갈수록 슬희는 뒷걸음질을 쳤다.

그녀의 곁에서 조용히 스며들 듯 다가가기로 했는데, 창현이 이렇게 적극적으로 끼어들 줄은 몰랐다.

'형이랑은 싸우기 싫어. 하지만.'

얼마 전이었다면 포기했을 것이다.

'너무 늦었어. 이제 나도 포기를 못 하겠어.'

친구들이 듣는다면 "이 세상에 여자가 그 여자뿐이냐? 그냥 포기하고 다른 여자 찾아봐."라고 할 것이다.

우현도 알고 있었다.

이 세상에 여자는 많다.

하지만 이제야 새롭게 알게 된 사실이 있다.

이 세상에 슬희는 한 명뿐이다.

이 심장은 그 한 명을 향해서만 뛴다.

그래서 사람들은 그 한 명 때문에 울기도 하고, 웃기도 하고, 그러는가 보다.

그걸 이제야 알게 되었다.

조금 더 일찍 알았더라면 좋았을 텐데.

*　　*　　*

잠을 제대로 자지 못했다.

방을 따로 사용한다고 해도 창현과 같은 공간에 있는데 잠이 올리 없었다.

닫힌 문을 자꾸만 흘긋거리는 건, 어쩌면 마음이 바뀐 창현이 들어올지도 모른다는 생각 때문이었다.

하지만 창문으로 아침 햇살이 비출 때까지, 창현은 들어오지 않았다.

'아, 나 진짜 밝히는 여자인가 봐.'

남자인 창현도 아무 생각이 없는데, 자신만 몸이 달아서 그를 기다리는 이 상황이 바보 같았다.

'여자는 서른 넘으면 성욕이 왕성해진다더니. 내가 딱 그건가?'

그런 생각을 하며 침대에서 내려왔다.

제대로 자지 못해 눈이 뻐근했다.

욕실에서 씻고 나왔을 땐, 창현도 나갈 준비를 마치고 나온 후였다.

"잘 잤어?"

상큼하게 미소 짓는 그를 보자, 조금 전까지의 무거운 기분이 깨끗이 사라졌다.

어쨌든 그와 함께 아침을 맞이했다.

"응, 넌?"

"나도. 조식 먹고 갈까?"

"당연하지! 비싼 돈 주고 묵었는데 조식은 먹어야지."

슬희의 당찬 포부에 창현이 웃었다.

"그래, 많이 먹자."

식당에 내려가 호화스러운 조식을 먹은 후에야 아무 일 없이 호텔에서 나왔다.

창현은 슬희를 촬영장 근처까지 데려다주었다.

"난 이제 서울에 가 봐야 돼. 마무리 잘하고 올라와."

"응, 조심해서 가."

슬희가 안전벨트를 풀고 내리려고 하는데, 창현이 슬희의 손목을 잡았다.

"잠깐."

"응?"

"뽀뽀해 주고 내려야지."

"아, 응."

슬희가 웃으며 운전석 쪽으로 몸을 기울여 창현의 입술에 입을 맞췄다.

"갈게."

"응."

슬희는 차에서 내려 창현의 차가 멀어지는 걸 지켜본 후에 촬영장으로 향했다.

촬영장에는 이미 사람들이 나와 있었다.

어제 창현의 방문 때문인지, 백상희도 이른 시간부터 나와서 대기 중이었다.

"슬희 씨, 잘 잤어?"

두엔 직원이 슬희를 발견하고 손을 흔들었다.

슬희는 당혹스러운 기분으로 그들에게 다가갔다.

"네, 어제는……."

"괜찮아, 괜찮아. 설명하지 않아도 돼. 젊은 남녀가 눈이 맞으면 그럴 수도 있지."

"아뇨, 그런 건 아니고요. 어제 제가 대구에 사는 친구네 집에 갔다가 잠이 들어 버렸어요."

회사에는 창현과 사귀는 걸 비밀로 하기로 했다.

슬희가 먼저 제안했고, 창현도 반대하지 않았다.

"응? 대표님이랑 같이 있었던 거 아냐?"

"네, 아닌데요. 대표님은 어제 저랑 저녁만 먹고 올라가셨어요."

"그렇게 거짓말 안 해도 되는데."

"진짠데요."

"흐음."

두엔 직원들은 미심쩍은 시선을 보냈지만, 어느 정도는 믿는 눈치였다.

하지만 우현만큼은 그러지 않았다.

오늘따라 우현은 슬희에게 말을 걸지 않아서, 왠지 두 사람 사이에 벽이 놓인 것 같은 기분이 들었다.

슬희도 일부러 우현에게 말을 걸지는 않았지만, 서울로 올라오는 차에서는 나란히 앉는 바람에 계속 피할 수도 없게 되었다.

평소와 달리 무표정하게 차창 밖을 응시하던 우현이 입을 열었다.

"누나는 거짓말 안 하는 줄 알았는데."

"네?"

"누나도 거짓말 잘하네요."

뜨끔했다.

슬희는 변명을 할까 하다가 관뒀다.

우현이 이 거짓말을 눈치챘다면 굳이 해명할 필요는 없었다.

어쩌면 이 일로 우현이 슬희에게 보이는 관심을 거둘지도 모른다.

불편한 분위기 속에서 서울에 들어갔을 때, 휴대폰이 울렸다.
주희에게서 온 메시지였다.

　[아직 회사지? 저녁때 시간 있어?]
　[응, 있어. 출장 갔다가 돌아가는 길이야. 직퇴래. 일찍 끝날 것 같
아.]
　[잘 됐다. 나랑 놀자. 오늘 남편이 휴가라서 애 데리고 시댁 갔어.]
　[그래, 어디서 볼까?]
　[우리 집으로 와.]
　[응, 이따 봐.]

숨 막히는 분위기 속에서 회사 근처에 도착했다.
"우리는 여기서 헤어집시다. 괜히 회사 앞에 갔다가 붙잡혀서 일
하지 말고."
"좋아요. 다들 고생하셨어요. 내일 봬요."
"내일 봐요."
인사를 할 때도 우현은 슬희 쪽을 보지 않았다.
슬희는 찝찝한 마음으로 전철역을 향해 걸었다.
전철역 개찰구 앞에서 카드를 꺼내고 있을 때였다.
"누나."
뒤에서 우현의 목소리가 들려왔다.
슬희는 멈춰 서서 뒤를 돌아봤다.
언제 따라온 건지, 우현이 가까이에 서 있었다.

"상관없어요."

"뭐가요?"

"누나가 우리 형이랑 어떤 사이이든, 그런 건 상관없어요. 그런 일로 누나를 포기하기에는, 너무 늦어 버렸거든요."

"……."

"누나가 좋아요. 어떻게 표현해야 좋을지 알 수 없을 만큼, 누나가 좋아요. 그러니까 포기 안 해요."

"우현 씨……."

"누나가 지금 형이 좋다면 좋아하세요. 그 마음에 있는 게 형이라면 그걸 억지로 끄집어내지 않을게요. 하지만 그 마음 한 조각, 기억은 해 줘요. 내가 누나를 아주 많이 좋아한다는 거. 이대로 시간이 흘러도, 이 마음 쉽게 변하지 않으리라는 거. 그거는 기억해 줘요."

지나가는 사람들이 열렬하게 고백하는 우현을 보며 소곤거렸다.

하지만 우현의 시선은 오롯이 슬희에게만 향해 있었다.

지금껏 가볍게 무시해 왔던 우현의 고백이 절절하게 슬희의 가슴을 파고들었다.

미소를 지운 그의 눈빛이 강렬하게 슬희를 사로잡았다.

이대로 있으면 그 눈빛에 발목을 잡힐 것만 같아, 슬희는 저도 모르게 뒷걸음질을 쳤다.

등이 개찰구에 닿았다.

"무서워하지 마요."

우현이 쓴 미소를 지으며 말했다.

"누나를 잡아먹진 않을 테니까."

그렇게 말한 우현은 더 이상 슬희를 괴롭히지 않겠다는 듯 휙 돌아서서 걸어갔다.

*　　*　　*

주희의 집에 갔더니, 주희가 음식을 잔뜩 차려 놓고 기다리고 있었다.

육아휴직을 하기 전까지는 유명 호텔의 요리사였던 주희였기에, 그녀가 차린 음식은 호화롭기 그지없었다.

"우와, 대박. 이걸 오늘 다 한 거야?"

"아까 오전에 장 봐 왔거든. 오랜만에 스트레스 풀 겸 요리하다 보니까 많아졌네. 이따 연우도 오라고 했어. 걔, 요새 병원 잘돼서 바쁜가 보더라."

"아, 오랜만에 진짜 신나겠다."

"그러게. 오늘 남편 안 들어오니까 술도 마시자. 죽어 보자, 같이."

"웅! 먹고 죽자!"

주희가 한창 요리를 배울 때, 이런 자리가 자주 있었다.

주희는 슬희와 연우를 불러 놓고 요리 연습을 했고, 덕분에 슬희와 연우는 공짜로 배불리 먹을 수 있었다.

"옛날 생각난다. 우리 고등학교 3학년 때. 네가 요리 진짜 자주 해 줬잖아."

"맞아, 그럴 때도 있었지. 그때만 해도 연우랑은 이렇게 오래 알고 지내게 될 줄은 몰랐어."

"어? 나도, 나도. 연우는 아무래도 남자애니까 대학 들어가고 하면 멀어질 줄 알았는데."

"애가 여자 같은 면이 있어서 그런가? 우리 중에 제일 수다스럽잖아. 제일 섬세하고."

"그건 그래. 술만 취하면 울면서 그렇게 사랑한다고, 사랑한다고 울부짖잖아."

"진짜 귀찮다니까."

오랜만에 여자 둘이 만났더니 수다가 끊이질 않았다.

이런저런 얘기를 하다 보니 회사 얘기도 나오고, 드라마 촬영 현장에 갔던 이야기도 나왔다.

슬희는 드라마 현장에서 본 배우들의 모습을 생생하게 전했고, 주희는 흥미진진하게 그 이야기를 들었다.

"백상희는 좀 그럴 것 같긴 했는데, 최영빈이 진짜 의외다. 되게 순박해 보였는데. 잘생긴 시골 청년 같은 느낌이잖아."

"그러니까. 나도 깜짝 놀랐다니까."

"성격 괜찮은 배우는 없어?"

"있지. 정세연 있잖아. 그 사람은 되게 싹싹하고 성격도 좋더라."

정세연은 이번 드라마의 조연이었다.

"아, 진짜? 생긴 건 여우 같이 생겼는데. 의외네. 아, 맞다. 연예인 얘기보단, 그래서? 어떻게 됐어?"

"응? 뭐가?"

밑도 끝도 없는 '그래서?'에 슬희가 눈을 동그랗게 떴다.

"너희 사장이랑."

"아……!"

표정을 갈무리할 새도 없이, 얼굴이 새빨갛게 달아올랐다.

슬희 자신도 느껴질 정도니, 주희의 눈에도 훤히 보일 것이다.

아니나 다를까.

주희가 달려들 듯 물었다.

"뭐야? 뭔가 있구나? 뭔데? 했어? 했네. 표정 보니까 했어."

"하, 하긴 뭘 해! 아냐, 그런 거."

"아니긴. 넌 얼굴에 다 드러나거든? 했네, 했어. 완전 했네."

"아니라니까. 하긴 개뿔."

"뭔데? 안 했는데 왜 얼굴 빨개지는데?"

"야, 꼭 해야 얼굴 빨개지냐?"

"당연하지. 우리가 이제 키스 정도로 얼굴 붉힐 나이는 아니잖
아."

"난 아직 키스 정도로 얼굴이 붉어질 만큼 순수하고 가녀리거든?"

"……슬희야. 여기 연우가 없는 걸 감사하게 생각해. 난 연우처
럼 독설을 하진 않을게."

"……응."

슬희는 호흡을 가다듬었다.

너무 갑자기 지적을 받는 바람에 흥분하고 말았다.

손부채질을 하는 슬희를, 주희는 눈을 가늘게 뜨고 지켜봤다.

"아무튼, 뭔가 진전이 있긴 한 거지?"

"응, 있긴 한데."

"얼른 고해 봐. 아니면 연우 올 때까지 기다릴까?"

"아냐, 아냐. 너한테만 얘기해야겠어."

"그래, 빨리 말해 봐, 빨리. 아줌마 되고 나니까 처녀들 연애사가
너무 궁금하네."

어디를 봐도 20대 중반 모델 같은 주희가 말했다.

슬희는 마음을 가라앉히고 차분하게 그동안 있었던 일을 설명했
다.

물론 창현이 해성이라는 사실만 제외하고.

어젯밤의 일까지 쭉 고해바친 슬희가 한숨과 함께 덧붙였다.

"나, 여자로서의 매력이 없나 봐."

"그럴 리가. 아무리 여자로서의 매력이 없어도 남녀가 한 방에 있
고, 그렇게 뜨거운 키스까지 했으면 해야 마땅해."

"하지만 안 했잖아. 민창현이 갑자기 휙 일어나서 그만 자자고
하더니 방으로 가 버렸다니까?"

"걔, 안 그거 아냐?"

"……."

"왜? 그렇잖아. 예쁜 여자가, 그것도 이제 막 사귀기로 한 여자가
무방비하게 아래에 깔려 있는데 안 했다는 건. 그거네."

"그, 그런 건 아니거든?"

"그런 게 아닌 줄은 어떻게 알아? 봤어?"

"아니, 우리 얘기가 너무 노골적으로 흘러가는 것 같은데."

"노골적이긴. 우리 이제 다 알 만한 나이잖아."

대화가 그렇게 진하게 무르익어갈 때, 연우가 술을 양손 가득 가지고 등장했다.

연우가 자리에 앉기 무섭게, 주희가 물었다.

"채연우. 만약 남자가 여자랑 둘이 분위기 좋은 호텔에 갔어. 키스를 했어. 그런데 갑자기 멈추고 각자 방에 들어가서 자자고 해. 그럼 이유가 뭐라고 생각해?"

"안 되는 거지."

"맞지? 그렇지?"

주희가 이것 보라는 듯 슬희를 돌아봤다.

"왜? 이슬희, 너 남자랑 호텔 갔는데 남자가 거부했어?"

연우가 눈치 빠르게 물었다.

"야, 남자가 거부한 게 아니거든?"

"아니긴. 그 남자가 안 되거나, 거부한 거지. 아, 이런 경우도 있겠다."

"어떤 경우?"

"네가 너무 소중해서 지켜 주고 싶은 경우."

"아하하하하. 뭐야, 그게? 그런 게 현실에 있을 리 없잖아."

주희가 웃음을 터뜨렸다.

연우도 웃었다.

"그냥 해 본 말이야. 진짜 사나이라면 그럴 리가 없지. 왜? 무슨 일인데, 왜 그래?"

슬희는 주회에게 했던 이야기를 간추려서 설명했다.

계속 놀릴 줄 알았던 연우는 의외로 진지하게 슬희의 이야기를 듣다가 진지하게 물었다.

"너랑 민창현 사이에, 그 전에 아무 관계도 없었던 거 맞아?"

"어?"

"두 사람, 이 회사에서 처음 만난 게 맞냐고."

연우는 역시 예리했다.

슬희는 동요를 드러내지 않으려고 애쓰며 말했다.

"응, 그럼 달리 어디서 봤겠어? 높으신 양반인데."

"그야 그렇지만. 흐음."

연우가 전에 없이 심각한 표정으로 생각을 하다가 말했다.

"내가 아버지한테 들은 건데. 민창현 말이야."

슬희는 바짝 긴장했다.

연우는 대대로 의사, 검사를 하는 집안의 아들이었다.

나름 명문가라는 말을 듣는 집안이라, 민씨 일가와도 개인적으로 아는 사이일 수 있었다.

연우와 친하게 지내면서 그의 집안에 대해 생각해 본 적이 없기에, 거기까지는 생각이 미치지 않았었다.

연우가 민창현이 윤해성이라는 걸 아는 게 아닐까 싶어서 등골이 서늘했다.

물론 연우가 그런 이유로 남을 무시하거나 조롱하거나 여기저기 소문을 낼 린 없지만, 그래도 창현의 과거가 여기저기 알려지는 건 좋지 않을 것 같았다.

"아냐, 아무것도."

연우가 고개를 저었다.

"왜? 뭔데? 아버님이 뭐라고 하셨는데?"

"아냐. 아무튼 너, 민창현이랑 하고 싶은 거지?"

연우가 자연스럽게 말을 돌렸다.

슬희가 얼굴을 붉혔다.

"하, 하고 싶긴 뭐, 뭘 하고 싶어? 그런 거 아니거든?"

"아니긴. 하고 싶은데 안 해서 서운하다, 그거잖아."

"아니라니까."

하여간 이놈은 너무 예리하다.

"그냥 덮쳐."

"뭐?"

"요새는 여자도 적극적이어야 살아남는 시대야. 다음에 그런 기회가 오면 일단 덮쳐. 그리고 이 기회에 인생 역전 하는 거야! 놓치지 마라. 두드림의 남자다. 두 번 다시 없는 기회야."

"하아. 너한테 상담을 한 내가 미쳤지."

슬희가 고개를 절레절레 저었다.

"야, 나랑 민창현은 그런 사이 아니거든. 우린 그냥 딱 연애만 하기로 했어. 결혼 생각은, 걔도, 나도 없어."

"그거 안타깝네. 그렇다면 덮쳐!"

"……"

"당연하잖아. 연애만 하는 거라면 더욱더 열심히 즐겨야지. 몸에 사리 쌓이게 놔둘 셈이야? 난 그 사리 꺼내 줄 자신 없다. 그런 수술까지는 하지 않아.”

“내가 그렇게 몸에 사리 쌓일 만큼 밝히는 여자는 아니거든?”

“밝혀! 뭐 어때? 한 번 살다 죽는 인생, 죽으면 썩어 문드러질 몸. 살면서 기분이라도 좋아야지! 안 그러냐, 주희야.”

“옳소! 결혼 전에 많이 즐겨라, 이슬희. 최선을 다해서 즐겨야 하는 거야!”

주희, 연우와 친구로 지낸 지도 15년이 되어 간다.

강산이 바뀌어도 몇 번은 바뀌었을 시간.

슬희는 처음으로 알게 되었다.

이 인간들은 도움이 안 된다.

*　　*　　*

“방금 뭐라고 하셨습니까?”

창현은 최 변호사를 노려봤다.

애리의 개인 변호사인 최 변호사는 창현의 무시무시한 시선에 찔끔했지만, 다시 한 번 말했다.

“민애리 대표님께서는 아직 안 된다고 하셨습니다.”

최 변호사는 일부러 ‘대표님’이라는 호칭을 강조해서 말했다.

“이건 이미 회장님과 이야기가 끝난 문제입니다. 회장님도 아십니까?”

“네, 제가 이미 민애리 대표님과 함께 회장님을 찾아뵀습니다.”

뒤통수를 맞은 기분이었다.

민애리가 새로운 사업을 하겠다고 민 회장을 졸라 두드림 엔터테인먼트를 세웠다.

큰돈을 투자했고, 유명한 연예인들을 끌어들였지만 결과는 참담했다.

몇 년째 적자만 나는 두엔을 맡기며, 민 회장은 말했다.

— 보란 듯이 성공시켜라. 3년 후 흑자를 내면 네게 주마.

흑자를 내는 데까지는 3년도 걸리지 않았다.

1년이 좀 더 지났을 때 흑자를 냈고, 4년이 다 되어가는 지금은 3대 엔터테인먼트에 들 정도로 성장했다.

민 회장이 흔쾌히 두엔의 대표 자리를 주겠다고 한 것도 당연한 일이었다.

지난번 자리에서 분명 그렇게 약조했는데, 왜 갑자기 일이 틀어진 건지 알 수 없었다.

애리가 무슨 짓을 한 걸까?

"이번 드라마에 두엔이 단독 투자를 했지요. 단독 투자는 처음이라 회장님도, 대표님도 걱정이 크십니다. 일단 이번 드라마까지 지켜보신 후, 향후 행방을 결정하시겠다 하셨습니다."

"이번 드라마까지……."

물론 드라마 단독 투자는 위험한 일이었다.

하지만 이 드라마는 성공시킬 자신이 있었다.

"드라마가 종방하는 날, 다시 한 번 이야기를 하게 될 겁니다. 민

창현 씨는 그때까지 잘해 주시면 됩니다."

창현이 실질적인 대표인데도, 최 변호사는 '씨'라고 말했다.

민씨 가문을 위해 오랫동안 일해 온 최 변호사는 창현을 민씨 일가로 받아들이지 않았다.

최 변호사가 떠난 후, 창현은 벌떡 일어나 밖으로 나왔다.

"창현…… 아니, 대표님."

비서실에 있던 태윤이 깜짝 놀라 일어났다.

"무슨 일, 있으세요?"

태윤이 조심스럽게 물었다.

"별일 없어."

창현은 차갑게 말하고 비서실에서도 나왔다.

노력했다.

민 회장에게는 없어져도 그만인 사업이겠지만, 창현은 잘 해내기 위해, 무언가 보여 주기 위해 노력했다.

나도 이 세상에 필요한 존재라고, 쓸모없는 존재가 아니라고 증명하고 싶어서, 더 노력했다.

그 노력이 산산이 부서진 기분이었다.

아무도 없는 좁고 좁은 무인도에 버려진 기분이 들었다.

가슴이 답답했다.

ー개구리 소년 빵빠밤.

고독에 휩싸일 때마다, 곁에서 열심히 노래를 불렀던 한 소녀를 떠올리곤 했다.

이제는 그 소녀가 이곳에 있다.

창현은 빠른 걸음으로 드라마 사업본부로 향했다.

사무실의 작은 창문으로 안을 들여다봤다.

볼을 부풀리고 모니터를 뚫어져라 응시하는 슬희의 모습이 보이
자, 콱 죄었던 숨통이 트였다.

이제야 호흡을 할 수 있다.

창현은 일렁이던 속이 놀라운 속도로 가라앉는 걸 느꼈다.

창현에게 있어 슬희는 그런 존재였다.

그 어떤 상황에서도 창현을 위로하는 존재.

마음 같아서는 당장이라도 사무실에 뛰어들어가 그녀를 끌어안
고 싶었다.

그녀의 향기를 흠뻑 들이마시고 싶었다.

하지만 그녀를 곤란하게 만들 수는 없었다.

창현은 한참 동안 슬희를 지켜보다가 돌아서서, 휴대폰을 꺼냈
다.

그리고 '개구리 소녀'로 저장된 번호로 메시지를 보냈다.

[저녁때, 데이트할까?]

*   *   *

슬희는 재현이 드라마 포스터를 만드는 걸 옆에서 지켜봤다.

제작팀에서 넘겨준 몇 장의 사진이 인터넷에서 보던 포스터로 바뀌어 갔다.

"여기다가 빛을 좀 넣어 볼까?"

"잔뜩 넣어 보자."

"여주 얼굴이 없어졌는데?"

"그럼 남주 얼굴에도 빛 좀 듬뿍 넣어 주자."

장난도 쳐 가면서 구경하다가 자리로 돌아왔더니, '장한 놈'에게 메시지가 와 있었다.

[저녁때, 데이트할까?]

창현이었다.

슬희는 빙그레 웃으며 답장을 보냈다.

[응, 좋아. 홍대에서 볼까?]
[그래.]

답장을 해 놓고 물을 마시러 다용도실로 향했다.

'홍대에서 저녁 먹고 서점 좀 가야겠다. 포토샵 공부 좀 다시 해 봐야지. 쓸모 있을 것 같네.'

취업 준비를 하면서 이런저런 기술을 익히고 자격증도 따 놨는데, 사용하지 않아서 거의 잊어버렸다.

포토샵 기술은 익혀 두면 여러모로 도움이 될 것 같았다.

그런 생각을 하며 다용도실에 들어갔는데, 정수기 물통이 비어 있었다.

새 물통은 정수기 뒤쪽에 있었다.

꽤 커서 들기 힘들 것 같긴 하지만, 이런 일로 다른 사람들을 부를 수도 없는 노릇이었다.

슬희는 잠시 망설이다가 빈 물통을 빼서 내려놓고, 새 물통 앞에서 심호흡을 했다.

'이 정도는 들 수 있어!'

물통을 들기 위해 허리를 굽힐 때였다.

다용도실 문이 열리는 소리가 들렸다.

"어? 누나, 뭐해요?"

우현의 목소리가 들려왔다.

슬희는 구부정한 자세로 뒤를 돌아봤다.

"정수기에 물 떨어져서요."

"어휴, 그런 건 남자들한테 맡겨야죠. 무거워서 어떻게 들어요?"

"이 정도야 들 수 있죠. 잠깐만요."

"아니, 아니. 내가 할게요."

우현이 얼른 달려와 물통을 잡으려고 하는 슬희를 멈춰 세웠다.

"괜히 무거운 거 들다가 허리 다치면 어쩌려고 그래요."

"나보다는 우현 씨가 더 무리일 것 같은데요. 곱게 자란 분 아니었어요?"

"아하하하. 남자랑 여자는 기본적으로 힘 자체가 다르잖아요. 잠깐 있어 봐요."

우현이 팔을 걷어붙이더니 흡, 하고 심호흡을 했다.

저걸 하는데 심호흡까지 필요한 걸까?

슬희는 슬슬 불안해지기 시작했다.

그리고 그 불안은 현실이 되었다.

허리를 굽혀 물통을 잡고 번쩍 들어 올리던 우현이, 곧 "윽!" 하는 단말마의 신음을 내뱉고는 그대로 멈춰 버린 것이다.

"헉! 괜찮아요?"

"으…… 자, 잠깐만요. 누나. 오지 마세요. 윽…….."

"뭘 오지 마요. 잠깐만요. 내가 들게요. 잠깐만."

슬희가 물통 맞은편을 단단히 잡았다.

"손에서 힘 빼요."

"안 돼요. 이거 진짜…… 으, 너무 무거워."

"괜찮으니까 힘 빼요. 계속 그러고 있으면 진짜로 위험해요."

"으으……."

우현이 손에서 힘을 뺐다.

물통이 생각보다 묵직했지만, 충분히 대비를 한 상태라 간신히 잡을 수 있었다.

슬희는 물통을 살며시 바닥에 내려놓은 후, 우현의 상태를 살폈다.

우현은 물통을 들려던 구부정한 자세 그대로 멈춰 있었다.

얼굴이 고통스러운 듯 일그러져 있었다.

"괜찮아요? 아파요?"

"허리, 으…… 허리가 삐끗했나 봐요."

"못 움직이겠어요?"

"네. 아, 창피해."

"뭐가 창피해요. 구급차 불러야 하나?"

"괜찮아요. 그냥…… 잠깐만요."

우현이 으으, 신음을 흘리며 조심스럽게 허리를 폈다.

하지만 그의 일그러진 얼굴은 펴지지 않았다.

굉장히 아픈 모양이다.

슬희는 걱정스럽게 우현의 표정을 살펴봤다.

"아파요?"

"아무래도 병원에 가 봐야 할 것 같아요. 누나는 들어가세요."

"아니, 어떻게 그래요? 데려다줄게요."

"아니에요. 내가 괜히 나섰다가 이런 건데, 창피해요."

"그래도요."

"괜찮아요, 얼른요. 누나 계속 그러고 있으면 나, 병원도 못 가
요."

우현이 이런 일로 창피해한다니 의외였다.

슬희는 잠시 우현을 지켜보다가 말했다.

"그럼 엘리베이터까지만 데려다줄게요."

"네."

슬희가 머뭇거리다가 우현의 팔을 잡았다.

"이렇게 잡고 도와주는 편이 안 아프겠어요?"

"어깨에 팔 좀 걸쳐도 돼요?"

"네, 괜찮아요."

우현이 슬희의 어깨에 팔을 걸쳤다.

어깨에 우현의 무게가 얹어져 묵직해졌지만 못 견딜 정도는 아니었다.

슬희는 엘리베이터까지 천천히 걸음을 옮겼다.

엘리베이터에 도착해 내려가는 버튼을 누른 슬희가 우현을 돌아봤다.

우현이 어깨에 팔을 걸치고 있는 터라, 고개를 돌렸더니 슬희와 우현의 얼굴이 가까워졌다.

우현은 얼른 숨을 멈췄다.

"정말 혼자 갈 수 있어요? 괜히 고집부리지 말고요."

"네, 갈 수 있어요. 주차장에 차 세워 뒀으니까 거기 타서 운전기사 부르면 돼요."

우현이 부잣집 아들이라는 걸 깜빡했다.

"그럼 주차장에 차까지만 데려다줄게요."

슬희가 마침 도착한 엘리베이터에 함께 타며 말했다.

우현이 빙그레 웃었다.

"왜 그렇게 웃어요?"

엘리베이터 거울로 우현의 얼굴을 본 슬희가 물었다.

"아프니까 누나가 잘해 주네요. 좋아서요."

"나 때문에 그런 거니까."

"이게 왜 누나 때문이에요."

"나 때문이죠. 우리 부잣집 아드님 옥체가 연약한 걸 염두에 뒀어야 했는데."

"으아, 이미지 완전 구겼네. 나 그렇게 연약하지 않거든요."

"됐어요. 그냥 계속 곱게, 곱게 자라세요. 무리하지 마시고."

지하주차장에 도착한 슬희는 우현의 안내를 받아 차 세워 둔 곳까지 갔다.

우현을 뒷좌석에 앉힌 후에야 조금 안심했다.

"병원 가서 치료 잘 받고, 무슨 일 있으면 연락해요."

"연락, 해도 돼요?"

"당연하죠."

우현이 또 웃었다.

"웃지 마요. 난 원래 아픈 사람한테 약하니까."

"좋은 정보 감사해요. 만날 아파야겠다."

"멍청한 소리 하지 말고요. 운전기사 꼭 불러요."

"네, 네."

"그럼 난 들어가 볼게요."

"고마워요, 누나. 이 은혜는 꼭 갚을게요."

"그런 건 됐으니까 치료나 잘 받아요. 그게 은혜 갚는 거예요."

슬희는 뒷좌석 문을 닫고 돌아섰다.

마음이 무거웠다.

* * *

슬희가 엘리베이터에 타는 걸 확인한 우현은 뒷좌석에 편하게 기대 한숨을 내쉬었다.

허리를 삐끗한 건 사실이지만 움직이지 못할 정도로 아픈 건 아니었다.

그 순간 당황하는 슬희가 귀여워서, 슬희가 걱정해 주는 게 좋아서, 본의 아니게 더 아픈 척을 해 버렸다.

덕분에 슬희의 어깨에 기대는 영광까지 누릴 수 있었다.

슬희의 머리칼에서는 좋은 향기가 났다.

조금 더 그녀의 향기를 맡고 싶었다.

엘리베이터가 영원히 오지 않으면 좋겠다는, 바보 같은 생각까지 했다.

'좋구나. 누가 날 걱정해 준다는 건.'

우현은 뒷좌석에 앉아 눈을 감고 방금 전 있었던 일을 몇 번이고 되풀이해서 떠올렸다.

그러다가 눈을 뜨고 휴대폰을 꺼내 주치의에게 전화를 걸었다.

"형, 난데. 나, 부탁이 하나 있어."

＊　　＊　　＊

"우현 씨가 많이 다쳤다는데?"

제작팀 팀장의 목소리가 홍보팀까지 들려왔다.

슬희는 움찔하며 귀를 기울였다.

"우현 씨가요? 왜요? 갑자기? 회사에 있었는데?"

"탕비실에서 정수기 물통 옮기다가 허리를 삐끗했나 봐. 꽤 심한 것 같아."

"헐. 아니, 귀한 몸께서 왜 갑자기 그런 짓을 하고 그러셨대요?"

'나 때문에요.'

슬희는 죄인이 된 기분으로 고개를 숙였다.

"그러게 말이야. 다른 사람 불러서 시킬 것이지, 괜히 마음 불편하게."

"많이 다쳤대요? 남자는 허리가 생명이잖아요."

"뭐야, 준영 씨. 그거 성희롱이야."

"이게 뭐가? 진리잖아. 남자는 허리가 생명!"

"하긴. 우현 씨는 남들보다 더욱 허리가 생명일 텐데. 그 여자들은 다 어쩐대."

"그래도 근사한 얼굴이 있잖아요."

"아무튼 그래서 어쩐대요? 병원이래요?"

"지금 입원했나 봐. 이따 끝나고 병문안 가 봐야겠어. 다들 갈 거지?"

"네, 가야죠."

"정력에 좋은 비X그라를 사 갑시다!"

"준영 씨는 우현 씨한테 무슨 악감정 있어요?"

"왜? 재미있잖아. 허리를 쓸 수 없는 남자에게는 비X그라를!"

제작팀의 대화를 들으며 슬희는 한숨을 삼켰다.

"민우현도 참 손 많이 가는 남자야. 저녁때 친구랑 술 한잔하려고 했는데."

옆에 있던 지수가 중얼거렸다.

"팀장님도 가시게요?"

"가 봐야지. 어쨌든 같은 부서 사람이 다쳤으니까. 자기도 갈래? 우현 씨가 좋아할 텐데."

다른 때라면 거절했을 테지만, 지금은 경우가 달랐다.

슬희가 원했든 원하지 않았든, 우현은 슬희를 도와주려다가 다쳤다.

죄책감에 가슴이 무거웠다.

"네, 가 볼게요."

"어? 진짜? 자기, 민우현 싫어하는 거 아니었어?"

"아뇨, 싫어하진 않아요. 그냥 회사 동료라고 생각하죠."

"그래? 그럼 같이 가자."

우현이 신경 쓰여서 일에 집중이 되지 않았다.

그러게 왜 도와준다고 해서는.

원망스러운 마음도 들었다.

'좋은 뜻으로 도와준 건데 원망하진 말아야지.'

퇴근 시간이 되자마자 제작팀 직원들이 일어났다.

"그래도 우현 씨 덕에 칼퇴 하겠네."

"칼퇴는 무슨. 얼굴 비추고 다시 돌아와야지."

"내 할 일은 끝났거든요. 내일 해요, 내일."

지수와 슬희도 일어났다.

제작팀 직원들과 함께 회사를 나와, 택시를 타고 우현이 입원한 병원으로 향했다.

병원 근처에서 병문안 선물로 음료수를 샀다.

우현은 큰 종합병원의 1인실에 입원해 있었다.

일반 병실과는 달리 큰 TV에 소파까지 있는 병실이었다.

슬희는 처음 보는 병실 광경을 넋을 놓고 구경했다.

병실이라고 하면 6인실 좁은 침대만 알고 있던 슬희에게는 새로운 광경이었다.

'이래서 사람들이 돈을 벌려고 하는구나. 나는 언제 이렇게 살아 보나.'

그런 생각을 하는 동안, 직원들은 우현의 침대 주위를 둘러싸고 있었다.

우현은 링거를 맞으며 힘없이 미소 지었다.

"아, 다들 안 오셔도 되는데. 진짜 창피하네요."

"그러게요. 창피해해야지. 물통 하나 못 갈아서 입원을 하셨는데."

지수가 비아냥거리자 우현이 쓴웃음을 지었다.

"대체 정 팀장님은 왜 여기까지 오셔서 절 나무라시는 거죠?"

"물통 하나 못 갈아서 허리 삐끗하고, 민폐까지 끼치는 남자 구경 좀 하러 왔어요. 쉽게 볼 수 없는 구경거리니까."

"그렇군요. 그럼 인증샷도 찍어 가세요."

"사진은 됐네요. 내 핸드폰 썩을라."

지수가 우현을 조롱하면 조롱할수록 슬희는 마음이 더 무거워졌다.

어쨌든 우현은 슬희를 도와주려다가 저 꼴이 된 거니까.

우현의 얼굴 보기가 민망해서 가까이 가지도 못하고 병실 안에서 서성거리는데, 창현에게 메시지가 왔다.

[퇴근했어? 슬슬 출발할까 하는데.]

아, 맞다. 데이트!
우현의 일 때문에 데이트를 깜빡 잊었다.

[미안. 우현 씨가 나 때문에 허리를 다쳐서 회사 사람들이랑 문병
왔어.]
[우현이가 허리를 다쳤다고?]
[응.]
[알겠어. 이따 연락할게.]

슬희는 휴대폰을 주머니에 넣었다.
창현과 데이트 하고 싶었는데.
30분쯤 지나 직원들이 그만 가 보겠다고 했다.
슬희도 그들에게 섞여서 슬쩍 인사를 하고 나가려고 했는데, 우
현이 슬희를 불러 세웠다.
"누나, 잠깐만요."
슬희와 지수가 동시에 우현을 돌아봤고, 다른 직원들도 우현을
쳐다봤다.
"저, 슬희 누나랑 할 얘기가 있어서요. 먼저들 가 보세요."
"난 슬희 씨랑 같이 가고 싶은데."
지수가 말했다.

"괜찮아요, 팀장님. 저 우현 씨랑 얘기 좀 하고 갈게요. 먼저들 들어가세요."

슬희가 그렇게 나오는데, 지수가 계속 끼어들 수는 없었다.

지수는 슬희와 우현을 향해 미심쩍다는 시선을 보내고는 다른 직원들과 병실을 나갔다.

다들 나간 후에, 슬희가 침대 옆으로 다가갔다.

"괜찮아요?"

"네, 며칠 입원해서 치료받으면 된대요."

"미안해요."

"에이, 누나가 미안해할 일은 아니죠."

"그래도 날 도와주려다가 이런 거잖아요. 진짜 미안해요."

"정말 그렇게 미안하면 병간호 좀 해 줘요."

"병간호를요? 제가요? 가족들은요?"

"우리 가족들은……."

우현이 쓴 미소를 짓다가 말했다.

"우리 가족들은 이런 거 안 해요."

"아……."

재벌가 사람에게도 말하기 힘든 고독이 있는 모양이다.

슬희는 의자를 끌어다가 우현의 옆에 앉았다.

"매일 해 줄 순 없어요. 오늘만 해 줄 거예요."

"네, 오늘만이라도 좋아요."

"뭐 해 주면 돼요?"

"옆에 있어 줘요."

"......"

"누나가 옆에 있어 주는 게 좋아요. 그거면 돼요."

어쩌면 이 남자는 이토록 직선적일까.

솔직하고 진지한 표현이, 전처럼 짜증 나지는 않았다.

하지만 무거웠다.

차라리 예전처럼 가벼운 고백이면 가볍게 넘겨 버리면 그만인데, 이제는 그럴 수가 없었다.

"우현 씨."

"네?"

"이건 아무한테도 말 안 하려고 한 건데, 우현 씨한테는 말할게요."

"우와, 우리 둘이 비밀 생기는 거예요? 뭔데요?"

해맑게 웃는 우현의 모습에 가슴이 따끔했다.

하지만 슬희는 말했다.

"나, 대표님이랑 연애해요."

"......"

"민창현 씨랑 나, 연애하고 있어요. 그러니까……."

슬희는 말을 끝맺을 수 없었다.

우현의 눈에서 흐르는, 예고 없는 눈물 때문이었다.

그건 우현도 예상하지 못했는지, 무척이나 당황하며 고개를 옆으로 돌렸다.

"아, 뭐지? 보지 마요, 누나. 울려고 한 거 아닌데. 아, 괜찮아요. 잠깐만요."

우현이 황급히 손으로 눈물을 닦아 내는 걸, 슬희는 당혹스러운 기분으로 지켜봤다.

이게 연기라면 우현은 대단한 배우다.

갑작스럽게 흐른 그 눈물은, 아무래도 거짓 같지 않았다.

슬희의 반대쪽으로 고개를 돌리고 열심히 눈물을 닦는 우현을, 슬희는 숨도 쉬지 못하고 지켜볼 수밖에 없었다.

울려고 한 게 아니었는데.

우현은 자신이 흘린 눈물에 자신이 더 놀랐다.

'으아, 창피해.'

오늘 하루 동안 두 번이나 슬희에게 못 보일 꼴을 보이고 말았다.

슬희와 창현 사이에 무언가 있다는 건 짐작하고 있었다.

어쩌면 생각보다 더 깊은 사이일지도 모른다고 생각하고 있었다.

그런데 슬희가 그녀의 입으로 사귄다고 말하는 순간, 깨달을 새도 없이 눈물이 흐르고 말았다.

여자 때문에 눈물을 흘린 건 처음이었다.

'어떡하지?'

창피함도 창피함이지만, 아픔이 너무 컸다.

'어떻게 해야 이 아픔이 사라지는 거지?'

심장이 갈기갈기 찢긴다는 게 이런 건가 보다.

몇백 개의 칼날이 심장에 콱, 콱, 콱 박혔다.

칼이 박힌 심장은 피를 흘리면서도 기어코 가슴에서 떨어지지 않았다.

그래서 아팠다.

눈물을 멈춰야 하는데, 멈춰지지 않았다.

생전 처음 한 사랑이기에, 생전 처음 느껴 본 아픔이기에.

갈무리하기가 쉽지 않았다.

아픈 모습을 보여서 걱정을 받는 건 좋지만, 이런 모습을 보여서 동정을 사고 싶지는 않았다.

'변명을 해야 돼.'

슬희 때문에 운 것처럼 보이기 싫다.

'변명을…….'

간신히 눈물을 멈추고 슬희를 돌아봤다.

슬희는 걱정스럽게 우현을 보고 있었다.

우현은 애써 미소를 지었다.

"아, 눈에 뭐가……."

말을 끝맺기도 전에 또다시 눈물이 흘렀다.

이번에는 고개를 돌리지 않고, 두 손으로 얼굴을 가렸다.

"미안해요, 누나. 누나 마음 불편하게 만들려는 게 아닌데. 미안해요."

"아니에요. 뭐가 미안해요. 괜찮아요."

"아뇨, 미안해요. 아, 왜 이러지? 진짜…… 오늘 왜 이러지? 미안해요. 이런 건 처음이라서, 진짜 어떻게 해야 할지 모르겠어요. 미안해요."

계속 미안하다는 말만 되뇌는 우현을, 슬희는 어쩔 줄을 모르고 지켜봤다.

언제나 싱글싱글 웃던 우현의 눈물이라 더 당혹스럽고 더 안타까웠다.

내가 뭐라고. 어째서 나 때문에.

슬희는 우현을 향해 뻗어 나가는 손을 얼른 아래로 내렸다.

우현의 눈물이 안타깝지만, 이런 상황에서 슬희가 해 줄 수 있는 일은 없었다.

지금 그의 눈물을 닦아 줄 수도 있겠지만, 그래 봐야 동정이 될 뿐이었다.

우현의 마음을 받아 줄 생각도, 사귈 생각도 없으면서 괜한 친절을 베풀 수는 없었다.

"이제 괜찮아요."

이윽고 눈물을 멈춘 우현이 슬희를 보며 배시시 웃었다.

우현의 눈가가 빨갰다.

"아, 진짜. 깜짝 놀랐어요. 누나도 깜짝 놀랐겠다."

"……."

"누나, 나 진짜로 괜찮아요. 표정 좀 풀어요."

"……."

"형이랑 뭔가 있을 거라고는 예상하고 있었는데. 누나가 형이랑 어떤 관계든 상관없다고 말하기까지 했는데. 의외로 그렇지 않았나 봐요. 그래도 이제 괜찮아요. 그러니까 좀 웃어요, 누나."

"어떻게 웃어요. 우현 씨가 그렇게 우는데."

"지금은 웃는데?"

"억지로 웃는 얼굴 보면서 마주 웃어 줄 만큼 속이 깊진 않거든요."

"그래도 좀 웃어 줘요. 누나가 그렇게 날 걱정하면, 나 또 설렐라."

"……."

"사람 좋아한다는 거, 되게 무서운 일이네요. 내 감정을 내가 어떻게 할 수가 없어. 어우, 놀라라."

우현이 가볍게 말하며 분위기를 풀려고 노력했다.

그가 노력하는데, 슬희도 계속 찡그리고 있을 수는 없었다.

슬희가 표정을 풀자, 우현이 안심했다는 듯 한숨을 내쉬었다.

"누나, 궁금한 게 있는데요."

"네."

"누나의 이상형은 수천 가지 조건을 채우는 남자라고 했잖아요. 우리 형이, 그걸 채웠어요?"

"말해도 안 울 거예요?"

"아하하하하. 네, 안 울어요, 이제."

"채웠어요."

"우와, 진짜요? 어떤 면이요?"

"일일이 다 말하려면 밤을 지새워야 해서 안 돼요."

"왜요, 힌트 좀 줘요. 나도 그 수천 가지 좀 채워 보게."

"우현 씨. 나는 대표님이랑 연애 중이에요. 우현 씨가 날 많이 좋아해 줘서 고마운데, 그냥 딱 여기까지만 했으면 좋겠어요. 우현 씨

가 애정 표현할 때마다 거절해야 하는데, 그럴 때마다 나쁜 여자가
된 것 같은 기분이 들어요."

"난 나쁜 여자도 좋아해요."

"그러지 마요, 우현 씨. 우현 씨는 그냥 집안도 좋고, 외모도 예쁘
고, 성격도 좋은 여자 만나서 결혼해요. 어차피 우현 씨네 집안 정
도 되면 아무 여자하고나 결혼할 수는 없잖아요."

"누나는 아무 여자 아니에요."

창현이 했던 그 말을, 우현도 똑같이 했다.

"그리고 누나. 그런 사정은 우리 형도 마찬가지일 텐데요. 우리
형도 아무 여자하고나 결혼할 수 없는 거."

"네, 알아요. 그래서……."

결혼 안 해요.

난 민창현 씨랑 결혼할 생각 없어요.

우린 그렇게 연애하는 중이에요.

뒤가 없이, 미래가 없이.

가슴에 품은 비밀, 알리지 않은 채.

그저 이 순간에 집중하는 연애를 할 뿐이에요.

그런 말까지는 하지 않았다.

우현이 집요하게 뒷말을 기다릴까 봐 걱정했는데, 다행히 병실
문을 노크하는 소리가 들려왔다.

간호사가 왔나 싶어 의자에서 일어났는데, 문이 열리고 들어온
사람은 창현이었다.

생각지도 못한 인물의 등장에, 슬희는 눈을 동그랗게 떴다.

창현은 슬희를 한 번 보더니, 우현에게로 시선을 돌렸다.

"이야, 형. 동생 문병 와 준 거야? 나, 방금 완전 감동했어."

"슬희야, 나가서 물 좀 한 컵만 떠다 줄래?"

창현이 우현의 옆에 있는 물컵을 들어서 슬희에게 건넸다.

창현이 물 심부름 같은 걸 시킬 리 없지만, 갑작스러운 그의 등장에 당황한 슬희는 고개를 주억거리고 병실을 나갔다.

슬희가 나가자마자 창현이 우현의 침대 옆에 두 손을 짚었다.

"너, 지금 뭐 하는 거야?"

"형아. 나 너무 아파."

우현이 울상을 하고 말했지만 창현의 표정은 풀리지 않았다.

"그래? 정말 아프게 해 줄까?"

"나, 정말 아픈데?"

"호오. 내가 김 선생한테 들은 말과는 다르군. 들어보니 건강, 그 자체라던데."

"하하……."

"그 허리, 진짜로 못 쓰게 만들어 줄까?"

창현의 협박에 우현이 눈을 크게 떴다가 곧 웃음을 터뜨렸다.

"아하하하. 우와, 우리 형. 협박도 할 줄 아네. 무서워 죽겠다."

"무서우면 이런 짓 관둬."

"네, 네. 안 그래도 오늘만 하고 관둘 생각이었어. 형이 이렇게 멋지게 등장할 줄은 몰랐네."

거기까지 말했을 때, 슬희가 병실로 들어왔다.

두 형제는 입을 다물고 슬희를 돌아봤다.

"물 떠 왔어요."

슬희가 물컵을 침대 옆 테이블에 내려놨다.

"그래. 그럼 가자."

창현이 병실 문으로 걸음을 옮기며 말했다.

"응? 아, 나 오늘……."

"병간호는 간병인이 해 줄 거야. 전문 간병인이 간호해 주면 내일 쯤엔 허리도 깨끗이 낫겠지."

"며칠 있어야 한다던데? 맞죠, 우현 씨?"

슬희의 시선이 자신에게로 향하자, 우현이 어색하게 웃었다.

"네, 뭐. 그렇긴 한데, 내일까지 깨끗이 낫지 않으면 내 허리를 접어 버리겠다는 협박을 받아서요."

"누구한테요?"

"내가 되게 무서워하는 사람한테요. 그래서 내일까지는 있는 힘껏 나아 볼 생각입니다."

처음에는 창현이 뭐라고 했나 싶었는데, 우현이 되게 무서워하는 사람이라고 하는 걸 보면 민 회장에게 전화라도 걸려 왔던 모양이다.

"누나, 그만 들어가세요. 오늘 와 줘서 고마워요."

"정말 괜찮겠어요?"

"네. 전문 간병인이 도와주면 완벽하죠."

갑자기 태도가 바뀐 우현이 미심쩍었지만, 슬희는 우현에게 인사를 하고 병실을 나왔다.

창현이 병실 앞에서 기다리고 있었다.

"날 데리러 온 거야?"

"응. 오늘 데이트하기로 했으니까."

"그래도 동생이 아픈데 얼굴 좀 더 보고 가지. 우현 씨가 서운해 하겠다."

슬희는 우현이 울었던 게 마음에 걸렸다.

"글쎄. 나 때문에 서운하진 않겠지."

"우현 씨한테는 너랑 사귀는 거 말했어. 말해 두는 게 좋을 것 같아서."

"응, 잘했어. 우현이가 뭐래?"

"그냥, 별말 안 했어."

우현이 울었다는 걸 창현에게 말해서는 안 될 것 같았다.

"그래. 그거 다행이네."

"응."

"우현이는 괜찮은 녀석이야."

"응, 그런 것 같더라."

"나 같은 놈보다는 우현이랑 사귀는 게 나았을지도 모르겠다."

창현의 말에 슬희는 걸음을 멈췄다.

창현도 멈춰 서 슬희를 돌아봤다.

"첫째로."

슬희가 검지를 올렸다.

"넌 너 같은 놈 아니야. 넌 아주 잘 자란, 대단한 놈이야. 장한 놈. 근사한 놈."

갑자기 시작된 슬희의 말에, 창현이 놀란 듯 눈을 크게 떴다.

슬희는 창현에게 한 걸음 가까이 다가갔다.

"둘째로."

슬희는 중지까지 들어서 손가락으로 브이 자를 만들어 냈다.

"난 남자 없으면 못 사는 사람이 아냐. 민창현이 아니면 민우현. 이런 식으로 남자를 사귀진 않아. 지금 내가 연애를 하는 이유는, 네가 좋아서야. 민창현, 네가 마음에 드니까."

슬희가 브이 모양의 손가락을 올려 창현의 코를 잡았다.

"그러니까 민창현. 그런 쓸데없는 소리 하지 마. 미워할 거야."

창현이 빙그레 웃으며 슬희의 손목을 잡았다.

그대로 슬희의 손을 내려 손가락 끝에 입을 맞춘 창현이 말했다.

"분부대로."

*   *   *

창현의 차를 타고 홍대로 향했다.

퇴근 시간이 한참 지났는데도 홍대로 가는 길은 막혔다.

홍대에 도착해 간신히 주차 자리를 찾아 차를 세우고, 근처에 보이는 밥집으로 들어갔다.

닭볶음탕과 메밀 부침개를 파는 가게였다.

"나, 배고파 죽을 것 같아."

"나도."

저녁을 먹을 시간이 한참 지나 있었다.

둘은 닭볶음탕과 밥 두 공기를 시켰다.

"저녁 먹고 나서 뭐 할까?"

슬희가 물었다.

"글쎄. 영화 볼까? 요새 볼만한 영화 있나?"

"요샌 괜찮은 영화가 없던데. 다 로맨스 영화더라. 난 로맨스 별로야."

"그래? 그럼 뭐 하지?"

"넌 보통 데이트할 때 뭐 하는데?"

"데이트? 해 본 적이 없는데."

"에이, 괜찮아. 우리 나이에 데이트 한두 번 해 봤다고, 그걸로 질투하고 그러진 않아."

웃으며 말하는 슬희를, 창현은 빤히 응시하며 진지하게 말했다.

"난 정말로 데이트를 해 본 적이 없어."

슬희도 웃음을 거뒀다.

"정말?"

"응, 정말."

"연애를 해 본 적이 없다고?"

"응."

"대체 왜? 인물도 좋고, 키도 크고, 돈도 많은데!"

슬희의 말에 창현이 웃었다.

"내가 그렇게 인물이 좋아?"

"응. 엄청. 너, 아주 근사해. 진짜 잘생겼어."

슬희가 눈을 똑바로 맞추고 칭찬을 퍼붓자, 창현이 얼굴을 붉히며 시선을 옆으로 돌렸다.

"그거 고맙네. 다행이다, 네 취향의 얼굴이라서."

"아니, 나만이 아니라 모든 여자들의 취향일걸. 연애 안 했다는 걸 못 믿겠는데."

"정말이야. 그럴 여유 없었어."

"아, 그래? 바빴어?"

"응. 공부하고 두엔 일으키느라."

"그렇구나."

적어도 태윤과의 사이에 무언가가 있을 거라고 예상했던 슬희로 서는 당황할 수밖에 없었다.

예상치 못한 사실을 알게 된 슬희는 젓가락으로 밥을 휘적거리 다가 조심스럽게 물었다.

"저기 있잖아. 그럼 있잖아."

"응."

"너, 혹시…… 키스 말이야."

"응, 너랑 첫 키스야."

"헉!"

"왜? 그게 문제가 돼? 별로였어?"

"아니, 아니, 아니. 별로라니. 엄청 좋았지."

"엄청 좋았어?"

창현이 재미있다는 듯 웃었다.

"아니, 뭐. 꼭 그렇게 하늘을 날아갈 것처럼 좋았다는 건 아니 고…… 아무튼 놀랍네. 당연히 연애 몇 번쯤 해 봤을 줄 알았는데."

"내가 미숙해서 널 불편하게 해?"

"그럴 리가. 전혀 불편하지 않아."

넌 항상 나한테 편한 사람이었어.

오래전, 하교 후 만났던 그 작은 소년도, 다른 사람에게는 말할 수 없는 이야기들을 다 할 수 있었던, 유일한 사람이었어.

슬희는 하고 싶은 말을 꿀꺽 삼켰다.

"처음이라서 미숙한 게 많아. 공부 열심히 하는 중이야."

창현이 말했다.

"공부? 연애 공부?"

"응."

"그걸 어떻게 공부하는데?"

"책도 사서 읽고, 인터넷도 검색해 보고."

창현이 연애 관련 서적을 사서 열심히 읽는 모습을 떠올리니 웃음이 나왔다.

어쩜 이 남자는 이렇게나 사랑스러울까?

생긴 건 여자 여럿 후리게 생겨서는.

"난 열심히 노력하겠지만, 그래도 불편한 게 있으면 솔직하게 말해 줘. 고칠게."

"응, 대신 너도 그래야 돼. 연애라는 게 그렇더라. 많이 해 본다고 잘 하는 것도 아니고, 처음 해 본다고 못 하는 것도 아니더라고. 자기랑 잘 맞는 사람이랑 하는 게 중요한 것 같아."

"그럼 나랑은 잘 맞는 것 같아?"

"지금으로선 그런데. 아직 오래 사귀어 보질 않아서 모르겠네. 천천히 알아보자."

"그래."

"그리고."

슬희는 이야기를 하는 도중에 창헌이 슬희의 앞 접시에 올려 준 닭 다리를 창헌의 접시로 옮겼다.

"연인 사이에 닭 다리는 한 사람 당 하나씩이야. 나한테 두 개 다 양보하지 않아도 돼."

"하지만……."

"내가 맛있게 먹는 걸 보는 게 좋은 것처럼, 나도 네가 맛있게 먹는 걸 보는 게 좋거든."

"그래, 그럼 감사하게 먹지."

이러고 있으니 어릴 때 생각이 많이 났다.

그때도 슬희는 사람을 대하는 게 미숙한 어린 소년에게 이것저것 가르쳐 줬었다.

그러면 해성은 열심히 듣고, 그대로 하려고 노력했다.

그게 참 좋아서, 해성을 만나는 시간이 더 즐거웠는지도 모르겠다.

'나는 그때도 앨 좋아했던 걸까?'

개천에서 해성의 손을 꽉 잡았을 때 느꼈던 그 감정은 분명히 설렘이었다.

아직 어리지만 두근거리는, 첫사랑.

'그 개천에서부터 좋아하게 된 건가?'

아니, 그때는 두근거림을 깨닫게 되었을 뿐.

좋아하는 건 그 전부터일지도 모르겠다.

그러니까 누구도 상대해 주지 않는 어린 소년과 만나는 시간이, 슬희에게만큼은 더없이 즐거웠으리라.

'좋아하지 않았다면, 그렇게 즐겁지도 않았겠지.'

"아까 찾아봤는데."

창현이 닭 다리 살을 바르며 입을 열었다.

"요새 방 탈출 게임이라는 게 있다더라. 그거나 하러 갈까?"

"방 탈출? 그게 뭔데?"

"방에 갇힌 상태에서 거기에 있는 힌트 같은 거 찾아서 탈출하는 게임인가 봐."

"별게 다 있네. 응, 한번 해 보자. 재미있겠다."

"그래."

"너, 회사에서 일 안 하고 그런 것만 찾아보는 거 아냐?"

"뭐, 대표잖아."

창현이 어깨를 으쓱했다.

"아, 부럽다. 나도 회사에서 일 안 하고 놀고 싶다."

"그럼 너도 놀아. 내가 허락해 줄게."

"그래? 남들이 왜 일 안 하냐고 하면, 대표님한테 허락받았다고 하면 되는 거야?"

"응."

시답잖은 대화가 즐거웠다.

밥을 먹는 내내 대화가 끊이질 않았다.

밥집에서 나오기 전에 방 탈출 게임을 하는 장소를 알아봤다.

밥집에서 멀지 않은 곳에 하나 있었다.

처음 해 보는 방 탈출 게임이라 계속 헤매고, 몇 번이나 카운터에 연락해 힌트를 받아 내야 했다.

그런데도 시간 안에 탈출을 하지 못했다.

"다음엔 꼭 탈출하자."

슬희가 의욕적으로 말했다.

"그래. 다음엔 시간 안에 탈출. 그다음엔 한 단계 높은 데로 도전해 보자."

창현도 승부욕이 불타는 모양이었다.

입구에서 폴라로이드 카메라로 기념사진을 찍어 줬다.

두 장을 찍어 줘서 하나씩 나눠 지갑에 넣어 뒀다.

"이제 뭐 할까?"

"요 앞에 VR 게임방 있던데. 거기 가 볼래?"

"그건 또 뭐야?"

"글쎄. 나도 안 해 봐서. 눈에 쓰고 하는 게임인 것 같던데."

"눈에 뭘 써?"

"일단 가 보자."

고글 같은 안경을 쓰고 헤드폰까지 낀 다음에 하는 게임이었다.

침략한 외계인을 총으로 쏘는 게임이었는데, 슬희는 으악, 으악 소리를 질러가며 게임을 했다.

10분이 금방 흘러가서, "시간 추가요!"를 외친 게 몇 번이나 됐을까.

더 이상 팔이 아파서 움직이기 힘들어졌을 때에야, 둘은 VR 게임방에서 나왔다.

창현이 슬희를 보고 웃었다.

"왜 웃어!"

"눈가가 눌렸어. 판다처럼 됐다."

"야, 너도 마찬가지거든."

둘 다 눈가에 고글 모양의 자국이 나 있었다.

서로의 얼굴에 난 자국을 쓱쓱 문질러 주다가 쪽, 입을 맞췄다.

마주 보고 웃다가 손을 잡고 거리를 걸었다.

방 탈출에 VR 게임까지 했더니 시간이 훌쩍 지나가 있었다.

어느덧 거리는 어둠이 짙게 깔리고, 북적이던 인파도 한 풀 가셨다.

한참을 함께 있었는데도 헤어지는 게 아쉬웠다.

창현도 같은 마음인지 돌아가는 말을 하지 않고 정처 없이 걸었다.

이런저런 대화를 하며 홍대 거리를 몇 번이나 오간 뒤에야, 슬희가 말했다.

"우리, 슬슬 집에 가야 하지 않을까?"

"아쉽다."

"응, 나도. 다음에 또 이렇게 놀면 되지. 오늘 정말 신나더라. 못 해 본 것도 잔뜩 해 보고."

"나도 신났어."

둘은 차를 세워 둔 곳으로 걸어갔다.

저 멀리 차가 보일 때쯤, 창현이 물었다.

"우리 주말에 여행이나 갈래?"

5장. 네가 좋아할까?

슬희의 집 근처까지 그녀를 데려다주고 창현도 집으로 돌아왔다.

창현은 시내 주상 복합 꼭대기, 복층으로 된 구조의 집에서 살고 있었다.

몇 년 전, 미국 유학을 끝내고 돌아왔을 때 민 회장이 얻어 준 집이었다.

슬희가 사는 동네를 보고 나자, 자신이 사는 넓은 집이 새삼스럽게 느껴졌다.

예전에는 슬희와 한동네에서 살았다.

그때도 슬희는 어렵게 살았다.

─어제 비 엄청 왔잖아. 우리 집 천장에서 물 샜다? 물 떨어지는데 그 아래에 대야랑 그릇 받쳐 놓고 난리도 아니었어.

다른 아이들이었다면 부끄러워서 감췄을 이야기를, 슬희는 재미있다는 듯 자신의 앞에서 재잘거렸다.

그런 슬희가 좋았다.

슬희는 언제나 유쾌하고 모든 일을 즐겁다는 듯 이야기해서, 창현은 제가 처한 상황도 잊고 그녀의 이야기를 즐겁게 듣곤 했다.

그 당시만 해도 창현의 상황은 슬희와 다르지 않았다.

아버지가 사람을 죽이고 교도소에 가는 바람에, 피해자에게 지불해야 하는 보상금은 고스란히 어머니의 부담이 되었다.

어머니가 벌어 오는 돈으로 보상금을 갚느라, 생활은 언제나 빠듯했다.

그랬는데 지금은 이렇게나 땅값이 비싼 곳의 넓은 집에서 살고 있다.

어찌 보면 인생 역전이었다.

─난 피아노로 인생 역전을 할 거야. 세계적으로 유명한 피아니스트가 돼서 돈을 쓸어 담아야지.

얼마를 내서라도 듣고 싶은 연주를 하는 피아니스트가 되겠다던, 슬희의 말이 떠올랐다.

슬희는 왜 피아노를 포기한 걸까.

아마도 돈 때문이리라.

음악을 하는 데는 돈이 많이 필요하니까.

'널 위해 해 줄 수 있는 게 없을까?'

소파에 앉아 생각했다.

'뭘 해 줘야 네가 좋아할까?'

최근 창현은 계속 이런 생각뿐이었다.

오늘 낮, 애리의 변호사를 만난 후 갑갑했던 속은, 슬희를 만나 풀린 지 오래였다.

슬희는 항상 그런 존재였다. 어렸을 때부터 지금까지 쭉.

그래서 창현도 슬희에게 보답을 하고 싶었다.

집에 가면 아무도 없었다.

빈집에 들어가는 게 싫었다.

아무도 없는 집에 있다 보면, 학교에서 들었던 여러 가지 이야기들이, 거리에서 들은 여러 가지 비난들이 떠올랐다.

쟤네 아빠가 사람 죽였대.

염치도 없지. 죽은 사람만 불쌍해.

왜 죽인 거래?

쟤도 아빠 닮아서 위험한 거 아냐?

그래서 해성은 학교가 끝나면 아이들이 다 빠져나가기를 기다렸다가, 학교 운동장 구석에 앉아 있곤 했다.

간혹 경비원이나 당직 교사에게 쫓겨날 때가 있었는데, 그럴 때는 하염없이 거리를 걸었다.

언제나 혼자였던 해성의 옆에 한 소녀가 함께하기 시작했을 때, 해성은 새로운 세상에 발을 디딘 듯한 환희를 느꼈다.

다들 피하고 무서워하는 해성을, 슬희는 무서워하지도 않고 다가와 말을 걸고 꾸짖고 가르치고 장난을 쳤다.

네가 있어서 참 좋아.

그런 감정을 표현하고 싶은데, 막상 말로 하려고 하면 잘 나오지 않았다.

그래서 해성은 재잘거리는 그녀의 옆에 앉아, 그녀의 이야기를 귀 기울여 듣기만 했다.

그 날은 하교 후 학교로 돌아오는 길에, 길가에 피어 있는 작은 꽃들을 발견했다.

이름도 모르는 하얀색, 아주 작은 꽃이었다.

사람들이 지나다니는 길 구석에, 도저히 식물이 자랄 것 같지 않은 그 땅에, 굳세게 피어난 작은 꽃이 슬희처럼 빛나는 듯 보였다.

그걸 슬희에게 주고 싶어져서, 해성은 꽃 한 송이를 조심스레 꺾어 들고 학교로 돌아왔다.

예전에는 계단에 앉아 아무 생각 없이 허공을 응시하곤 했는데, 이제는 계단에 앉으면 슬희를 기다리게 되었다.

언제 올까.

오늘은 어떤 표정을 짓고 올까.

무슨 얘기를 할까.

이런저런 생각을 하며 소녀를 기다리는 시간이, 해성은 즐거웠다.

이윽고 슬희가 하얀색 원피스를 나풀거리며 달려왔다.

슬희가 자주 입는, 무릎까지 오는 길이의 원피스였다.

그걸 입은 슬희는 마치 요정 같았다.

만나자마자 꽃을 줄 생각이었는데, 쑥스러워서 그럴 수가 없었다.

문득 이 작은 꽃 한 송이를, 슬희가 과연 좋아할까, 라는 걱정도 들었다.

그래서 꽃을 엉덩이 뒤에 슬며시 놓아뒀다.

언제나처럼 해성의 옆에 앉은 슬희는 오면서 본 강아지들에 대한 이야기를 하기 시작했다.

"난 나중에 유명한 피아니스트가 돼서 돈을 많이 벌게 되면, 우선 우리 아빠 빚을 다 갚고, 그다음에는 돈을 모아서 집을 살 거야. 아주 넓은 집. 마당이 있어서 강아지를 잔뜩 키워도 되는 집."

슬희의 꿈꾸는 듯한 표정을, 해성은 참으로 좋아했다.

"창문이 아주 커서 햇빛이 잘 들어오고, 비가 아무리 많이 와도 비가 새지 않고, 쥐도 돌아다니지 않는, 그런 깨끗하고 넓은 집을 살 거야. 그럼 집들이에 너도 초대할게. 꼭 와야 돼."

"응, 그럴게."

"집들이 선물은 티슈가 좋겠어. 난 티슈를 쓰는 게 좋아. 왠지 어른스러워 보이잖아."

티슈의 어느 부분이 어른스러워 보이는 건지 모르겠지만, 해성은 고개를 끄덕였다.

"아, 얼른 넓은 집으로 이사 가고 싶다."

슬희는 두 손에 턱을 괴고 중얼거렸다.

뭔가 안 좋은 일이 있었던 걸까?

슬희는 집에 좋지 않은 일이 있을 때마다, 돈 버는 일에 대해서 이야기를 하곤 했다.

미소를 짓고 있는데도 그 옆모습이 슬퍼 보였다.

해성은 어떻게든 옆에 앉아 있는 작은 소녀를 즐겁게 해 주고 싶었다.

그래서 뒤에 놔두었던 꽃을 집어 들어 슬희의 앞에 내밀었다.

슬희의 눈이 동그랗게 커졌다.

"이게 뭐야?"

"아까 오다가. 줄게."

"나 주는 거야?"

슬희가 작은 꽃을 조심스레 받아 들었다.

손가락보다 작은 꽃을 가만히 살펴보던 슬희의 눈이 반달 모양으로 휘어졌다.

"되게 예쁘다."

그 미소는 아주 강렬하게 어린 소년의 가슴에 새겨졌다.

소녀와 닮았다 생각한 그 작은 꽃과는 비교도 할 수 없을 정도로 예쁜 미소였다.

어째서인지 그때…….

'눈물이 날 뻔했지.'

어린 해성은 어떤 일이 있어도 울지 않았다.

울어 봐야 달라지는 게 없다는 걸, 어머니를 보면서 알게 되었다.

아버지가 사람을 죽였을 때, 어머니는 울고 또 울었다.

피해자의 가족들을 보며, 어머니는 울고 또 울었다.

보상금을 갚느라 힘들 때에도, 어머니는 울고 또 울었다.

그래도 아무것도 달라지지 않았다.

여전히 아버지는 살인자이고, 피해자의 가족들은 고통스러워했고, 보상금은 산더미처럼 남아 있었다.

그래서 해성은 더욱더 울지 않게 되었는데, 어째서인지 슬희의 환한 미소를 보는 순간 콧등이 쩡해졌었다.

'그런 걸 감동 받아서 흘리는 눈물이라고 하는 건가?'

새삼스레 그때의 일이 떠올랐다.

아마 그녀가 사는 동네를 보고 와서 그런 것이리라.

슬희는 넓은 집에서 살고 싶어 했지만, 10년이 넘게 흐른 지금도 상황은 달라지지 않았다.

그에 비해 아무것도 원치 않았던 창현은 이토록 넓은 집에서 살고 있다.

'집을 사 줄까?'

슬희가 원하는 크기의 집을 사 줄 만한 돈은 있었다.

'그러면 슬희가 좋아할까?'

*   *   *

연애를 한다는 건 사람의 마음을 참으로 들뜨게 만든다.

특히 막 시작하는 단계에서는 아드레날린도, 엔도르핀도 마구 샘솟아 기운이 나게 만들었다.

잠을 많이 자지 않았는데도 아침에 일어났을 때는 개운했다.

슬희는 회사에 가는 길에 저도 모르게 흥얼거리고 있다는 걸 깨닫고 얼른 콧노래를 멈췄다.

"기분 좋아 보이네? 좋은 일 있었어?"

지수가 아침 인사를 하며 물었다.

지수는 너무 눈치가 빠르다.

"아뇨, 그냥 잠을 푹 자서요."

"흐응, 그래? 나도 잠 좀 푹 잤으면 좋겠네. 나이가 들었더니 불면증이 왔어."

"에이, 팀장님이 뭐가 나이가 많으세요."

남들이 보면 20대 초중반쯤으로 보이는 지수가 그런 말을 하니, 웃음이 나올 수밖에 없었다.

일을 좀 하다가 화장실에 가려고 나온 슬희는, 복도에 서 있는 창현의 모습에 깜짝 놀랐다.

창현은 복도 벽에 비스듬히 기대어 서 있었는데, 그 모습이 어찌나 그림 같은지, 너무 보고 싶어서 환상을 보고 있나 싶을 정도였다.

그의 잘생긴 얼굴에 옅은 미소가 번진 후에야, 슬희는 그가 환상이 아닌 진짜라는 걸 깨달았다.

"여기서 뭐 해?"

슬희는 보는 사람이 있을까 봐 주위를 두리번거리며 물었다.

다행히 복도에는 아무도 없었다.

"할 말이 있어서 기다렸어. 얼굴이 보고 싶기도 하고."

창현의 솔직한 말에 가슴이 콩콩 뛰었다.

처음 연애를 해 보는 것도 아닌데, 이런 말에 설레다니.

10대의 연애는 이렇고, 30대의 연애는 이렇다는 말들이 있지만, 결국 정말 좋아하는 사람과 연애를 하면 10대든, 30대든 두근거리는 건 똑같다.

슬희는 내가 그를 보고 싶어 하듯, 그도 나를 보고 싶어 한다는 게 좋아서 미소가 비집고 나오려는 걸 간신히 참았다.

그녀가 괜히 튕기는 척, "우리 회사 사장님은 할 일이 되게 없으신가 봐."라고 말했더니, 창현이 작게 웃었다.

"할 일이 많아도 널 보는 것만큼 중요한 건 없지."

"뭐야, 그 발언. 그런 식으로 말하면, 나 좀 설레."

"더 설레 줬으면 좋겠는데."

슬희는 당장이라도 그를 끌어안고 입 맞추고 싶은 걸 꾹 참았다.

"이따 점심 같이 먹자. 우리 처음에 회사 근처에서 만났던, 그 가게에서 기다릴게."

"튀김덮밥?"

"응, 거기."

"거기 맛있었는데. 그런데 이런 말씀은 메시지로 해도 충분하지 않은가요, 사장님?"

"좋잖아. 누가 볼까 봐 긴장되기도 하고."

"우리 사장님은 능구렁이 같기도 하셔라. 이따 봐."

슬희는 키득거리며 말하고 화장실로 향했다.

말도 제대로 주고받지 못했던 어린 소년과 연인이 들으면 기분 좋을 말을 아무렇지도 않게 하는 창현의 모습이 겹쳐졌다.

창현이 저렇게 자랐다는 건, 주위에 꼭 나쁜 사람들만 있지는 않았다는 뜻이리라.

'좋은 사람들이 있었겠지. 그러니까 저렇게 잘 자란 거겠지.'

그렇다면 참 다행이라고, 슬희는 생각했다.

창현은 화장실에 들어가는 슬희의 뒷모습이 아쉬웠다.

조금 더 슬희와 노닥거리고 싶었다.

'사내 연애를 지향한다고 공고라도 해야 하나?'

사내 연애에 대해서는 깊이 생각해 본 적이 없었다.

다만 사내 연애를 하다가 이별을 하면, 반드시 한쪽이 그만두거나 분위기가 흉흉해지곤 했다. 회사 차원에서도 그렇고, 개인적 업무에도 큰 지장을 주는 일이었다.

그래서 대놓고 사내 연애를 하는 사원들을 곱게 볼 수 없었다.

하지만 막상 창현 자신이 연애를 시작하고 보니, 언제, 어디서나 이 마음을 표현하고 싶어지는 연인들의 심리를 이해하게 되었다.

계속 보고 싶고, 계속 붙어 있고 싶다.

'나도 기획홍보팀 사원이 되고 싶네.'

심지어 창현은 슬희와 같은 기획홍보팀 사원들이 부러워졌다.

저들은 슬희가 일하는 모습을 하루 종일 마음껏 볼 수 있겠지.

'아니, 사원이 아니라서 다행이야. 만약 같은 사무실에서 일했더라면 계속 만지고 싶었을 거야.'

방금 전, 회사 복도에서 스치듯 대화를 하는 와중에도 그녀의 도톰한 입술에서 눈을 뗄 수가 없었다.

그 부드럽고 달콤한 입술에 마음껏 키스를 했던 일이 꿈처럼 느껴졌다.

창현은 그 사실이 꿈이 아니라는 걸 확인하기 위해 다시 슬희에게 키스하고 싶은 마음을 억누르느라 내내 힘들었다.

창현이 '하여간 이슬희는 너무 귀여워. 그게 문제야.'라고 생각하고 있는데, 기획홍보팀 사무실 문이 열렸다.

아차 싶었다.

얼른 돌아갔어야 했는데 너무 오래 이곳에 서 있었다.

게다가 하필이면 밖에 나온 사람이 다른 사람도 아닌 지수였다.

정지수 팀장.

우리 회사에서 제일 대하기 어려운 사람.

"뭐예요?"

아니나 다를까.

지수가 한쪽 눈썹을 올리며 창현을 올려다봤다.

"여기서 뭐 하세요? 일 잘하나 감시하세요?"

"정 팀장은 왜 그렇게 독살 맞아?"

"아니, 평소엔 사장실에 틀어박혀서 얼굴 보기 힘드신 분이, 이런 시간에 여기서 어슬렁거리니까 그러죠."

"정 팀장은 날 사장으로 생각 안 하지?"

"하죠. 하니까 지금 꼬박꼬박 존댓말 사용해 드리잖아요."

"됐어. 일이나 열심히 해."

"그런 말씀 안 하셔도 뼈와 살이 분리되도록 일 열심히 하고 있거든요? 대표님이나 농땡이 부리지 마시죠. 시간이 남아도시나 봐. 그 시간 좀 나눠 주시지."

창현은 고개를 저으며 돌아섰다.

아무래도 슬희와의 밀회 장소를 지정해 둬야겠다.

*　　*　　*

슬희는 업무에 도통 집중하기 어려웠다. 점심시간에 창현을 만난다는 생각 때문에, 그때까지 얼마 안 남았지만 시간이 유독 길게 늘어진 것처럼 느껴졌다.

얼른 점심시간이 되었으면 좋겠다.

조금 전에 봤는데도 벌써 창현이 그립다.

그의 얼굴을 보고 싶고, 그의 음성을 듣고 싶었다.

그런 생각을 하다 보니 점심시간이 되었다.

"오늘 소바 먹으러 갈 건데, 같이 가자."

지수가 말했다.

"거기 돈가스도 맛있어. 세트 메뉴 시키면 소바랑 돈가스 같이 나오는데, 가격도 괜찮고. 난 거기 좋더라. 그쵸, 팀장님?"

재현이 거들었다.

"응. 거기 따뜻한 소바도 맛있더라고."

"아, 저는 오늘 점심은 따로 먹어야 할 것 같아요."

"아, 그래? 약속 있어?"

"네, 친구랑요."

슬희의 대답에 지수의 눈이 가늘어졌다.

슬희의 속을 꿰뚫어 보려는 듯 날카로운 눈빛에, 슬희는 슬그머니 시선을 옆으로 돌렸다.

지수가 웃었다.

"자기는 거짓말하면 엄청 티 나는 거 알아?"

"아⋯⋯."

"뭔데? 뭔데? 친구가 아니라 애인 만나는 거야? 그런 거지? 남자 만나는 거지?"

재현이 호들갑스럽게 물고 늘어졌다.

지수가 재현의 팔짱을 끼었다.

"우리끼리 가자. 젊은이들은 젊은이들끼리 시간을 보내게 해 줘야지."

"뭐예요, 팀장님. 저도 젊은이거든요."

재현이 볼멘소리를 하며 지수에게 끌려 나갔다.

슬희는 한숨을 내쉬며 지갑을 챙겼다.

사무실을 나가려다가 문 옆에 붙어 있는 거울을 확인했다.

'내가 그렇게 거짓말을 못 하나?'

일부러 사람들이 좀 빠지기를 기다렸다가 사무실에서 나왔다.

그게 사달이었다.

엘리베이터에 탔을 때, 거기에 태윤이 타고 있었다.

태윤을 보는 건 오랜만이었다.

눈이 딱 마주쳤다.

태윤은 눈을 뗄 생각이 없는 것 같았고, 그건 슬희도 마찬가지였다.

서로 시선을 마주친 채 가만히 서 있다가 슬희가 걸음을 옮겨 엘리베이터에 탔다.

무거운 침묵이 두 사람 사이에 내려앉았다.

슬희는 이러한 침묵에 익숙했다.

하지만 태윤은 그렇지도 않은 모양이었다.

"일은 어때요? 잘하고 있나요?"

아무 일도 없었다는 듯 묻는 태윤에게, 슬희는 빙그레 미소를 지었다.

"네, 덕분에요. 걱정해 주셔서 감사해요."

"다행이네요. 이쪽 일이랑 별로 어울리지 않는 분인 것 같아서 걱정을 많이 했거든요."

"그런가요."

"회계팀에서 일반적인 업무를 보던 분에게 이쪽 일은 신세계일 테니까요."

"네, 그리고 이쪽 업무를 보던 분들에게는 회계팀의 일이 신세계겠죠. 다 그런 신세계에 발을 디디고 적응하면서 사는 거 아니겠어요?"

"이슬희 씨는 타인이 충고를 하거나 걱정을 해 주면 묘하게 날카로워지네요. 자격지심이라도 있나요? 아니면 피해 의식이라고 하던가?"

"저는 그냥 대답을 했을 뿐인데, 그 답을 묘하게 비틀어서 해석하시는 걸 보니, 자격지심이나 피해 의식은 비서님한테 있는 것 같네요."

1층에서 엘리베이터 문이 열렸다.

슬희는 엘리베이터에서 내려 태윤을 돌아봤다.

"대표님이랑 점심을 먹으러 가는 길인데, 이번에도 대표님과 동행하시려는 건 아니죠?"

태윤의 눈썹이 움직였다.

슬희는 생긋 웃었다.

"아, 대표님의 모든 일과에 함께 한다고 하셔서 아시는 줄 알았는데, 오늘 점심 일정에 대해서는 모르셨나 보네요. 그럼 점심 맛있게 드세요."

태윤이 뭐라 말하기 전에 엘리베이터 문이 닫혔다.

슬희는 닫힌 문을 노려보다가 몸을 휙 돌려 회사 밖으로 나왔다.

*   *   *

태윤은 닫힌 문을 노려봤다.

손이 부들부들 떨렸다.

슬희가 싫다.

싫어서 견딜 수가 없었다.

평소 태윤은 충동적으로 폭행을 하는 사람들을 이해할 수 없었다.

어느 순간에도 자신의 감정은 자신이 다스릴 수 있다고 생각해 왔다.

하지만 이제는 그 심정을 누구보다 이해할 수가 있다.

태윤은 슬희의 **뺨을** 한 대 올려붙이고 싶은 걸 참느라 힘들었다.

'이슬희. 용서 못 해.'

* * *

튀김 덮밥을 파는 가게는 이 근처에서 유명한 맛집인 모양이다.

가게 입구에 대기 줄이 길었다.

창현이 있을까 싶어 대기 줄의 사람들을 살펴봤지만, 창현은 보이지 않았다.

전화를 걸었더니, 창현이 바로 받았다. 그는 가게 안으로 들어오라고 했다.

가게 제일 안쪽, 입구에서 잘 보이지 않는 테이블에서 창현이 기다리고 있었다.

"여기 주 메뉴인 모둠 튀김 덮밥으로 시켜 놨는데, 다른 거 먹고 싶은 거 있어? 가라아게나 그런 것도 좀 시킬까?"

슬희가 앉자마자 창현이 물었다.

"아니, 가라아게는 괜찮고. 시원한 음료수 하나 마시자. 요새 많이 더워졌어."

"그러게. 벌써 이렇게 더우면 여름은 어쩌려는지."

슬희는 창현에게는 태윤을 마주쳤단 이야기를 하지 않았다.

창현과 태윤의 관계에 대해서 자세히는 모르지만, 태윤은 창현의 개인 비서였다.

모든 걸 믿고 맡기는 개인 비서와 슬희 사이에 트러블이 있으면, 창현으로서는 마음이 불편할 것이다.

튀김 덮밥은 여전히 맛있었다.

튀김에 양념을 부었는데도 바삭바삭하고, 안의 내용물은 충실했다.

밥과 잘 어우러진 양념 맛이 혀를 즐겁게 했다.

"아무래도 정 팀장님이 우리 사이를 눈치챈 것 같아."

슬희의 말에 창현이 고개를 끄덕였다.

"눈치가 빠른 분이거든."

"벌써 눈치를 채다니. 큰일이네."

"괜찮아. 정 팀장은 입 무거워. 괜한 이야기를 함부로 떠들고 다닐 사람 아냐."

"아니, 그런 문제가 아니라……."

"그럼 뭐가 문제인데?"

창현이 전혀 모르겠다는 듯 슬희를 응시했다.

슬희는 말할 수 없었다.

너와 헤어진 후에 받게 될 시선이 문제야.

우리는 서로 비혼주의자라고 하고 만났으니까, 언젠가는 이별을 하게 되겠지.

그때 사람들이 날 어떻게 볼까? 정 팀장님은 날 어떻게 볼까?

그런 게 걱정이 돼.

걱정할 수밖에 없는 문제였다.

하지만 딱 좋은 지금 이 순간에 굳이 그런 이야기를 꺼내 분위기를 무겁게 만들고 싶지 않았다.

게다가 슬희는 '피할 수 없으면 즐겨라.'라는 인생 모토를 발판삼아 살아왔다.

지금 이 순간, 현재에 집중하고 싶었다.

'그래, 괜한 생각하지 말자. 헤어지면 그때 가서 생각하면 되지.'

"그냥 수줍어서."

슬희가 말했다.

"수줍은 게 문제야."

"그런 거로 수줍어?"

"이제부터 정 팀장님은 나랑 너랑 뭘 하든 그런 눈으로 볼 거 아냐. 수줍어. 수줍을 수밖에 없어."

"그래, 그래. 그럼 이왕 수줍은 거, 더 열심히 수줍은 일을 해 보는 건 어때?"

"더 수줍은 일?"

"주말 여행."

그러고 보니, 창현이 어젯밤 헤어지기 전에 주말 여행 이야기를 꺼냈었다.

지나가는 말인 줄 알았는데 진심이었나 보다.

"주말 여행. 좋지. 어디로?"

"해외 갈까?"

"안 돼, 해외는. 나, 돈 없어."

"내가……."

"내는 거 싫어. 너한테 돈으로 부담스럽게 하고 싶지 않아."

"부담스러울 것 같아?"

"아니, 물론 너한테는 부담스럽지 않겠지. 하지만 우린 연인이잖아. 한쪽에서 일방적으로 돈을 쓰면, 난 마음이 불편해."

"있는 쪽이 좀 더 쓰는 게 어때서? 그게 연인 아냐? 서로의 부족한 부분을 채워 주는 거."

"그럼 넌 뭐가 부족한데? 내가 너의 어떤 부분을 채워 줄 수 있어?"

"애정."

"뭐?"

"난 애정이 부족해."

창현은 옅은 미소를 띠고 있었다.

농담 삼아 한 말일지도 모르지만, 창현의 과거를 아는 슬희에게는 마냥 농담으로 들리진 않았다.

가슴이 찌릿하게 아파 왔다.

"애정. 그런 건 우리 사이에 당연하게 깔려 있는 감정이고. 네가 돈 쓴다고 나한테 애정을 안 주는 건 아니잖아."

"물론 그렇지만."

"애정은 교환거리가 안 돼. 너한테 애정이 없었으면 사귀지도 않았을 거야."

잠시 침묵이 흘렀다.

창현이 뭐라고 말해 줬으면 좋겠는데, 그는 말없이 슬희를 응시하고 있었다.

"왜, 왜 그렇게 처다봐?"

"아니, 그냥."

창현이 빙그레 미소를 지었다.

가슴이 아플 정도로 다정한 미소였다.

"기뻐서."

연인이 좋아한다고 말할 뿐인데, 저렇게나 기뻐할 일일까?

고작 이런 거로 저렇게나 기뻐하는 건가?

그렇다면 앞으로 더 많이 사랑해 줘야겠다.

언제까지 사귀게 될지는 모르겠지만, 사귀는 시간만이라도 이 가슴 가득한 사랑을 잔뜩 그에게 표현해 줘야겠다.

나중에 헤어지게 되더라도, 이 사랑이 그에게 힘이 되도록. 작은 온기로나마 남을 수 있도록.

"그래, 그렇게 기쁘면 너 혼자서만 돈을 다 쓰고 그럴 생각하지 마."

"이 기쁨을 돈으로 표현하면 안 되는 거야?"

"부자들은 다 그래? 그렇게 돈으로만 표현하려고 해?"

"아니, 그런 게 아니라⋯⋯."

"부산에 가자."

이런 거로 창현과 말다툼해 봐야 끝도 없을 것 같아서, 슬희는 원래의 주제로 말을 돌렸다.

"부산?"

"응. 부산에 한 번도 안 가 봤거든. 애들이 부산 얘기할 때마다 한 번 가 보고 싶었어."

"그래, 부산. 좋지. 차 끌고 가면 다섯 시간쯤 걸리려나?"

"아니, 차 갖고 가지 말고 기차 타고 가자."

"불편하지 않을까?"

"난 운전 못 해. 너만 운전해야 할 텐데, 장거리 운전 피곤하잖아. 게다가 기차 타는 여행, 한번 해 보고 싶기도 했고."

"그래, 그럼. 기차 타고 가자. KTX 타면 두 시간 반이면 간다더라. 나도 KTX는 타 본 적이 없어."

"항상 차만 타고 다닌 거야?"

"응."

"우리 둘 다 경험해 봐야 할 게 진짜 많겠다."

"그러게. 앞으로 둘이서 같이 다 하자."

여행 계획을 세우는 건 즐거웠다.

친구들과도 여행을 가자고 하고 계획을 세울 때가 제일 즐거웠다.

결국, 돈 문제 때문에 못 간 적이 여러 번이었지만, 이제 여행 며칠 다녀오는 정도의 사치는 누려도 되겠지.

"금요일에 출발하자. 끝나고 가면 너무 늦으니까, 반차 쓰는 건 어때?"

"입사한 지 얼마 안 됐는데 반차 써도 되려나?"

"우리 회사는 그런 거로 눈치 안 줘. 바쁠 때야 어쩔 수 없지만, 요샌 그렇게 안 바쁘잖아."

"응, 그럼 오늘 들어가서 반차 쓸게."

"기차랑 호텔은 내가 예약해 둘게. 넌 어디 가고 싶은지 생각해 둬."

"그럼, 거기 가서 먹는 돈은 내가 쓸게."

"그래, 그럼."

"부산 여행 다녀온 친구한테 들었는데, 거기 가면 일일 관광 코스가 있대. 만 원인가, 얼마인가 내면 버스가 관광지 싹 돌아 준다더라. 그것도 한번 해 보자."

"응. 부산에 맛있는 게 뭐가 있지?"

"엄청 많던데. 꼼장어부터 시작해서……."

휴대폰을 꺼내 부산 맛집을 검색했다.

돼지국밥, 밀면, 비빔당면…….

여러 음식들을 검색하다 보니 어느새 점심시간이 끝나 있었다.

"우와, 우리 얼른 들어가 봐야겠다."

"괜찮아. 좀 늦어도."

"넌 사장이지만, 난 일개 직원에 불과하거든요."

슬희가 웃으며 일어났다.

"나 먼저 들어갈게. 나중에 봐."

"응, 연락할게."

창현은 황급히 나가는 슬희의 뒷모습을 지켜보며 미소 지었다.

점심시간이 지난 후의 가게는 한산했다.

설거지를 하던 가게 주인이 바 너머로 창현을 보며 말했다.

"대표님, 좋은 일 있으신 거예요?"

창현이 웃었다.

"네, 좋은 일이 있습니다."

"대표님이 그렇게 웃는 거 처음 보네요. 저 여자분, 지난번에도 오셨던 분이죠?"

"네. 그때 그 친구예요."

"예쁘게 생기셨네요. 저렇게 예쁜 분 만나려고 그동안 연애를 안 하셨나 봐요."

"맞아요."

창현의 눈동자가 꿈꾸듯 변했다.

"정말 예쁘죠."

*   *   *

퇴근 준비를 하고 있는데 주희에게서 메시지가 들어왔다.

[저녁 같이 먹을래? 뷔페 할인 쿠폰이 생겼어.]

뷔페 할인 쿠폰이 있다는데 거절할 이유가 없었다.

[콜. 어디?]

[상암동 호텔 뷔페. 상암에서 보자. 연우도 부를게.]

뷔페라니.

신난다.

맛있는 음식 생각에 들떠 즐겁게 짐을 챙기는 슬희를 지켜보던 지수가 물었다.

"애인 만나러 가? 되게 신났네."

"이번에는 틀리셨어요."

"이번에는? 그럼 아까는 맞았나 보네?"

"아……."

지수가 짓궂은 미소를 지었다.

"이것 봐, 슬희 씨는 거짓말을 진짜 못한다니까. 조심해서 들어가."

"네, 팀장님."

슬희는 어색하게 웃으며 사무실에서 나왔다.

'어우, 난 진짜 바보야.'

말조심을 했어야 했는데.

아무래도 요새 너무 들뜬 것 같다.

사실 뷔페를 먹는다는 생각보다는, 친구들을 만나서 창현과의 여행에 대해 이야기하고 싶다는 생각에 더 들떠 있었다.

상암 호텔의 뷔페는 넓은 것에 비해, 평일이라 그런지 사람이 많진 않았다.

호텔 뷔페답게 정갈하고 고급스러워 보이는 음식들이 잔뜩 있었다.

"배고파! 오늘은 점심도 못 먹고 일했어."

도착하자마자 배를 움켜쥐고 말하는 연우 때문에, 우선은 실컷 먹기로 했다.

간장 대하장, 훈제 연어, 바비큐와 샐러드.

평소에 좋아하는 음식들로 배를 채우고 나자, 연우는 그제야 마음의 여유가 생겼는지 둘의 근황을 물었다.

"나야, 뭐. 육아하느라 정신없지. 나보다는 슬희 넌 어때? 너희 대표랑 진전 좀 있는 거야?"

드디어 슬희가 원하던 주제가 나왔다.

"웅, 우리 이번 주말에 여행 가기로 했어."

"뭐야, 뭐야, 뭐야. 둘이서? 회사 사람들이랑 같이 가는 게 아니라 둘이서?"

연우가 호들갑스럽게 물었다.

"웅, 당연히 둘이서 가지."

"크흐. 이건 진전 정도가 아닌데? 곧 결혼도 하겠어."

연우의 말에, 주희가 슬희의 눈치를 보며 연우의 옆구리를 쿡 찔렀다.

연우가 흠흠, 헛기침을 하더니 말했다.

"그래서? 어디로 가는데?"

"부산에. 기차 여행하려고."

"아, 운치 있다. 좋겠다."

"뭐야, 강주희. 넌 남편도 있으면서."

"연애할 때랑 같니? 아무래도 연애할 때가 더 설레고 좋지. 게다가 지금 너희는 딱 좋을 때잖아."

"맞아, 딱 설레는 시기. 막 두근거리는 시기."

연우가 동의했다.

"그럼 그 날 거사를 치르겠네? 너희, 아직 안 한 거 맞지?"

주희의 노골적인 질문에 슬희가 얼굴을 붉혔다.

"하긴 뭘 해? 안 했거든."

"그럼 하겠네. 안 그러냐, 연우야?"

"그럼. 하지."

"야, 야. 그런 거 아니거든. 우린 플라토닉한 사랑이야."

"미쳤냐? 주희야, 애 좀 봐. 미쳤나 봐."

"응, 미친 거지. 플라토닉은 개뿔. 우리 나이에 플라토닉이 어디 있어?"

"왜 없어? 있지. 있을 수 있지."

"그럼 안 할 거야? 부산에 가서 바다도 보고, 근사한 야경도 보고, 와인도 한잔하고, 단둘이 호텔 방에 있는데. 안 할 거야?"

연우가 슬희를 똑바로 쳐다보며 물었다.

슬희는 시선을 옆으로 피했다.

"안 해. 우린 플라토닉이니까."

"그럼 내 눈을 똑바로 보고 말해 봐."

"아니, 왜 그렇게까지 해야 하는데? 아니, 애초에 우리의 그 일에 대해서 너희가 왜 이렇게 관심이 많아?"

"많지! 남의 연애가 제일 재미있으니까!"

"맞아. 게다가 그 부분이 제일 재미있다고!"

주희와 연우는 이럴 때만 죽이 척척 맞았다.

"됐어. 너희들처럼 음란한 친구들과는 이런 대화를 하고 싶지가 않다. 우리 그냥 품격 있게 삶의 여정에 대한 대화나 나누자."

"그런 건 됐고."

"재미없어. 아, 이러지 말고. 우리 속옷이나 사러 가자."

주희가 말했다.

"웬 속옷?"

"웬 속옷이라니…… 연우야, 얘 말하는 것 좀 봐."

"어머, 어머. 품격 없어라."

연우가 한 손으로 입을 가리고 여자처럼 말했다.

슬희는 인상을 찌푸렸다.

"너, 그거 하지 마. 징그러워."

"네가 하게 만들었잖아. 품격 없긴."

"아니, 이게 왜 품격이 없는 건데?"

"후우. 슬희야. 왜 연애 한번 안 해 본 사람처럼 구는 거야? 이 오빠 가슴 찢어지게."

"……."

"첫날밤이잖아. 당연히 섹시하면서도 청초하고, 순결해 보이면서도 유혹적인 모습을 보여야 하지 않겠어?"

"대체 그게 어떤 모습인지 상상도 안 된다."

"나는 되는데."

주희가 연우의 편을 들었다.

역시 이 두 사람은 이럴 때만 잘 맞는다.

"섹시한 속옷은 남자의 로망이야."

"여자의 로망이기도 하지."

"첫 여행 때는 뭐다?"

"속옷이지."

"첫 여행 때는 뭐다?"

"하는 거지. 해 버리는 거지."

서로 말을 주고받는 둘을 응시하다가, 슬희가 물었다.

"너희, 나 몰래 만나서 만담 연습하지?"

"이럴 시간 없어. 나가자."

주희는 이미 백을 챙겨 들었다.

"우리 어수룩한 친구를 위해, 오늘 힘 좀 써야겠어."

"오늘 밤을 불태우자!"

"속옷 고르면서?"

슬희는 얼떨떨한 표정으로 친구들에게 끌려 나갔다.

그저 여행 간다는 자랑을 하고 싶었을 뿐인데, 일이 이렇게 흘러 갈 줄은 몰랐다.

친구들은 슬희가 반항할 새도 없이 택시를 잡았다.

홍대에 도착했을 때, 마침 바로 앞이 속옷 가게였다.

불편하지 않을까 싶을 정도로 화려한 속옷을 입은 마네킹이, 가게 앞에 진열되어 있었다.

"난 여기 속옷이 좋더라. 약간 드레스 느낌이 나잖아."

유명한 속옷 브랜드인가 보다.

슬희는 전시된 속옷들을 찬찬히 살펴보았다. 가리는 곳보다 비치는 곳이 더 많은, 속옷들뿐이었다.

대체 이게 속옷의 기능이나 제대로 할까?

주희는 슬희보다 더 신난 것 같았다.

"맞아, 여기 속옷 예쁘지."

연우, 얘는 어쩜 이렇게 여자 속옷을 잘 아는 걸까?

"품격 있어."

"맞아, 품격 있지."

아까 품격 얘기를 괜히 꺼냈다.

친구들은 속옷 가게 앞에서 계속 품격 타령을 했다.

"자, 여기서 이럴 게 아니라 들어가서 고르자."

"이 언니가 너의 뜨거운 첫날밤을 위해 선물해 줄게."

주희가 먼저 들어갔고, 슬희는 들어가지 않기 위해 버텼다.

하지만 연우가 슬희의 팔에 팔짱을 끼고 가게 안으로 이끄는 바람에, 더는 버틸 수가 없었다.

*　　*　　*

피곤해서 오랜만에 운전기사를 불러 차를 타고 집에 가는 길.

창현은 무심히 창밖에 시선을 두고 있다가, 믿을 수 없는 광경을 목격했다.

화려한 속옷이 있는 가게 앞.

슬희가 낯선 남자에게 팔짱이 끼워져 속옷 가게 안으로 들어가고 있었다.

스쳐 지나간 건 아주 잠깐이었지만 잘못 봤을 리 없었다.

창현은 고개를 휙 돌려 지나간 광경을 확인했다.

저 옆모습은 슬희가 확실하다.

'저 남잔 누구지?'

심장이 쿵 내려앉는 것 같았다.

두 사람은 친밀해 보였다.

친하지 않으면 남자와 여자가 속옷 가게에 들어갈 리가 없다.

'누구지?'

그 광경을 목격한 순간부터 아랫배를 커다란 손으로 쥐어짜는 듯한 느낌이 들었다.

내게도 이런 감정이 있구나, 의아할 만큼 강한 질투심에 휩싸였다.

마음 같아서는 차를 돌려, 그 현장을 잡아내고 싶었다.

'하지만 잡아서 어쩌게?'

자신은 슬희에게 미래를 약속할 수 없다.

그녀를 사랑하지만, 영원히 함께하자는 약속을 할 만큼 상황이 가볍지 않았다.

그녀를 내 어두운 세계에 끌어들일 수는 없다.

그런 상황에서 슬희와 '비혼주의'를 내걸고 마음껏 연애를 할 수 있는 것만으로도 감지덕지했다.

'질투할 일이 아냐.'

슬희에게는 슬희를 행복하게 해 줄 수 있는, 어둠이 없는 남자가 필요하다.

'슬희가 남자 한두 명쯤 더 만난다고 해서 질투하면 안 돼. 슬희는 내 소유물이 아냐.'

알고 있다.

그 누구보다 잘 알고 있는데.

손바닥이 땀으로 축축하게 젖어 들어가는 건 막을 수 없었다.

＊　　＊　　＊

퇴근해서 집으로 가는 길.

태윤은 애리의 전화를 받았다.

[잠깐 건너와.]

애리는 그렇게만 말하고 태윤의 대답을 듣지도 않고 전화를 끊었다.

마치 노예를 부리는 듯한 어조가 마음에 들지 않았지만, 어쩔 수 없었다.

'그 집 식구들은 이상해.'

태윤의 아버지도 그렇게 말했었다.

그 집 가족들은 이상하다고.

모두 한배에서 낳은 자식인가 싶을 정도로, 자식들 성격이 다르다고.

— 민 회장님 전 부인을 닮은 거야. 그 집 장남이랑 장녀는. 제 어미를 똑 닮았어.

검사 일을 하면서 정재계 인사들을 많이 알고 지내는 아버지는,

병으로 죽은 민 회장 전 부인에 대해서도 알고 있었다.

— 성격이 보통이 아니었거든. 어떻게 이런 여자가 있나 싶을
정도였지. 민 회장님이 불쌍해 보일 정도였어.

이런저런 사람들을 많이 만난 아버지가 그렇게 평가할 정도였
다.

그리고 그 집 장녀와 장남인 애리와 명현은 자신들의 어머니 성
격을 전부 물려받았다고 했다.

— 막내라도 민 회장님을 닮았으니 다행이지. 태윤이 너는 그
집 장남, 장녀랑 얽히지 않게 조심해라.

아버지는 경고했지만, 그 경고를 무시할 수밖에 없었다.

지금 태윤에게는 애리가 필요했다.

창현이 자신의 손을 벗어나려는 지금, 그녀는 창현보다 강한 힘
이 있어야만 했다.

애리의 집 앞에 도착했을 때, 또 애리에게 전화가 걸려 왔다.

"아, 언니. 저 지금……."

[오는 길에 담배 한 갑 사 와.]

"네?"

[말귀 못 알아들어? 담배 한 갑 사 오라고.]

"아, 네."

전화가 끊겼다.

태윤은 순간 전화를 집어 던지고 싶었다.

씩씩거리며 왔던 길을 되돌아가 편의점에서 애리가 피우는 담배를 한 갑 샀다.

사는 김에 음료수도 한 박스 샀다.

집에 가는데 빈손으로 가는 것보다는 낫겠지.

'짜증 나.'

새삼 자신의 위치가 실감이 되었다.

두엔에 있을 때에는, 대표님과 사적인 친분을 가진 이로, 공적으로는 대표님의 모든 걸 담당하는 비서의 위치였다.

직원들이 말은 안 해도 태윤을 어렵게 여긴다는 걸 알고 있었다.

아버지가 검사라든가, 해외에서 유학 생활을 하고 왔다든가, 하는 배경 역시 두엔 사람들에게는 범상치 않은 배경이었다.

하지만 '그들' 앞에서는 달랐다.

진짜로 배경이 뛰어난 그들.

애리도, 친구인 세영도 '아버지가 검사'라는 배경 정도로는 눈썹 하나 꿈틀하지 않을 배경을 가지고 있었다.

'나도 그런 입장이 될 수 있어.'

태윤에게는 선 자리가 심심치 않게 들어왔다.

그중에는 깜짝 놀랄 만큼 좋은 집안의 남자도 있었다.

'하지만 내가 원하는 건 그런 게 아냐.'

그런 걸 원할 때도 있었다.

하지만 창현을 처음 본 그 순간부터, 원하는 것이 바뀌었다.

태윤은 사랑하는 남자와 함께 하는 미래를 꿈꿨다.

'그걸 위해서는 그 어떤 모멸감도 참을 수 있어. 창현이 넌 모르겠지. 내가 어떤 마음으로 네 곁에 있었는지. 어떻게 널 사랑했는지.'

그도 안다면 내게 마음을 줬을까?

내가 좀 더 빨리 이 마음을 밝혔더라면, 내 진심을 알아줬을까?

태윤은 초인종을 눌렀다.

가정부가 인터폰으로 확인을 한 후 문을 열어 주었다.

애리는 소파에 누워 TV를 보고 있었다.

"왜 이렇게 굼떠?"

"이 앞까지 왔다가 담배 사러 다시 다녀왔거든요."

"요령이 없네, 요령이. 도착했으면 그냥 그렇다고 말을 했으면 되는 거잖아. 왜 사람을 노예 부리는 사람으로 만들어?"

그런 말을 했으면 이보다 더 성질을 냈을 것이다.

"언니, 여기 담배랑. 마실 것 좀 사 왔어요."

누운 채로 담배를 받아 든 애리가, 태윤의 손에 들린 주스를 보고 피식 웃었다.

"촌스럽긴. 그 설탕 덩어리를 누가 먹는다고. 아줌마, 이거 가져가서 가족들이랑 먹어요."

애리는 자기 엄마뻘의 가정부에게도 함부로 대했다.

"감사해요, 아가씨."

가정부는 이런 일에 이골이 난 듯, 재빨리 감사 인사를 하고 태윤에게서 주스를 받아 갔다.

"거기 서서 뭐해? 아무 데나 앉아."

"네, 언니."

태윤이 소파에 앉았다.

"아, 거기 말고. TV 안 보이잖아."

새삼 아버지의 말을 이해했다.

민 회장님은 이런 딸을 어떻게 참고 사는 걸까.

아니, 민 회장은 아버지니까 참을 수 있었으리라.

'창현이는 어떻게 견뎠을까?'

태윤은 속으로 한숨을 삼켰다.

창현도 견뎠는데…… 나도 견뎌야만 한다.

"언니, 오늘 어쩐 일로 보자고 하셨어요?"

"아, 드라마 말이야. 네가 그랬지? 이번 드라마 잘되는지 확인해 보고 대표 넘겨주라고."

"네에, 그랬었죠."

"드라마, 망할 거야."

"네?"

"내가 사람을 써서 조사 좀 해 봤거든. 그 드라마, 망할 거야. 너는 미리 알고 있으라고. 우리가 한 거니까 중간에서 괜히 수습하려고 하지 말고."

우리라니.

'나는 그렇게까지 하라고 한 적 없어!'

태윤은 입안에서 맴도는 말을 꿀꺽 삼켰다.

애리의 힘을 빌리고 싶긴 했지만, 이렇게 빨리 손을 쓸 줄은 몰랐다.

사실은 태윤도 갈등을 하는 중이었다.

두엔은 창현의 목표였다.

하지만 창현이 그 목표를 이루는 순간, 태윤 자신을 떠날 것 같아 두려웠다.

그래서 애리의 힘을 조금 빌리고 싶을 뿐이었는데.

'드라마가 망하면, 창현이가 대표가 되지도 못하겠지.'

대표가 되기 위해 애쓰던 창현의 모습이 떠올라 입안이 썼다.

이번 일이 틀어지면, 창현은 크게 실망할 것이다.

그런 생각을 하는 것만으로도 가슴이 아팠다.

'이거 봐, 창현아. 난 네 실망을 상상하는 것만으로도 이렇게나 가슴이 아파. 이렇게나 널 사랑해.'

마음이 무거웠다.

"뭐야, 너? 표정이 왜 그래? 내가 하는 게 마음에 안 들어? 인제 와서 발 빼려고?"

"아, 언니. 그런 거 아니에요."

태윤은 얼른 표정을 갈무리했다.

"언니 행동력에 감탄하고 있었어요. 저도 그렇게 할 수 있으면 좋을 텐데."

애리의 앞에서는 뭐라고 떠들어도 상관없다.

문자 같은 거로 증거만 남기지 않으면 된다.

"대단하세요."

"그래, 맞아. 내가 이런 면에서는 항상 칭찬을 받지. 아무튼 우리가 하는 이 일, 아빠한테 걸리면 큰일 나. 그러니까 정신 바짝 차리고, 일 터졌을 때 입 꾹 다물고 있어. 알겠지?"

"네, 그럴게요."

＊　　＊　　＊

금요일에는 아침부터 설레었다.

아니, 사실은 여행 계획을 세운 후부터 계속 설레었다.

거기다가 주희가 선물해 준 '섹시하면서도 청초한 속옷'이 슬희
를 더 긴장하게 만들었다.

여행 계획을 세울 때만 해도 '그렇고 그런 일'에 대한 생각은 하지
않았다.

진짜다.

그저 순수하게 창현과 부산에 가서 새로운 것들을 보고, 먹고, 즐
기다가 올 생각뿐이었다.

하지만 친구들을 만나 '플라토닉한 사랑은 가라! 이제는 청초하
면서도 섹시한 속옷으로 승부를 봐야 할 때!'라는 주장을 들은 후
엔, 그 생각이 머리에서 떠나질 않았다.

'진짜 우리 하게 되나? 하는 건가? 드디어?'

하지 못할 이유는 없었다.

나는 그를 사랑하고, 그 역시 내게 좋은 감정이 있다.

서로 마음이 통하는 성인 남녀가 살을 나누는데 뭐라 할 사람은
아무도 없었다.

그런 생각을 하니 심장이 더 벌렁거렸다.

'으아, 나 진짜 밝히는구나.'

거울 앞에서 벌겋게 달아오른 자신의 얼굴을 보며 한숨을 내쉬었다.

적어도 이렇게 밝히는 걸 창현에게 들켜서는 안 된다.

'어떻게 보면 걔랑 나는 소꿉친구인데.'

아무것도 모르는 소년, 소녀일 때와 성인이 된 남녀의 만남은 다를 수밖에 없다.

하지만 그때의 순수하고도 고즈넉한 광경을, 자신의 음란한 생각들이 더럽히는 것만 같았다.

씻고 나와서 아침을 먹을 때, 부모님에게 말했다.

"저, 오늘 오후 반차 내고 놀러 가요. 여행 다녀오려고요."

"어머, 그래? 주희랑?"

"네, 주희랑요."

거짓말하기 힘들었는데, 엄마가 먼저 주희 이름을 꺼내서 다행이었다.

"주희 누나도 대단하네. 아이도 있는데 누나를 위해 시간도 내고."

"응, 그러게."

주희와는 이미 말을 맞춰 둔 후였다.

나이 서른 먹어서 부모님 허락을 받고 여행을 간다는 게 누군가의 눈에는 웃길지도 모르지만, 슬희에게는 당연한 일이었다.

독립을 한 것도 아니고 함께 사는 가족이니까, 부모님이 걱정할 만한 행동은 하고 싶지 않았다.

오늘은 오랜만에 동생인 정우와 함께 집에서 나왔다.

"같이 출근하는 거 오랜만이다. 너, 항상 바쁘잖아."

프로그래머인 정우는, 눈코 뜰 새 없이 바빴다.

새벽 일찍 출근하고 야근을 밥 먹듯이 했다.

"응, 요새는 일 하나가 끝나서 좀 한가해졌어. 언제 또 바빠질지 모르지만."

"고생이다, 너도."

"누나가 더 고생이지. 그동안 여행도 못 다니고 고생 많이 했잖아. 오늘 가서 신나게 놀고 와. 돈도 팍팍 쓰고. 내가 용돈 좀 줄까?"

"쪼끄만 게 까불고 있네."

"쪼그맣긴. 누나보다 더 커진 지가 언젠데."

"그래도 나한테 넌 그냥 작아."

정우는 버스를 타고 가기에, 전철역 앞에서 헤어졌다.

전철을 탄 지 얼마 지나지 않아 휴대폰에 알림이 들어와서 확인했더니, 은행 앱에서 온 알림이었다.

누군가 20만 원을 입금했다.

'뭐지? 뭐 들어올 돈이 있었나?'

의아하게 생각하며 은행 앱을 열어 입금 내역을 확인한 슬희는, '용돈'이라는 입금자명을 보고는 살짝 눈물을 흘릴 뻔했다.

정우가 보낸 용돈이었다.

[죄책감이 생겨. 거짓말하고 여행 가는 건데.]

회사에서 슬희는 고개를 숙이고 주희와 메시지를 주고받는 중이
었다.

[죄책감은 넣어 둬. 정우도 대충 눈치챘을걸.]

[뭘?]

[네가 남자랑 여행 가는 거.]

[에이, 설마.]

[생각해 봐. 우리끼리 여행 계획 세운 게 얼마나 많았어? 그런데
대부분이 무산됐잖아. 그러던 네가 갑자기 여행을 간다는데, 눈치채
지. 너희 부모님도 눈치챘을걸.]

[에이, 설마.]

[설마가 사람 잡는다. 다들 너의 연애를 위해 모르는 척해 주는 거니
까, 너도 죄책감 넣어 두고 즐겨! 그나저나 정우도 정말 많이 컸네. 누나
용돈도 줄 줄 알고.]

[그러니까. 나 아까 전철에서 펑펑 울 뻔했다니까.]

[우리 아들도 정우처럼 자라야 할 텐데.]

슬희가 주희와 메시지 수다 삼매경에 빠져 있을 때, 태윤은 대표
실 문 앞에서 심호흡을 하고 있었다.

며칠을 고민했지만, 역시 마음에 걸려서 안 되겠다.

이번 드라마를 기획하던 창현의 표정을 떠올리면, 죄책감이 들어
서 견딜 수가 없었다.

말하자.

전부는 아니더라도 언질이라도 주자.

창현이 대처할 수 있도록.

똑똑 —

노크를 하자, "네." 하고 예의 창현의 차가운 음성이 들려왔다.

태윤은 가만히 문을 열고 안으로 들어갔다.

창현은 책상 앞에 앉아 각종 서류를 확인하고 있었다.

창현이 고개도 들지 않고 물었다.

"무슨 일이야?"

"진지하게 할 이야기가 있어. 오늘 저녁에 시간 좀 낼 수 있어?"

"없어."

"진짜 진지한 이야기야."

"응, 그런데 없어. 오늘 저녁은 선약이 있어."

"……."

태윤은 아랫입술을 지그시 깨물었다.

슬희와 약속을 한 걸까?

"그럼 점심은?"

"점심도. 오늘 반차야."

"반차?"

심장이 쿵 내려앉았다.

반차라니.

두엔을 운영하게 된 후, 창현은 한 번도 쉰 적이 없었다.

건강에 무리가 생겨 쓰러질 뻔했을 때에도, 링거만 맞고 돌아와 또 일을 했다.

그런 창현이 지금 반차를 쓴다고 하니, 슬희와 연결을 지어서 생각할 수밖에 없었다.

이슬희니?

그 여자 때문에 반차를 쓰는 거야?

오늘 저녁 약속도 그 여자랑 잡은 거고?

쏟아져 나오려는 질문을 간신히 삼켰다.

"그런데."

창현이 시선을 들었다.

"왜 반말이지? 우리, 사적인 관계는 접기로 한 거 아니었나?"

창현의 서늘한 시선에 소름이 돋았다.

어째서 창현이 저런 눈으로 나를 보게 됐을까?

애정이 듬뿍 담긴 눈은 아니더라도, 때때로 다정한 눈빛을 지어 주곤 했는데.

이슬희 때문이다.

창현이 저렇게 된 건 전부 이슬희, 그 여자 때문이다.

태윤은 주먹을 꽉 쥐었다.

"죄송합니다. 나가 보겠습니다."

태윤은 자리로 돌아오자마자 기획홍보팀에 연락을 해, 슬희의 연차에 대해 물었다.

담당자는 의심하지 않고 슬희가 오늘 반차를 쓴다고 말해 주었다.

손가락 끝이 차게 식었다.

그 차가움이 혈관을 타고 올라가 심장을 얼렸다.

이슬희 때문이다.

그리고 이 회사가 잘되고 있기 때문이다.

회사가 잘되니까 마음에 여유가 생기고, 쓸모도 없는 여자에게 눈이 돌아가는 것이리라.

'그렇다면.'

태윤은 마음을 단단히 먹었다.

'다른 곳으로 눈 돌리지 못하게 해 주겠어.'

일이 이렇게 된 건, 전부 이슬희 때문이다.

* * *

반차를 내고 집에 돌아와 짐을 챙겨 나왔을 때, 약간은 후텁지근한 바람이 불어오고 있었다.

바다에 가기에 딱 좋은 날씨였다.

처음 가는 부산 여행도 설레고, 창현과 함께 하는 여행인 것도 설레었다.

슬희는 잠시 집 앞에 서서 하늘을 올려다봤다.

청명한 하늘이 눈에 확 들어왔다.

그러고 보니 요새는 하늘도 못 보고 살았던 것 같다.

구름 한 점 없는 새파란 하늘을 응시하다가, 햇살에 눈이 시려 시선을 내렸을 때 창현에게서 전화가 걸려 왔다.

[근처에 도착했어. 집 앞으로 갈까?]

"아냐, 내가 거기로 갈게. 그 근처에 뭐 있어?"

우선 창현의 차를 타고 서울역에 가기로 했다.

괜히 창현이 집 근처에 왔다가 아는 사람 눈에 띄면 큰일이다.

창현이 말한 곳으로 갔더니, 그의 차가 세워져 있었다.

똑똑—

조수석 창문을 두드리자, 창현이 차에서 내렸다.

"짐 많네."

"여자들은 이것저것 준비물이 많은 법이야."

그 준비물 중에는 주희의 우정이 듬뿍 담긴 속옷도 있었다.

그 생각을 하자 괜히 얼굴이 화끈 달아올랐다.

창현도 그런 생각을 하고 있을까?

단둘이 방을 쓰면 그 이상의 관계로 진행할지도 모른다는 걸 염두에 두고 있을까?

흘끔 올려다본 창현의 얼굴에선 그 어떤 것도 알아낼 수가 없었다.

포커페이스를 유지하는 기술만은 일품이다.

'아니, 어쩌면 진짜로 아무 생각 없을지도 몰라. 나 혼자만 이런 생각들로 가득한 걸 거야!'

지난번, 창현과 단둘이 한집에 머물 때에도 아무 일이 없었다.

친구들은 창현이 안 서는 게 분명하다고 말했다.

'설마…… 그런 건 아니겠지?'

슬희는 천천히 창현의 다리 쪽으로 내려가는 자신의 시선을 간신히 붙들었다.

이런 생각 그만하자.

즐거운 여행길이니, 산뜻하고 플라토닉하고 상큼한 생각만 하자.

금요일이라 그런지, 서울역까지 가는 길이 꽤 막혔다.

넉넉하게 시간을 두고 기차 예매를 해 둔 덕에, 너무 서두르지 않아도 되어서 다행이었다.

기차 시간까지는 조금 남아 있어서, 역에 도착해 근처 쇼핑몰을 둘러봤다.

진열대 위의 물건들을 구경하며 천천히 걷다가 손등이 부딪쳤다.

두 사람은 누가 먼저랄 것도 없이 서로의 손을 꼭 잡았다.

그냥 잡는 것도 아니고 깍지 낀 손이었다!

그의 큰 손에 단단히 잡힌 느낌이 좋았다.

그의 손은 그 어떤 일이 있어도 놓아주지 않을 거야, 라고 말하는 듯했다.

"이 모자가 마음에 들어?"

그와 손을 잡은 것에 대해 생각하느라, 시선을 두고 있던 곳이 하필이면 밀짚모자가 있는 자리였다.

"응? 아, 응. 예쁘네."

"이거 하나 주세요."

창현이 모자를 집어 들고 점원에게 말했다.

"아냐, 아냐. 사려는 건 아니었어."

"예쁘다며?"

"예쁘긴 하지만…… 이런 걸 언제 쓰겠어?"

"여행 가서 쓰면 되지. 잘 어울리겠다."

"그래도……."

여행을 간다고 해도 일상에서 완전히 벗어날 수는 없었다.

무엇보다도 예상외의 지출을 하게 될 테니, 허리띠를 바짝 졸라매야 하는 상황이다.

그런 때에 밀짚모자라는 사치를 부릴 수는 없었다.

"모처럼의 여행이잖아. 아, 하나 더 사서 나랑 커플로 쓰고 다닐까?"

창현은 거침이 없었다.

이래서 돈 많은 양반들은.

슬희는 속으로 혀를 찼다.

창현은 계산을 하고 받아 든 밀짚모자를 그 자리에서 꺼냈다.

모자 하나를 슬희에게 씌워 준 창현이 빙그레 웃었다.

"역시 잘 어울려. 사진 찍어 줄게."

"여기서?"

"응. 여기서. 정말 예쁘다."

창현은 마치 팔불출 아빠처럼 행동했다.

주위에 있던 점원들과 손님들이 부럽다는 듯 이쪽을 흘끔흘끔 쳐다보는 게 느껴졌다.

그렇구나.

나, 이렇게 근사한 남자에게 사랑받고 있구나.

슬희는 그런 생각을 하며, 모자 양쪽 끝을 잡아 푹 눌러썼다.

"왜 가려? 예쁜 얼굴 안 보이게."

사진을 찍던 창현이 볼멘소리를 냈다.

"그 예쁘다는 소리 좀 그만할래?"

"예쁘니까 예쁘다고 하지. 뭐라고 해?"

창현이 어리둥절한 표정을 지었다.

슬희의 얼굴이 붉어졌다.

얘는 뭐 이렇게 칭찬을 잘 하지?

직선적인 칭찬에는 거짓이 느껴지지 않았다.

미사여구 없는 '예쁘다.'라는 말이, 이토록 설레는 말인 줄 몰랐다.

"나도 같이 찍자."

창현이 자신의 모자를 꺼내 쓰고는 슬희의 옆으로 왔다.

슬희의 어깨를 감싼 창현이 휴대폰을 셀카 모드로 바꾸고 앞으로 쭉 내밀었다.

"저기, 여기는 아직 백화점이거든?"

"그게 문제가 돼? 자, 카메라 봐."

김치. 치즈. 찰칵.

슬희가 첫 여행에 설레는 것만큼이나 창현도 설렌 것 같았다.

"너, 나랑 여행 가서 신난 거야?"

셀카를 확인하는 창현에게 물었다.

"응, 엄청. 신날 수밖에 없잖아."

창현이 슬희의 손목을 잡아 자신의 가슴 위에 얹었다.

그의 심장박동이 손바닥으로 전해졌다.

두근 ─ 두근 ─ 두근 ─

"어젯밤엔 설레서 잠도 못 잤어."

그의 솔직한 발언에 슬희의 심장도 콩콩 뛰었다.

"너, 연애 처음이라는 거 거짓말이지?"

"왜? 두근거려? 내 말이 기분 좋아?"

"됐거든요."

장난스럽게 되묻는 창현이 얄미워서 입을 삐쭉거리며 돌아섰다.

창현이 웃으며 슬희를 따라왔다.

둘은 개찰구 근처에서 도시락을 하나씩 산 후에, 기차에 올랐다.

곧 기차가 출발했다.

빠르게 멀어지는 풍경을 응시하던 슬희가 말했다.

"이러고 있으니까 우리 처음 만났을 때 생각난다."

"처음 만났을 때?"

"응, 우리 처음 만났을 때 같이 비행기 탔잖아."

"아아, 그거."

창현이 고개를 끄덕였다.

"넌 비행기가 무서워서 벌벌 떨었지."

"벌벌 안 떨었거든?"

"안 떨긴. 바짝 예민해져서 나한테 착 달라붙었잖아."

"야, 민창현. 너 되게 능구렁이 같아졌다? 옛날엔……."

거기까지 말을 꺼낸 슬희는 얼른 입을 다물었다.

옛날이야기는 꺼내면 안 되는 건데, 창현과 함께인 게 편해서 깜빡했다.

창현이 눈을 크게 뜨고 슬희를 내려다봤다.

"옛날엔?"

"아니, 그러니까. 우리 제주도 갈 당시에. 그땐 그렇게 무뚝뚝하고 냉정한 척하더니."

"내가 그랬나? 너한텐 안 그랬던 것 같은데."

다행히 잘 넘어간 것 같다.

슬희는 속으로 안도의 한숨을 내쉬었다.

"너, 그랬어. 허벅지에 잠깐, 그것도 실수로! 앉은 것 가지고 앉은 값 하라고 뭐라고 하고."

"아아. 그랬지. 내 허벅지는 귀하니까."

"귀하긴. 약간 정신 이상한 사람인가 싶었다니까. 자, 이 마당에 우리 솔직하게 얘기해 보자."

"뭘?"

"너, 그때 이미 나한테 반해 있었지?"

슬희가 창현을 똑바로 응시하며 물었다.

창현은 눈에 힘을 주고 자신을 응시하는 슬희를 가만히 내려다봤다.

이런 눈빛을 하는 슬희가 참 좋다.

심술이 나서 입을 삐죽거리는 슬희도, 좋아서 헤실헤실 웃는 슬희도.

모든 슬희가 다 좋아서, 그녀와 함께 하는 매 순간이 행복하고 즐겁다.

너는 알까?

네가 내 삶에 얼마나 큰 힘이고 위로인지.

네 존재만으로 내 삶이 얼마나 반짝거리게 되었는지.

그리하여 어둠만 알고 지냈던 내가 네 덕에 빛을 향해 걸을 용기를 갖게 되었다는 걸, 너는 알고 있을까?

말하고 싶었다.

아니, 그 전부터. 네가 기억하지 못하는 그때부터. 아주 오래전부터.

나는 네게 반해 있었어.

너를 만나지 못하는 시간에도, 두 번 다시 볼 수 없다 생각했던 시간에도, 너만을 그리워하고 너만을 생각하며 살아갈 만큼.

네가 상상도 못 할 만큼, 나는 네게 반해 있었어.

지원서에서 네 이름을 발견했을 때, 그저 이름만 같은 동명이인일지 모르는데도 이 심장이 터질 듯이 뛸 만큼, 나는 네게 반해 있었어.

창현은 슬희의 질문에 대답하는 대신, 슬희의 볼에 살며시 손을 얹었다.

그녀의 하얀 볼은 부드러웠다.

엄지로 그녀의 볼을 살며시 쓸자, 그녀가 스르륵 눈을 감았다.

주인의 손길이 기분 좋아 눈을 감고 가르릉거리는 고양이처럼.

그 모습에 순간 아랫배가 확 당겨 왔다.

'참자.'

그녀의 모든 걸 원했다.

그녀에 대해 전부 다 알고 싶었다.

사랑이란 참으로 이상하다.

그녀의 얼굴을 보기만 바랐는데, 얼굴을 봤더니 함께 있고 싶고, 함께 있었더니 키스하고 싶고, 키스를 했더니 더 많은 것을 갖고 싶어진다.

내가 이렇게 욕심이 많은 놈이었나 의아할 정도로, 그녀만 옆에 있으면 욕망을 참기 어려워진다.

하지만 이 욕심 때문에 슬희를 더럽히고 싶지 않았다.

슬희는 예쁘게 잘 아껴 주었다가, 나중에 좋은 사람에게 보내 주어야 한다.

자신과는 다른…… 어둠도, 어깨의 무거운 짐도 없는 사람에게.

말하자면 우현 같은.

그러니까 우리는 키스까지만.

아무리 욕심이 나도 키스까지만.

창현은 고개를 숙여, 슬희의 입술을 부드럽게 덮었다.

그녀의 입술은 언제나 달고 촉촉했다.

그녀의 입술을 핥으면, 달콤한 과즙을 머금는 것만 같은 기분이 들었다.

볼을 감싸고 있던 손을 그녀의 뒤통수로 돌려 머리를 받치고, 진하게 키스를 나누었다.

숨결과 숨결이 얽히며, 세계가 둘만의 것으로 변했다.

덜컹거리는 기차의 소음도, 사람들의 목소리도 더는 들려오지 않았다.

슬슬 위험하겠다 싶을 때쯤, 창현은 슬희에게서 입술을 떼어 냈다.

슬희의 입술이 촉촉하게 젖어 있었다.

그 모습이 또 한 번 창현을 자극했다.

창현은 간신히 그녀의 입술에서 눈을 뗴었다.

천천히 벌어지는 슬희의 눈꺼풀 안에서, 그녀의 맑은 눈동자가 창현을 향했다.

그 눈을 보는 순간, 창현은 저도 모르게 말했다.

"사랑해."

*　　*　　*

기대하고 기대하던 부산역에 도착했지만, 슬희는 부산역의 짠내 나는 공기를 마음껏 즐길 수 없었다.

'아까 그건 뭐였지?'

창현은 슬희에게 사랑한다고 했다.

'사랑한다고? 날? 정말로? 진짜로?'

물론 슬희도 창현을 사랑했다.

사랑하지만, 이 마음을 멈추기 위해 노력했다.

우리는 비혼주의자고, 미래에 대한 약속 없이 사귀는 사이일 뿐이니까.

나는 그를 사랑하지만, 그가 나를 사랑할 거란 생각은 하지 않았다.

내게 호감이 있어서, 나를 보면 좋아서, 딱 그 정도의 감정일 줄 알았다.

'아니, 내가 생각하는 것처럼 깊은 의미는 아닐지도 몰라. 우리나라는 그냥 좋기만 해도 사랑한다고 막 표현하잖아. 그냥 그 순간에 너무 좋아서, 감정이 격해져서, 그런 말을 한 걸 거야. 그게 얼마나 깊은 뜻인지, 얘는 모를지도 모르지. 첫 연애니까!'

정작 슬희에게 혼란을 던져 준 창현은 아무 일 없었다는 듯 부산역을 둘러보고 있었다.

"역시 서울이랑은 공기가 다르네. 제주도랑도 다르고. 바다 냄새 난다."

남의 속도 모르고 공기 타령하는 창현이 얄미워서, 엉덩이를 찰싹, 아프지 않게 때렸다.

창현이 깜짝 놀라 자신의 엉덩이를 가렸다.

"이거 성추행이야?"

"그럼 어쩔 건데?"

"눈에는 눈, 이에는 이."

창현이 그렇게 말하며 한 팔로 슬희의 허리를 감아, 자신에게 바짝 밀착시켰다.

"꺅!"

생각지도 못한 창현의 행동에 슬희가 작게 비명을 질렀다.

창현은 웃으며 슬희와 이마를 맞췄다.

"왜 그렇게 심각해? 부산에 오고 싶었던 거 아니었어?"

그의 얼굴이 너무 가까운 곳에 있었다.

코와 코가 닿아서, 슬희는 숨을 제대로 쉴 수 없었다.

"배고파서 그래. 난 배고프면 예민해지거든."

"아까 기차에서 도시락 먹었는데?"

"응, 그 도시락 맛있었지."

사실은 무슨 맛이었는지도 모르겠다.

그걸 먹을 때, 슬희의 머릿속은 창현의 '사랑해.'로 가득 차 있었기 때문이다.

어우, 진짜 얄미워 죽겠다.

그런데 싫지가 않아서 더 얄밉다.

역 앞에서 택시를 잡았다.

"P 호텔이요."

창현이 목적지를 말했다.

슬희는 눈이 휘둥그레져서 창현을 돌아봤다.

"P 호텔이야? 거기로 예약한 거야?"

"응. 왜? 안 좋은 기억이 있어?"

"아니, 그럴 기억이 있을 수가 없지. 가 본 적도 없는데. 그 호텔, 너무……."

슬희는 거기까지 말하고 입을 다물었다.

창현은 슬희와 살아온 세계가 달랐다.

창현에게는 5성급 호텔에 묵는 게 일상일 텐데, 그에게 당연한 일을 슬희에게 맞춰 달라고 할 수는 없었다.

이래서 생활 수준이 비슷한 사람을 만나라는 말이 있나 보다.

창현이 비싼 곳에 묵고 비싼 밥을 먹는다고 그녀가 일일이 지적하면, 창현도 답답할 것이다.

"아냐, 아무것도."

"왜? 갑자기 기분 안 좋아진 거야?"

"아니, 그런 건 아니고."

슬희는 어쩔까 하다가 솔직하게 말하기로 했다.

"나는 어릴 때부터 가난하게 살아서, 네 씀씀이를 볼 때마다 깜짝깜짝 놀라. 하지만 넌 나랑 다른 세계에서 살아왔으니까, 이런 걸 일일이 지적하면 네가 답답하겠다 싶었어. 그래서 그냥 네가 넘치도록 많은 돈 펑펑 쓰는 걸, 옆에서 잘 즐겨 주기로 했어."

슬희가 다다다 쏟아 내는 말에, 창현은 눈을 크게 떴다가 곧 미소를 지었다.

"그래, 좋은 자세야."

"그렇다고 해서 내가 계속 얻어먹기만 하겠다는 건 아냐."

"얻어먹는 게 어때서? 내가 밥 사 주면 자존심이 상해?"

"아니. 자존심이 밥 먹여 주는 것도 아니고. 그냥 신세 지는 기분이라 좀 그래."

"신세…… 난 네가 그 신세를 한껏 져 줬으면 좋겠는데."

"난 은혜 갚는 까치가 아냐. 신세 좀 진다고 나중에 그걸 커다란 호박으로 갚고, 그러진 못해."

"상관없어. 난 호박 별로 안 좋아하니까."

"어? 그래? 애호박도? 난 애호박전 좋아하는데."

"그래? 그럼 나도 좋아하려고 노력해 보지."

돈 이야기를 하다가 주제가 호박과 부침개로 바뀌었다는 걸, 두 사람은 깨닫지 못했다.

사랑이라는 게 그랬다.

연인과 대화를 하다 보면, 심각한 이야기를 하다가도 다른 주제가 튀어나오고, 그 이야기를 즐거이 떠들다 보면 애초의 다툼은 잊게 된다.

그렇게 사랑하는 두 사람을 싣고, 택시는 P 호텔을 향해 달렸다.

*　　*　　*

방까지 들어가지는 않았다.

5성급 호텔이라 그런지 서비스가 좋아서, 짐만 넣어 둘 거라고 했더니 벨보이가 알아서 짐을 옮겨 주었다.

한결 가벼워진 몸으로 호텔에서 나와, 어디로 갈지 고민을 했다.

"이제 곧 해가 저물 시간이니까 용두산 공원이나 가 볼까? 거기 전망대에서 부산이 내려다보인대."

슬희의 제안대로 둘은 택시를 타고 용두산 공원으로 향했다.

택시에서 내려 조금 걸어가니, 용두산 공원으로 올라가는 엘리베이터가 보였다.

엘리베이터를 타고 올라가자 이순신 동상이 두 사람을 맞아 주었다.

사람이 많을 줄 알았는데, 의외로 북적거리지는 않았다.

"사진 찍자. 거기 서 봐. 장군님이랑 같이 찍어 줄게."

창현이 이순신 동상을 가리키며 말했다.

슬희가 창현을 빤히 올려다봤다.

"왜?"

"너 의외로 사진 찍는 거 되게 좋아한다. 이런 거 별로 안 좋아할 줄 알았는데."

"그래?"

창현은 슬희를 보며 빙그레 웃었다.

슬희는 모른다.

내가 어떤 마음으로 그녀의 사진을 찍는지.

'언젠가 너를 못 만나게 되더라도, 너와 함께 했던 추억들을 가지고 있고 싶어. 네가 그리울 때마다 네 사진을 꺼내서 보고 싶어.'

어린 시절, 그 동네를 떠났을 때, 후회하는 게 하나 있다면 그녀의 사진을 한 장도 받지 못했다는 점이었다.

사진이라도 있었다면, 그리움이 사무칠 때마다 꺼내서 볼 수 있었을 텐데.

이렇게 기적처럼 그녀와 연애를 하는 동안, 이번에는 후회하지 않도록 그녀의 사진을 잔뜩 손에 넣을 생각이었다.

"한 살이라도 젊을 때, 사진 많이 찍어 주려고."

창현이 마음과 다른 말을 했더니, 슬희가 입술을 비쭉 내밀었다.

"뭐야, 나 늙어 간다는 거야? 그쪽도 같이 늙어 가고 있거든요?"

"응, 그러니까 얼른 가서 서 봐."

슬희는 비쭉거리면서도 이순신 동상 옆으로 달려가서 섰다.

휴대폰 카메라를 앞에 두고 환하게 웃는 슬희를, 창현은 찰칵, 찰칵 몇 번이나 찍었다.

그녀와 함께 하는 이 순간이 말 그대로 꿈만 같았다.

내 인생에 이런 시간이 주어지다니.

그저 딱 한 번이라도 얼굴을 보는 게 소망일 때도 있었는데, 다른 연인들처럼 평범하게 여행을 와서 사진도 찍고, 손을 잡고 걸을 수도 있다니.

슬희와 함께 하는 매 순간이, 창현에게는 기적이었다.

용두산 공원 데이트를 마치고 내려와 근처의 밀면집에서 밀면으로 저녁을 때웠다.

"냉면 같은 건 줄 알았는데, 되게 맛있다. 뭔가 좀 달라. 그치?"

"그러게. 서울에서도 밀면집 보긴 했는데, 딱히 당기지가 않아서 들어가 보질 않았거든."

"되게 맛있더라. 만두도 맛있고."

둘은 생소했던 저녁 식사 감상을 하며 남포동 거리를 거닐었다.

해가 저문 거리를 거니는 동안, 슬희는 다시 긴장을 하기 시작했다.

이제 하루 일과를 마칠 시간이다.

호텔로 들어간다.

단둘이.

그것도 별 5개짜리 P 호텔에!

긴장할 수밖에 없었다.

'속옷은? 속옷은 언제 갈아입지? 들어가자마자 바로 욕실에 가서 갈아입고 나와야 하나? 일단 씻는다고 할까?'

창현이 옆에서 뭐라고 이야기했지만, 슬희의 머릿속은 속옷 생각으로 꽉 차 있었다.

'갑자기 씻는다고 하면 너무 이상하게 보이지 않을까? 내가 할 생각이라고 생각하는 거 아냐? 아니, 나 지금 뭔 생각을 하고 있는 거지?'

머리가 어질어질할 정도였다.

'창현이는 아무 생각 없나?'

그를 흘끗 돌아봤다.

창현은 옆에 있는 스포츠 브랜드 매장을 구경하는 중이었다.

곧 호텔에 들어가고, 남녀 둘이서 같은 방에 머문다는 생각 같은 건, 창현의 머릿속에 없는 것 같았다.

'뭐야, 나 혼자. 바보 같아. 얘는 진짜 아무 생각도 없나? 도 닦는 거 아냐?'

슬희도 야한 생각을 밀어내고 이 순간을 즐기려 했지만, 쉽지 않았다.

'이건 다 주희랑 연우 때문이야! 걔들이 그런 소리만 안 했어도 플라토닉한 부산 여행을 즐길 수 있었는데!'

과연 그럴까?

그렇지 않을 거라고, 슬희는 생각했다.

이 남자가 좋다.

너무 좋아서, 이 남자의 모든 것을 갖고 싶다.

그리고 나의 모든 것을 주고 싶다.

이 사랑이 언젠가는 끝날지라도, 하고 있는 이 순간만큼은 오롯이 서로의 모든 것을 공유하고 싶었다.

물론 창현에게 그런 생각만 있다면.

'근데 얘는 아무 생각도 없는 것 같고. 연애 처음이라더니, 되게 순진한가 보네. 그래도 키스는 잘하는데.'

"슬희야."

그때, 창현이 갑자기 슬희를 불렀다.

슬희는 자신의 생각이 들킨 줄 알고 화들짝 놀라 걸음을 멈췄다.

"어?"

창현이 엄지로 옆의 가게를 가리켰다.

술집이었다.

"우리, 술 한잔할까?"

*　　*　　*

머릿속 가득한 생각을 밀어내기 위해, 술이 필요했다.

어쩌면 술을 마시는 게 더 위험할지 모르지만, 그래도 긴장을 좀 풀어야 할 필요가 있다고, 창현은 생각했다.

날이 저물고 나자, 창현의 머릿속에는 걱정뿐이었다.

호텔에 간다.

그것도 슬희와 둘이서.

어제까지는 별생각이 없었다.

사실 오늘 낮에도 그저 슬희와 부산 여행을 할 생각에 즐거울 뿐이었다.

하지만 호텔에 짐을 맡기는 순간부터, 그 생각을 떨쳐 낼 수 없었다.

슬희를 원했다.

슬희의 모든 것을 오롯이 내 손에 넣고 싶었다.

너무 욕심을 내면 안 된다는 걸 알고 있었다.

슬희는 소중하게 아껴 줘야만 하는 여자였다.

이렇게 사귀고 함께 여행할 수 있는 것만으로도 만족해야만 하는데.

'왜 인간의 욕심은 끝이 없을까?'라고 생각하며, 창현은 만취한 슬희를 응시했다.

술집에 들어왔을 때부터, 슬희는 잊고 싶은 일이라도 있는 듯 쉴 새 없이 술을 마셨다.

마시는 속도가 너무 빠른 것 같았지만, 창현도 그렇게 마시고 싶은 터라 슬희를 말리진 않았다.

슬희의 취한 모습을 한 번 더 보고 싶다는 욕심도 있었다.

"그러니까 민창현. 내가 보기에 넌 진짜 참 잘 자랐어. 아이고, 잘 자랐다!"

슬희는 아까부터 저 소리였다.

"그러지 마. 오해하겠다."

"뭘 오해해! 왜 오해해!"

"네가 자꾸 잘 자랐다고 하니까, 괜히 우리가 되게 어릴 때부터 아는 사이잖아."

"에이, 아니지, 아니지. 우린 어릴 때부터 아는 사이가 절대 아니지! 우리가 만난 건 김포 공항! 네 허벅지! 그 튼실한 허벅지!"

슬희가 손가락으로 창현의 허벅지를 가리켰다.

슬희의 목소리가 작지 않았기에, 술집 안의 사람들도 슬희를 따라 창현의 허벅지로 시선을 보냈다.

창현은 저도 모르게 허벅지를 오므렸다.

"아이고, 우리 창현이. 참 잘 자랐다. 몸도, 마음도, 얼굴도, 아주 잘 자랐어."

"그래, 그래. 잘 자랐다고 해 줘서 고마워. 이제 슬슬 돌아가자."

"어디 가? 가지 마. 또 떠나게? 말도 없이?"

"내가 말도 없이 떠난 적이 있었어?"

"몰라. 없어. 싫어. 떠나지 마. 가지 마."

슬희의 커다란 눈에 눈물이 고였다.

창현은 그녀를 물끄러미 응시했다.

'왜 저러지?'

말없이 슬희를 떠난 기억은, 오래전, 슬희가 기억 못 하는 그때밖에 없었다.

"안 떠나. 널 놔두고 가지도 않고."

"정말? 이제 정말 안 떠나?"

"응, 안 떠나. 우리 같이 돌아가자."

"어디 가? 나 회사 가기 싫어. 일하기 싫어."

"그래, 그럼 회사도 가지 말고, 일하지도 마."

"안 돼, 안 돼. 나 일해야 돼. 내가 일하지 않으면 안 돼. 나는 열심히 일하고, 돈도 열심히 벌고, 그래서 빚도 갚고, 우리 엄마, 아빠 여행도 보내 드리고, 우리 동생 용돈도 팍팍 주고…… 그래야 돼."

취한 와중에도 그런 소리를 하는 슬희의 모습에 가슴이 아팠다.

저 이야기 중, 슬희 자신에 대한 소망은 없었다.

슬희는 그저 가족 생각뿐이었다.

그때에도 그랬다.

그 어린 날에도. 이기적이라고 하는 그 어릴 때에도.

"세계적인 피아니스트가 되면 돈을 얼마나 벌까?"

어느 오케스트라 광고 포스터 앞에서, 슬희가 중얼거렸다.

"돈 많이 벌고 싶어."

"……."

"왜, 라고 물어봐야지."

"왜?"

"우리 엄마랑 아빠, 편하게 사셨으면 좋겠거든. 내가 돈 많이 벌면, 내 동생 학원도 보내 줄 수 있겠지?"

"……."

"내가 세계적인 피아니스트가 되면 공연을 하러 전 세계로 떠날 거잖아. 그럴 때 우리 가족들도 같이 갈 거야. 엄청 좋은 호텔에서 맛있는 거 잔뜩 먹고, 구경도 잔뜩 하고, 선물도 잔뜩 사 와야지. 네 것도 사 올게."

응, 넌 꼭 그렇게 될 거야.

그 말을 해 주고 싶은데, 말주변이 없는 어린 소년은 아무 말도 해 줄 수가 없었다.

"이것 봐 봐. 내 손."

슬희가 손을 크게 펼쳤다.

"손가락이 길잖아. 너보다 길걸. 봐 봐."

슬희는 해성의 손목을 잡아 올렸다.

해성이 손을 펼치자, 슬희가 그 위에 자신의 손을 겹쳤다.

맞닿은 손바닥에서 전해지는 온기에, 해성은 아찔해졌다.

슬희와 함께 있을 때면 코끝을 간질이는 달콤한 향기가, 그날따라 유독 진했다.

"이렇게 손가락이 길면 피아노 잘 친대. 내일 음악 시간에도 내가 피아노 치기로 했어. 너 또 땡땡이치면 안 된다? 꼭 와. 약속이야."

어린 시절 모두가 하는, 새끼손가락 걸고 하는 약속을 해 보는 건 그때가 처음이었다.

그래서 해성은 이튿날, 음악 시간에 음악실로 향했다.

구석에 앉은 해성은, 음악 선생님을 대신해서 피아노를 치는 슬희에게서 눈을 뗄 수가 없었다.

슬희는 무척 즐거운 듯했고, 다른 학생들도 다들 즐거워했지만, 해성은 어째서인지 가슴이 아팠다.

아직 어린 소년이기에 그걸 뭐라 표현할 수 없었지만, 음악 시간 내내 가슴을 콕콕 찌르는 아픔에서 벗어날 수가 없었다.

어쩌면 그때, 창현은 예감하고 있었는지도 모른다.

말주변은 없어도 눈치는 빠른 창현이기에, 슬희가 원하는 대로 계속 피아노를 칠 수 없을지도 모른다는 걸 예상했는지도 모른다.

'아니, 어쩌면 너도 알았겠지.'

세계적인 피아니스트가 될 거라고 말하는 슬희의 눈동자는 쓸쓸하게 빛나고 있었다.

어쩌면 인제 와서 되새기는 추억에 감정이 덧입혀져 그렇게 생각하는 걸지도 모르지만, 적어도 창현의 기억으로는 그랬다.

그때는 자세히 몰랐지만, 이제는 슬희가 어떤 길을 걸어왔을지 짐작할 수 있었다.

아마도 중학교 때나 고등학교 때쯤, 돈이 없으면 피아노 레슨을 계속 받을 수 없다는 걸 알게 되었으리라.

예술 고등학교는 학비가 비싸서 일반 고등학교를 가야만 했고, 어쩌면 고등학교 때부터 아르바이트를 해야만 했으리라.

그렇게 자연스럽게 피아노에서 멀어지고, 대학을 나와 평범하게 회사에 취직을 하고, 그렇게 꿈을 잊은 채 돈을 벌면서 살아왔겠지.

실제로 슬희는 창현을 다시 만나게 된 후, 피아노에 대해서 언급도 하지 않았다.

'그거 알아, 슬희야? 나는 혹시나 널 찾을 수 있을까 해서 피아노 연주회만 한다고 하면 다 보러 다녔었어.'

지방에서 하는 작은 연주회라도, 혹시나 싶은 마음에 찾아간 적이 몇 번 있었다.

피아노 얘기만 하면 눈을 빛내던 어린 소녀가, 돈 때문에 피아노를 포기해야만 했을 줄은 몰랐다.

창현은 술에 취한 슬희를 데리고 술집에서 나왔다.

택시에 타자 슬희는 창현에게 기대어 잠이 들었다.

택시가 호텔 앞에 도착했을 때, 창현은 슬희를 깨우는 대신 조심스럽게 그녀를 안았다.

그녀를 안고 호텔 방에 올라가, 푹신한 침대에 조심스레 내려놓았다.

이불을 덮어 주고 잠시 침대 옆에 앉았다.

창현은 슬희의 머리를 쓰다듬었다.

소중하고 또 소중해서 만지는 것조차 조심스러운 내 첫사랑.

너무도 간절해서 보고만 있어도 가슴이 아리는 나의 사랑.

"너도야, 슬희야."

창현은 잠든 슬희를 내려다보며, 그녀가 깨어 있을 때에는 못 하는 말을 속삭였다.

"너도 참 잘 자랐어. 정말로 잘 자랐어."

*　　　*　　　*

번쩍 ―!

눈을 뜬 슬희는 낯선 천장을 응시했다.

깨끗한 하얀 색 천장.

'여기가 어디지?'

고개를 돌리자, 얇은 커튼 너머로 바다가 보였다.

'아, 부산에 왔지.'

햇살을 받아 반짝반짝 빛나는 푸른 바다를 멍하니 응시하다가, 슬희는 상체를 벌떡 일으켰다.

"부산!"

기억이 났다.

창현과 부산에 왔다.

　용두산 공원을 가서 사진을 잔뜩 찍었고, 그놈의 속옷 생각을 하다가 술 한잔하자는 창현의 말에 술집에 들어갔고, 긴장 좀 풀려고 술을 마시다가.

　'그 후로 기억이 없어!'

　슬희는 침대에서 내려왔다.

　머리가 지끈지끈 아팠다.

　'난 바보야!'

　뜨거운 첫날밤은 개뿔.

　여행 첫날부터 만취해서 나가떨어지다니.

　'쓸데없는 소리를 한 건 아니겠지?'

　슬희는 불안했다.

　'정이 뚝 떨어졌을 거야. 으아, 최악이야!'

　슬희는 창문을 열었다.

　창밖을 향해 비명을 지르고 싶었다.

　으아아아아!

　'창현이는 어디에 있는 거지?'

　그러고 보니, 도통 창현이 보이지 않았다.

　역시 정이 뚝 떨어져서 가 버린 걸까?

　슬희는 불안한 마음으로 방문을 열고 거실로 나갔다.

　쏴아아아 ―

　욕실 쪽에서 샤워기 소리가 들려오고 있었다.

　창현이 씻고 있는 모양이다.

'다행이다. 그대로 가 버린 건 아니구나. 쟤도 참 인내심이 많네.'

창현과 술을 마시고 만취한 게, 이번으로 두 번째였다.

술을 마실 때마다 정신이 나가는 여자라고 생각할까 봐 걱정이었다.

창현을 어떤 표정으로 봐야 좋을지 몰라, 아랫입술을 잘근잘근 깨물고 있는데 달칵, 하고 욕실 문이 열렸다.

뒤를 돌아본 슬희는, 눈에 들어오는 광경에 숨을 멈췄다.

막 씻고 나온 창현은 아직 머리에서 물이 뚝뚝 떨어지고 있었다.

슬희가 거실에 나와 있을 줄은 몰랐는지, 아랫도리에 수건 하나만 달랑 걸친 채였다.

이런 상황에선 슬희든, 창현이든 당황하며 움직여야겠지만, 사람이 너무 당황을 하면 얼어붙는 법.

둘은 서로에게 시선을 고정시킨 채로 굳어 있었다.

그 와중에도 슬희의 눈에는 창현의 근사한 육체가 들어 왔는데, 넓은 어깨와 탄탄한 가슴과 복부를 지나, 하얀 수건 아래로 쭉 뻗은 긴 다리가 숨 막힐 정도로 섹시했다.

머리로 피가 쏠리는 기분을 느끼며, 슬희는 간신히 정신을 차렸다.

"아, 미안해."

얼른 눈을 내리깔았지만, 시선이 저도 모르게 자꾸만 그의 몸으로 향했다.

'난 진짜 못 쓰겠다.'

어젯밤 술에 취해 필름이 끊기는 만행을 저지른 주제에, 그의 육체에서 눈을 떼지 못하는 자신이 한심스러웠다.

"아니, 괜찮아. 일어난 줄 몰랐어."

창현이 목에 걸고 나온 수건으로 머리를 터는 소리가 들려왔다.

그 모습을 보고 싶었다.

분명 색기가 넘치겠지.

어쩌면 창현이 아니라 내가 창현을 덮칠지도 모르겠다.

"벌써 열두 시야. 호텔 조식은 꼭 먹으려고 했는데!"

"룸서비스 시켜 놨어. 곧 올 거야. 속은 괜찮아?"

"응, 괜찮아. 머리는 좀 아파."

"그럼 좀 더 누워서 쉬어."

"으응, 그래야겠다."

여기에 앉아 있다가는 계속 창현의 몸을 훔쳐보게 될 것 같아서, 슬희는 냉큼 일어나 방으로 들어왔다.

침대에 가만히 누워 있은 지 얼마 지나지 않아, 창현이 방 안으로 들어왔다.

창현은 이제 옷을 입고 있었다.

그의 근사한 몸을 더 이상 볼 수 없다는 게 아쉬웠다.

정말 멋진 광경이었는데.

"넌 언제 일어났어?"

"여덟 시쯤?"

"엄청 일찍 일어났네."

"응, 습관이 돼서. 푹 잤어?"

창현이 침대 끝에 걸터앉아, 슬희의 머리를 쓰다듬었다.

차가운 손가락이 두피에 닿는 느낌이 좋았다.

"응, 너무 푹 잤어. 이 비싼 호텔에 묵었는데, 즐기지도 못하다니!"

"그럼 오늘 즐기면 되지. 오늘은 나가지 말고 호텔에서 놀까?"

"부산 구경 못 하는 게 아깝기도 한데."

"부산 구경은 내일 체크아웃하고서 하면 되지."

"응, 그럼 그러자."

"수영장도 이용할 수 있으니까, 밥 먹고 잠깐 수영장 다녀와도 되고."

"응."

"저기 욕조도 있어."

창현이 거실을 가리켰다.

"구경할래."

슬희가 침대에서 내려왔다.

자신에게 내미는 창현의 손을 잡고 거실로 나갔다.

창가 쪽에 커다란 욕조가 있었다.

바다를 내려다보며 반신욕을 즐길 수 있게 만들어 놓은 욕조였다.

"으아, 여기서 어떻게 해."

"수영복 대여해서 입고 하면 돼. 아니면 옷 입고 들어가도 되고."

"아, 그렇구나."

고개를 끄덕이다가, 어젯밤에 들어와서 씻지도 못한 상태였다는 걸 깨달았다.

"나도 씻을래!"

"응, 그래."

슬희가 방으로 향하자 창현이 말했다.

"욕실은 저쪽에 있는데."

"아, 세면 용품 챙기려고."

"세면 용품도 전부 마련되어 있어. 혹시 피부가 약해?"

"아니, 그런 건 아닌데."

슬희는 방문을 돌아봤다.

"좀 챙길 게 있어서."

"응. 씻고 나와서 커피 한잔할래? 아니면 해장으로 먹고 싶은 거 따로 있어?"

"룸서비스 뭐 시켰는데?"

"황태국이랑 전복죽."

"그거면 될 것 같아. 아, 커피도 부탁할게."

"그래."

슬희는 방에 들어가서 가방을 열었다.

아직 포장을 뜯지도 않은 속옷 가게의 선물 상자가 그대로 들어 있었다.

'어쩌지? 이걸 입을까? 입어야 하나?'

호텔에서 하루를 보내기로 했으니 무슨 일이 벌어질지 몰랐다.

'하지만 이걸 입으면 내가 너무 기대한 것처럼 보이지 않을까? 게다가……'

창현은 정말 그런 쪽으로는 아무 생각도 없는 것처럼 보였다.

'쟤는 야동도 안 보나?'

그런 생각을 하며 상자를 꺼냈다.

'뭐, 하든 말든. 예쁜 걸 입으면 나도 기분이 좋으니까.'

속옷 상자를 챙겨 들고 욕실로 향했다.

별 다섯 개짜리 호텔의 욕실인 만큼, 깨끗하고 넓었다. 욕실 안에
도 작은 욕조가 있었다.

슬희는 잠깐이라도 반신욕을 해야겠다는 생각으로, 욕조에 물을
받았다.

욕조 옆에 입욕제도 준비되어 있어서, 봉지 하나를 뜯어서 넣었
다.

좋은 향기가 욕실 안에 가득 찼다.

세수를 하고 머리를 감은 후에, 욕조 안으로 들어갔다.

따스한 물이 몸을 감싸자, 숙취가 가시는 것 같았다.

'아, 진짜 좋다.'

슬희 나이 서른. 여유가 없이 살아왔다.

지난번 창현의 배려로 좋은 호텔에서 묵은 후, 이런 기회는 훨씬
나중에야 찾아올 거라 생각했다.

창현 덕분에 또 이런 호사를 누린다.

'고마워, 친구.'

그렇게 생각하다가 호칭을 바꿔 본다.

'고마워, 내 사랑.'

가슴이 두근거렸다.

육체적 관계는 중요한 게 아니었다.

플라토닉이네, 어쩌네, 떠들 생각도 없었다.

'네가 나한테는 큰 위로야.'

삶에 치이고, 사람에 치이는 생활이었는데 창현을 만난 후로 순수한 즐거움이 가득했다.

'넌 모르겠지. 네가 나한테 어떤 존재인지.'

창현은 항상 슬희를 똑바로 응시했고, 슬희가 원하는 걸 알아차렸다.

'나도 너한테 이렇게 위로가 되는 사람이라면 좋을 텐데.'

슬희는 좀 더 욕조에 몸을 담그고 있고 싶었지만, 밖에서 룸서비스가 들어오는 소리가 들려 물에서 나왔다.

룸서비스 생각을 하니 허기가 졌다.

샤워기 아래에서 다시 몸을 씻고, 물기를 깨끗하게 닦아 낸 후 주희에게 선물 받은 속옷을 꺼냈다.

연분홍색, 레이스가 가득한 위아래 세트 속옷이었다.

아래쪽은 완전히 레이스라서 속이 살짝 비쳐 보였다.

슬희는 그걸 입고 나서, 그 위에 가운을 걸쳤다.

가운이 살짝 벌어지며 봉긋한 가슴이 드러났다.

'아냐, 이건 너무 작정한 모양새야.'

슬희는 도로 가운을 벗고, 챙겨 온 옷으로 갈아입었다.

청바지와 흰색 셔츠였다.

입고 나갔더니, 테이블에는 아침이 차려져 있었다.

고소한 냄새가 빈 위장을 자극했다.

"아, 맛있겠다."

"응, 얼른 먹어. 여기 커피도 있어."

창현이 슬희의 앞에 머그잔을 놔주었다.

창현의 앞에도 컵이 놓여 있었는데, 언제나 그렇듯 생크림이 가득했다.

"넌 단 걸 좋아하나 봐."

"응. 쓴 건 잘 못 먹겠어."

"의외야. 남자들은 단 음식 싫어하는 줄 알았는데."

"그래? 난 좋아해."

좋아해, 라는 말이 어제 기차에서의 '사랑해.'라는 말과 겹쳐졌다.

그 말에 대해서 묻고 싶었다.

'아냐, 너무 질척거리는 여자로 보일 거야. 창현이는 별 의미 없이 한 말이겠지.'

슬희는 얼른 그 생각을 지우고 황태국에 집중했다.

"맛있다."

"다행이네."

"저기, 있잖아. 어제 내가 술 마시고 실수 안 했어?"

"했어."

"헉! 무슨 실수?"

"길에서 막 노래 부르고."

"내가?"

"응."

"그리고?"

"춤도 추고. 소리도 치고."

"……너, 거짓말하는 거지?"

창현이 웃었다.

그의 미소가 반가웠다.

참 예쁘게도 웃네.

"실수 안 했어. 얌전히 먹고 얌전히 잤어."

"아, 다행이다. 이상하게 너랑 술만 마시면 필름이 끊겨."

"제주도에서도 그랬었지."

"응. 원래 그렇게 잘 필름 끊기지 않는데. 오해하면 안 된다. 난 원래 딱 주량껏 마셔."

"그래, 오해 안 해. 그리고 네가 내 앞에서만 필름이 끊기는 게 좋아."

"왜? 그렇게 못 봐 주겠어?"

창현은 그 말에는 대답하지 않고 빙그레 미소만 지었다.

다정함이 잔뜩 스며 있는 그 미소를 볼 때면, 슬희는 괜히 가슴이 따끔거렸다.

"호텔에선 뭘 할 수 있을까?"

그의 미소에서 시선을 떼며 말했다.

"야외에 수영장이 있으니까 수영장에 갔다가 안에 있는 카페에서 애프터눈티를 즐긴 후에, 스파에 가서 커플 마사지를 받고, 저녁 식사를 한 다음 바에 가서 술 한잔. 이런 코스가 있어."

"너, 진짜 빠삭하다."

"아까 룸서비스 왔을 때 물어봤거든. 만약 방에서 나가기 싫은 거면, 수영복 빌려 달라고 하거나 그냥 옷을 입고 욕조에 물 받아 놓고 바다 보면서 놀다가, 마사지사를 불러서 마사지 받고, 룸서비스로 술 한잔해도 되고."

슬희는 거실을 둘러봤다.

여기는 2인실이 아니라 스무 명이 와도 묵을 수 있을 만큼 넓었다.

"이왕 이렇게 좋은 방에 묵는 건데, 꼼짝 않고 이 방에서 놀고 싶기도 해."

"그래, 그럼. 그렇게 하자."

커다란 창문으로 보이는 바다는 유쾌했다.

새파란 하늘 아래에서 넘실거리는 파도를 보니, 바다에 가서 발을 담그고 싶다는 생각도 들었다.

창현은 창문 앞에 있는 욕조에 물을 받으며, 물 온도를 맞추고 있었다.

창현이 프런트에 말해서 수영복을 받아 놓기는 했지만, 둘 다 옷을 갈아입진 않은 상태였다.

"그냥 옷 입고 들어가서 놀까? 그것도 재미있을 것 같아."

수영장도 아닌데 수영복을 입는 건, 어쩐지 조금 민망했다.

"그러자. 물은 이 정도면 되겠지?"

"응, 딱 좋다."

"입욕제도 풀까?"

"그러자. 향기 좋더라."

솔나무 향기가 나는 입욕제였다.

은은하게 번지는 향기에 벌써부터 몸이 노곤해졌다.

"내가 먼저 들어갈까?"

창현이 물었다.

"응, 네가 먼저."

창현이 옷을 입은 채로 욕조에 발을 담갔다.

"으, 옷 입고 들어오니까 기분이 이상해."

창현이 부르르 떨며 그대로 욕조에 앉았다.

슬희는 욕조에 들어가는 대신 그 앞에 앉아서, 옷 입고 물에 들어간 창현을 구경했다.

"넌 안 들어와?"

"조금 이따가. 널 좀 구경하고."

바다를 배경으로 앉아 있는 그의 모습은 참으로 근사했다.

눈에 잔뜩 새겨 놓고 싶을 정도로 그림 같은 모습이었다.

"내일이면 집에 가야 하는데, 싫다."

창현이 바다 쪽으로 시선을 돌리며 말했다.

"그러게. 나도."

"나랑 있는 게 즐거워?"

"응."

"난 재미없잖아."

"재미있어."

슬희는 손을 뻗어, 욕조 밖에 나온 그의 손에 깍지를 끼웠다.

"네가 있으면 뭘 하든 즐거워."

기분 탓일까.

창현의 볼이 붉어지는 것처럼 보였다.

"그거 꼭, 네가 날 되게 많이 좋아한다는 말처럼 들린다."

"좋아해. 되게 많이."

슬희의 솔직한 대답에, 창현이 슬그머니 시선을 옆으로 돌렸다.

"이런 상황에서 그런 말 하지 마."

"이런 상황이 어떤 상황인데?"

"우리 단둘이 밀폐된 공간에 있는 데다가, 야릇한 상황."

"아……."

창현이 벌떡 일어나더니 슬희를 번쩍 안아 욕조 안으로 데리고 들어갔다.

첨벙―

슬희를 그대로 내려놓는 통에, 슬희의 옷이 흠뻑 젖었다.

"으앗! 깜짝 놀랐잖아!"

슬희가 얼굴에 묻은 물방울을 털어 내며 투덜거렸다.

창현이 웃었다.

그의 장난스러운 미소에 기분이 좋아지는 한편, 가슴 한쪽이 아릿해졌다.

그의 모습을 볼 때마다 그 어린 소년을 겹쳐서 보는 습관을 고쳐야 할 텐데.

"어때? 옷 젖으니까 기분 이상하지?"

"응, 이상하다. 그러고 보니, 옛날에 가족들끼리 계곡에 간 적이 있거든. 거기 갔을 때도 이렇게 옷 입은 채로 물에 들어가서 놀고 그랬는데."

"그래, 즐거웠겠다."

"응, 그땐 정말 뭣도 모르고 신이 났었지."

슬희가 창문 밖의 바다를 응시하며 중얼거렸다.

슬희가 이렇게 즐거웠던 추억을 이야기하는 동안, 창현은 마음 깊이 후회하는 중이었다.

'괜히 물에 집어넣었네! 내가 미쳤지!'

물에 젖은 슬희는, 도저히 그냥 놔두기 힘들 정도로 섹시했다.

살짝 젖은 머리칼과 조금 상기된 볼, 유독 촉촉해진 입술.

게다가 그녀가 입은 하얀 셔츠가 물에 젖어, 안에 입은 속옷이 비치고 있었다.

여자 속옷 좀 비친다고 당황할 나이는 아니지만, 슬희는 창현의 첫사랑이었다.

창현은 슬희를 앞에 두면, 그때 그 어린 시절로 돌아간 느낌이었다.

두근 — 두근 —

심장 박동이 물을 타고 그녀에게 전해질까 걱정이었다.

남의 속도 모르고, 슬희가 창현을 보며 배시시 웃었다.

그 해맑은 미소에, 뚝.

이성이 잠깐 끊겼지만, 간신히 도로 붙잡았다.

다행이다, 다행이다.

제발 이성을 놓지 마라.

슬희는…… 아껴 줘야 돼.

"그거 알아, 창현아?"

"뭐, 뭐, 뭐?"

창현은 그답지 않게 당황하며 말을 더듬었다.

다행히 슬희는 그걸 이상하게 여기지 않았다.

"나, 사실 어제 내내 긴장해 있었어."

나만큼 긴장하진 않았을걸.

"며칠 전에 너랑 여행 가기로 했던 날. 저녁에 친구들을 만났거든."

"친구……."

창현은 그 날의 일을 떠올렸다.

그날, 슬희는 어떤 남자와 함께 속옷 가게에 들어가고 있었다.

"애인이랑 첫 여행을 간다고 했더니, 친구들이 예쁜 속옷을 사라고 야단인 거야. 뜨거운 첫날밤을 치러야 한다면서. 그래서 속옷 가게에 끌려가서 속옷을 선물 받았다?"

친구였구나.

다행이다.

창현은 속으로 안도했다.

"그래서 여행을 오긴 왔는데, 대체 어느 시점에 그걸로 갈아입어야 할지를 알 수가 있어야 말이지. 그래서 엄청 긴장했었어. 아, 내가 왜 너한테 이런 소리를 하고 있지? 나, 진짜 매력 없다."

"아니."

창현이 슬희의 손목을 잡았다.

그의 뜨거운 시선이 오롯이 슬희를 향해 있었다.

"넘쳐, 매력."

"어…… 어, 그래?"

슬희가 웃었다.

"간신히 참는 중이야. 그러니까 그런 말 하지 마."

"그런 말이라니……?"

"그런 귀여운 말."

창현은 힘겹게 시선을 옆으로 돌렸다.

"참기 힘들어지니까."

곤란한 듯 미간을 좁히는 그의 모습에, 심장이 쿵쾅쿵쾅 세게도 뛰었다.

이러다가 심장이 밖으로 튀어나올까 봐 무서울 정도였다.

슬희는 그의 얼굴에서 눈을 뗄 수가 없었다.

'그랬던 건가? 참고 있었던 건가? 얘도 그런 생각을 계속하고 있었던 걸까? 그래서 어제 술 마시자고 한 거였고?'

그렇게 생각하자, 눈앞의 남자가 사랑스러워서 견딜 수가 없었다.

지금 당장 그의 입술을 빼앗고, 눕히고, 옷을 벗기고, 그와 살을 맞대고…….

"왜 참아?"

슬희의 질문에 창현의 눈이 커졌다.

"어?"

"왜 참는데?"

"그거야…… 널 아껴 주고 싶으니까."

"안 참으면, 날 아끼지 않는 거야? 아, 혹시 나랑 한번 하고 나면 버릴 생각이었어?"

"그럴 리가 있어? 내가 널 어떻게 버려?"

"그런데 왜 참아?"

슬희는 젖은 손을 그의 볼에 얹었다.

창현이 다시 시선을 옆으로 피했다.

"이러지 마. 진짜 못 참아."

"참지 말라고 하는 건데?"

"슬희야……."

그의 목소리가 낮아졌다.

"모르겠어, 창현아?"

슬희는 엄지로 창현의 입술을 살며시 쓸어내렸다.

"나, 지금 널 유혹하고 있는 거야."

*　　　*　　　*

그는 무척이나 조심스러웠다.

입술도, 손길도 전부.

그의 입술이 닿을 때, 그녀는 전율을 느꼈다.

그의 입술은 무척이나 뜨거워서, 낙인이 찍히는 것만 같았다.

넌 내 거야, 라는 낙인.

슬희는 숨을 들이마시며 그의 젖은 머리를 감싸 안았다.

그의 입술은 쇄골을 타고 내려가다 멈췄다.

그의 입술과 손길에 슬희는 기절할 것만 같았다.

그가 자신에게 왔고, 그의 숨결이 닿았다.

둘의 호흡이 섞였다.

슬희는 이대로 시간이 멈추었으면 좋겠다는 생각을 했다.

이렇게 계속 그를 느끼고 싶다.

슬희는 더 많이 그를 원했다.

"너도……."

슬희는 자신과 똑같이 열에 들뜬 그의 뺨에 손을 얹었다.

"너도 그래? 너도…… 내가 좋아……?"

슬희의 질문에, 창현이 미소를 지었다.

"사랑해."

그의 고백을 들으며, 슬희는 눈을 질끈 감았다.

그의 목덜미에 얼굴을 묻고, 슬희도 속으로 대답했다.

'나도. 나도 그래, 해성아. 나도 널 사랑해.'

그렇게 서로의 향기에 스며들었다.

모든 게 끝난 후에도 둘은 떨어지기 싫어서, 서로를 꼭 끌어안은 채 침대에 몸을 묻었다.

슬희는 그의 단단한 가슴에 얼굴을 파묻었다.

창현에게서 나는 그만의 향기는 몇 번을 맡아도 좋았다.

"꿈 같다."

창현이 중얼거렸다.

"내가 너랑 이러고 있다니."

그건 슬희도 마찬가지였다.

어릴 때에는 그 어린 소년과 이런 관계가 될 줄은 꿈에도 상상하지 못했다.

그를 다시 만난 후에도, 그가 누군지 알게 된 후에도 마찬가지였다.

창현은 슬희에게 있어서 다른 세계의 사람이었다.

"응, 나도."

슬희는 속삭였다.

창현은 슬희에게 '너도 날 사랑해?' 따위의 질문은 하지 않았다.

다행이었다.

만약 그가 묻는다면 곤란했을 것이다.

그를 사랑하지만, 사랑한다는 말은 할 수가 없었다.

그의 비밀을 알면서도 모르는 척하는 지금 이 상황에서는 그랬다.

그렇다고 해서 그 비밀을 안다는 말도 할 수 없었다.

'만약 내가 윤해성을 안다고 하면, 날 보는 네 눈빛이 바뀌겠지?'

자신의 과거를 아는 슬희는, 창현에게 거슬리는 존재가 될 것이다.

잊고 싶은 과거의 한 조각, 더는 만나고 싶어 하지 않을지도 모른다.

그게 무서웠다.

언젠가 끝날 사랑일지라도, 지금은 이대로 있고 싶다.

과거도, 미래도 잊고, 지금 이 현실에 집중하고 싶다.

이 행복을 오롯이 이 몸 안에 받아들이고 싶다.

"벌써 밤이야."

슬희가 침대에 누워 창밖을 보며 말했다.

"그러네."

"너, 체력 좋다."

"너도."

"난 지금 죽을 것 같아. 내일 근육통이 오면 어쩌지?"

"그럼 내가 안고 가지."

"넌 그런 부끄러운 소리를 아무렇지도 않게 하더라."

"이게 왜 부끄러워? 내 마음을 표현하는 건데."

섹시한 몸을 가진 남자가 때때로 보여 주는 순수한 모습이 더 매력적으로 다가왔다.

사랑해, 창현아. 나도 널 사랑해.

그 말을 마음껏 해 주고 싶었다.

하지만 사랑 타령을 하면, 나중에 창현이 슬희가 말하지 않은 비밀을 알게 되었을 때 더 배신감을 느낄지도 모른다.

그때였다.

협탁에 놔둔 창현의 휴대폰이 진동했다.

전화가 걸려 온 건지, 진동은 오랫동안 계속됐다.

"전화, 받아야 하는 거 아냐?"

"아냐, 안 받을래."

창현이 슬희를 다시 보듬어 안았다.

그러나 창현의 마음과는 달리 전화는 끊겼다가, 또다시 울렸다.

"받아야 할 것 같은데."

슬희가 창현의 품에서 벗어나 협탁 위에 놓인 휴대폰을 확인했다.

휴대폰에는 '정지수 팀장'이라는 이름이 떠 있었다.

주말 늦은 시간, 정지수 팀장에게 걸려 온 전화.

슬희는 내용을 모르는 데도 괜히 심장이 덜컥 내려앉았다.

"팀장님한테 걸려 온 거야."

"정 팀장?"

창현이 의아하다는 듯 되물으며 몸을 일으켰다.

"이 시간에 어쩐 일이지?"

창현도 슬희처럼 불길한 예감이 들었는지, 이번에는 전화를 받았다.

[대표님! 전화를 왜 이렇게 안 받아요?]

전화를 받자마자 지수의 날카로운 외침이, 슬희의 귀에까지 들려왔다.

"아니, 잠깐 일이……."

[일이고 뭐고, 여기야말로 일 났어요! 인터넷 안 보셨어요?]

"무슨 일인데 그래?"

[최영빈이요!]

"최영빈?"

창현의 표정이 굳었다.

[아, 미치겠네. 최영빈, 걔. 일진설 떴어요! 일진설에, 왕따설까지!]

슬희는 이불을 꽉 움켜쥐었다.

요새 같은 때에 일진설이 뜨면, 이미지 타격이 크다.

배우를 아예 그만둬야 하는 상황이 될지도 모른다.

드라마는 이미 1회 촬영이 들어간 상태였는데, 주연인 배우가 일진이었던 데다가 누군가를 왕따까지 시켰다면, 수습이 불가능했다.

창현의 표정이 어둡게 가라앉았다.

"확인해 보고 연락하지."

[빨리요!]

"응."

창현은 전화를 끊었다.

"들었지?"

창현이 슬희를 보며 물었다.

슬희가 고개를 끄덕였다.

창현은 일어나 가운을 걸치고 객실 내에 비치된 컴퓨터로 향했다.

컴퓨터를 켜고 브라우저 창을 열자마자, 최영빈의 얼굴이 나타났다.

최영빈 일진설은 이미 포털 메인을 장식하고 있었다.

[국민 남동생 최영빈. 알고 보니 폭행 상습범?]

[나는 죽고 싶은데, 날 괴롭힌 그놈은 인기 많은 배우.]

[일진 연예인. 이대로 괜찮은가.]

[왕따 피해자 단독 인터뷰.]

[최영빈, 스태프에게도 폭행 사용해.]

[일진 가능성은 항상 있었다.]

수많은 기사들이 쏟아져 나왔다.

한때는 얼굴만 나와도 칭송이 자자했던 최영빈의 기사 아래에는, 온갖 악플이 넘쳐났다.

[최영빈, 꺼져.]

[끝났다.]

[얘, 인성 꽝인 거 업계에 소문남. 내가 아는 사람이 예능 스태프인데…….]

[저번에 사인해 달라고 했는데, 쌍욕함.]

[술 마시는 거 본 적 있는데, 여자 양쪽에 끼고 놀더라.]

[성매매도 했다던데.]

[같은 반 여자애 성폭행도 했대. 내가 아는 애인데…….]

[우리 언니 친구 동생이 얘한테 돈 많이 뺏겼다더라.]

슬희는 촬영장에서 만났던 영빈을 떠올렸다.

확실히 TV에서 보이는 것과는 다른 이미지였다.

하지만 정말 이 정도였을까?

이런 짓들을 다 했을까?

"정말 이런 애야?"

"글쎄. 하지만 댓글을 전부 믿지 마. 90퍼센트는 거짓말이니까."

"그래도…… 최영빈한테는 이미지 타격이 크겠다."

"응. 앤 이제 못 쓰겠지."

창현이 싸늘하게 말했다.

"그러게 행동 좀 조심하라고 했더니."

창현이 혀를 차며 일어났다.

그새 사장님의 모습으로 돌아간 창현은 어딘지 모르게 낯설었다.

슬희는 가운을 여미고 불안한 마음으로 모니터를 응시했다.

"그럼 앞으로 어떻게 되는 거야?"

"일단 최영빈 만나서 얘기 좀 해 봐야겠어. 일진이었던 게 사실이면 계약 끝내고, 최영빈 쪽으로 손해 배상 청구해야지. 우리 쪽도 최영빈 계약되어 있던 곳에서 소송당할 테니."

"그렇구나."

"아……."

창현이 입가를 가렸다.

"미안. 혹시 내가 널 무섭게 했어?"

"응? 아냐, 괜찮아. 이런 상황에서 안 무서워지는 게 이상한 거지."

"네 앞에서는 안 그럴 거야."

창현이 슬희의 머리칼을 귀 뒤로 넘겨 주며 미소 지었다.

원래의 창현으로 돌아왔다.

"어떡하지? 원래 내일까지 있어야 하는 건데, 지금 서울에 가 봐야 할 거 같아."

"응, 올라가자."

"미안해, 일이 이렇게 돼서."

"네 탓도 아니잖아. 우리 회사 일이기도 하고. 얼른 가 보자."

"내 애인은 마음이 넓기도 하지."

창현이 웃으며 슬희의 손등에 입을 맞췄다.

이런 상황에서도 슬희의 기분을 생각해 주는 창현의 배려에, 가슴이 따스해졌다.

어쩜 저렇게 좋은 남자일까.

서울에 올라갈 준비를 마치고 방에서 내려오자, 호텔에서 불러둔 택시가 기다리고 있었다.

"이걸 타고 서울까지 가?"

"응. 지금은 기차가 없으니까. 최대한 빠르게 가 주세요."

창현이 기사에게 말했다.

택시 기사는 창현의 요청에 부응하듯 빠르게 차를 몰았다.

'헐. 부산에서 서울까지 택시라니! 길바닥에 돈을 버리네, 버려!'

더 이상 이런 생각 안 하기로 했지만, 드는 생각을 막을 수는 없었다.

슬희가 휴대폰을 꺼내 최영빈 기사를 읽는 동안, 창현은 지수에게 전화를 걸었다.

"나 지금 부산에서 서울 올라가는 중이야. 일단 막을 수 있는 기사는 최대한 막고. 응, 얼마를 쓰든 막아. 그리고 최영빈 호출해. 최영빈 쪽 얘기도 들어 봐야지."

전화를 끊은 창현은 옆에서 열심히 휴대폰을 보는 슬희를 확인한 후, 의자에 등을 기댔다.

부산 바다에 반사되는 야경이 창문에 어른거렸다.

'위급한 상황인데, 어째서 정태윤은 나한테 연락을 안 하는 거지?'

* * *

두 시간쯤 지났을 때, 지수에게 다시 전화가 걸려 왔다.

[대표님. 회사도 그렇고, 최영빈 쪽도 그렇고 기자들이 쫙 깔렸어요. 미팅하려면 다른 데서 해야 할 것 같아요.]

"그럼 경기도 쪽에 호텔 잡고 거기에 가 있으라고 해. 호텔 정해지면 알려 주고."

[네. 언제 오세요?]

"두 시간쯤 더 가면."

[얼른 오세요.]

창현은 전화를 끊고 휴대폰을 내려다봤다.

태윤에게서는 여전히 연락이 없었다.

'어째서지?'

다른 곳에 있었다거나, 미처 상황을 몰랐다는 건 변명이 되지 않는다.

두엔에 위기가 있을 때마다 가장 먼저 상황을 파악하는 건 태윤이었다. A씨 일진설이 있을 때도, 기사 하나가 올라온 시점에서 태윤이 파악하고 창현에게 전달해 주었다.

'나한테 화가 나서 그런가?'

아니, 그런 것 때문은 아닌 것 같다.

다른 뭔가가 있는 것 같았다.

'정태윤. 날 배신하려는 건 아니겠지?'

슬희는 멀미가 나서 휴대폰을 껐다.

영빈이 유명했던 만큼, 일진 왕따설의 파장도 컸다.

거의 모든 포털의 연예 기사 1위부터 10위까지가 최영빈에 관한 것이었다.

도를 넘는 비난과 욕설도, 누가 봐도 중상모략인 글들도 많았다.

여러 커뮤니티에서도 최영빈에 대한 글로 넘쳐났다.

'유명한 게 꼭 좋은 건 아니구나.'

연예인들은 시한폭탄을 안고 살아간다.

유명한 만큼 치러야 하는 대가도 컸다.

'진짜 일진이었고 사람을 괴롭혔다면 모르겠지만…… 만약 그런 게 아니면, 최영빈은 어떻게 되는 거지?'

*　　　*　　　*

경기도의 그리 크지 않은 호텔. 지수는 호텔 프런트 앞에서 창현을 기다리고 있었다.

창현을 발견하고 다급히 다가오던 지수가, 슬희를 보고 걸음을 멈췄다.

지수의 눈이 커졌다.

"뭐야? 왜 이런 시간에 두 사람이 같이 와요? 둘이 같이 있었어요? 같이 부산에 갔던 거야?"

"그런 건 됐고."

창현이 지수의 질문을 끊었다.

"최영빈은?"

"방에서 매니저랑 같이 기다리고 있어요."

"어때 보여?"

"혼란스러워하고 있어요. 자기는 일진인 적 없다고 하네요."

"그래. 일단 올라가 보지."

슬희는 지수의 시선을 받으며 엘리베이터에 탔다.

경황이 없어서, 이곳에서 지수를 마주칠지도 모른다는 생각을 하지 못했다.

아무 생각 없이 창현을 따라서 내린 거였는데, 일이 이렇게 될 줄은 몰랐다.

지수는 묻고 싶은 말이 많은 것 같았지만, 지금 상황과 창현의 무시무시한 분위기 때문에 꾹 참고 있는 것 같았다.

창현이 방으로 들어가자, 소파에 앉아 있던 영빈이 벌떡 일어나 창현에게 다가왔다.

"대표님! 전 일진도, 왕따도 아니었어요! 아니, 아니! 왕따 시킨 적 없어요!"

영빈이 외쳤다.

정말로 억울해 보였다.

저것도 연기일까?

"대표님, 들어 보세요. 제가 어떻게 일진이었을 수 있어요? 대표님도 저 아시잖아요. 전 그런 짓 안 해요."

"그래? 이 친구한테 무례하게 한 적이 있지 않나?"

창현이 슬희를 가리켰다.

영빈은 누구지, 라는 표정으로 슬희를 보다가 뒤늦게 떠올랐는지 눈을 크게 떴다.

"아, 혹시 괴롭힌 사람이 너무 많아서, 누굴 괴롭혔는지 기억도 안 나나?"

"아니에요, 대표님. 진짜 아니에요."

영빈의 눈에 눈물이 그렁그렁했다.

"아, 진짜 죄송해요. 제가 진짜…… 맞아요. 제가 갑자기 유명해졌잖아요. 다들 띄워 주니까 하늘 높은 줄 몰랐어요. 내가 뭘 해도 다들 오냐오냐해 주니까 진짜…… 하아. 내가 미쳤죠. 그러면 안 되는 건데. 그건 정말 잘못했어요. 스태프분들 모시고 무릎 꿇고 빌수도 있어요. 그런데요, 대표님."

영빈이 자신의 가슴을 팡팡 두드렸다.

"저요, 진짜 일진 아니었어요. 학교 다닐 때 담배도 안 피웠는데요. 지금도 안 피우고요. 애들 때린 적도 없고, 돈 뺏은 적도 없어요. 아니, 돈을 왜 뺏어요? 용돈 받으면서 학교 다녔는데."

"괴롭히고 싶어서 뺏었는지도 모르지."

"아니에요, 진짜. 그거 진짜 모함이에요. 그 피해자라고 그러는 애요. 전 걔가 누군지도 모르겠어요."

"그냥 기억 못 하는 거 아냐? 원래 남 괴롭힌 사람은, 본인이 괴롭혔다는 사실조차 잊던데."

창현의 냉정한 모습에, 슬희는 그의 과거를 떠올렸다.

많은 사람들이 그를 괴롭혔다.

방어조차 할 수 없는 어린 소년을 욕하고, 간혹 때리기도 했다.

자기들이 때려 놓고 "으악! 살인자가 우릴 죽이려고 한다!"라며 도망치는 아이들도 있었다.

창현은 지금 그때의 일을 떠올리고 있을까?

아마 그 아이들도 창현을 괴롭힌 일은 깨끗이 잊고 살아가고 있겠지.

자기는 아무도 괴롭힌 적 없는 척, 고고한 척, 최영빈의 기사에 비난하는 댓글을 달고 있겠지.

"아니에요, 대표님. 남 괴롭힌 걸 어떻게 잊어요?"

"의외로 잘 잊어. 괴롭힌 쪽은."

"하지만 진짜 아니에요. 뭐 사 오라고 시켜 본 적도 없어요. 그거 진짜 모함이에요. 왜 이런 모함을 하는지는 모르겠지만. 정말요. 엄마한테 물어보세요. 아, 엄마."

영빈이 두 손으로 얼굴을 감쌌다.

손 아래로 그의 눈물이 흐르는 게 보였다.

"아, 우리 엄마 아빠 어떡하지? 인터넷 기사 보고 있을 텐데. 아, 어떡하지…… 신경 많이 쓰시는데."

이런 상황에서 부모님의 심정을 걱정하는 영빈의 모습을 보며, 슬희는 '얜 일진이 아니었을 것 같아.'라는 생각을 조심스레 했다.

"솔직하게 말해 봐."

창현이 말했다.

"내 눈을 보면서 솔직하게 말해 봐. 정말로 일진 짓 한 적 없어? 단 한 번도?"

"대표님."

영빈이 눈물을 닦고 창현을 응시했다.

"인정해요. 저요. 그래요. 연예인 되고 나서, 그 드라마로 뜨고 나서, 기고만장해졌어요. 그래서 스태프분들 무시하고, 매니저한테도 막 한 거, 인정해요. 이 부분에 대해서는 대국민 사과도 할 수 있어요. 하지만요. 진짜 아니에요. 일진은 아니에요. 전 고등학교 다닐 때 찐따였다고요!"

창현은 묵묵히 영빈을 응시했고, 영빈은 창현의 시선을 피하지 않았다.

한참 영빈을 노려보던 창현이 말했다.

"이미 기사가 떴어. 수습은 해 보겠지만 완전히 수습은 불가능하지. 네 좋은 이미지, 이번에 다 날아갔어. 되찾기 어려울 거야."

"……네."

"나는 이제부터 네가 진짜로 그런 짓을 했는지 알아볼 거야. 만약 나한테 거짓말을 한 거라면, 널 보호해 주지 않아. 거기서 너와 나는 끝이야."

"네."

"하지만 모함을 받아서 이런 일이 벌어진 거라면, 내가 무슨 짓을 해서라도 네 평판을 되돌려 놔 줄 거야. 그게 내가 할 일이니까."

"네, 감사해요."

"하지만 이번 드라마는 안 돼."

"네."

"어디도 가지 말고, 누구와도 소통하지 말고 숨죽이고 있어. 소설도 하지 마. 부당하고 억울해도, 그거 인터넷에서 떠들지 마. 네가 무슨 말을 하든, 지금은 꼬투리만 잡혀."

"네."

"매니저."

"네?"

구석에 있던 매니저가 얼른 달려왔다.

"잘 좀 보호해 줘."

"네, 대표님."

대화를 끝내고 호텔 방에서 나오자마자 지수가 물었다.

"대표님. 정 비서님은 소식 없으세요?"

"응, 없어."

"어디 아프신가?"

"그러게."

"연락, 해 봐야 하는 거 아니에요?"

"확인하면 연락하겠지."

창현의 냉랭한 태도에 지수는 미심쩍은 표정을 지었지만, 곧 주제를 바꿨다.

"모함인 것 같지 않아요?"

"모를 일이지. 판단은 나중에 해."

"네, 네. 알아 모시겠습니다. 아, 대표님. 드라마 피디도 만나야 돼요. 아까부터 휴대폰에 불났어요."

"알겠어."

그때, 슬희가 조심스럽게 끼어들었다.

"저기…… 전 이만 가 볼게요."

아무래도 자신이 있을 자리가 아닌 것 같았다.

창현이 슬희를 내려다봤다.

"집으로?"

"응, 집에 가야죠."

"아쉬운데."

창현의 솔직한 발언에 슬희는 당황했다.

우리 비밀 연애 중 아니었어?

아니나 다를까.

지수는 거의 눈이 튀어나올 정도로 크게 뜨고 두 사람을 지켜보고 있었다.

"이거, 우리 집 키야."

창현은 지수가 보거나 말거나 신경 쓰지 않고, 지갑에서 카드 키를 꺼내 슬희에게 건넸다.

슬희는 얼떨떨한 기분으로 그걸 받아 들었다.

"택시 불러서 주소 알려 줄게. 우리 집에 가 있어. 너랑 주말 같이 보내고 싶어."

"어? 어…… 어, 그래."

에라, 모르겠다.

이렇게 나오는데 계속 사장과 직원인 척 연기를 하는 것도 민망했다.

셋은 말없이 엘리베이터를 타고 내려왔다.

창현은 호텔 앞에서 택시를 불러, 주소를 말해 주고 슬희를 태웠다.

"배고프면 냉장고에 있는 거 꺼내서 먹고 있으면 돼. 아니면 뭐 시켜 먹어도 되고."

"응, 그럴게."

"이따 봐."

"응."

택시 문이 닫혔다.

슬희는 두 손으로 얼굴을 가렸다.

"아, 진짜. 앞으로 정 팀장님 얼굴을 어떻게 보지?"

*　　*　　*

창현과 지수도 택시를 탔다.

뒷좌석에 나란히 앉은 두 사람 사이에는 어색한 침묵이 흐르고 있었다.

택시 기사가 틀어 놓은 라디오 소리만 흐른 지 한참이 지났을 때, 지수가 입을 열었다.

"저기……."

"슬희와의 이야기를 꺼내려는 거라면 관둬."

"……네."

또 침묵이 흘렀지만, 이번 침묵은 오래가지 않았다.

"저기……."

"슬희와의 관계에 대해서 묻고 싶은 거라면, 난 할 말 없어."

창현이 딱 잘라 말했지만, 이번에는 지수도 지지 않았다.

"아니, 뭐 그렇게 고자세로 나와요? 대표님, 지금 대표님 약점 잡고 있는 건 나거든요?"

"이게 왜 약점이 돼?"

"아, 그럼 내가 오늘 목격한 걸 여기저기 증언하고 다녀도 된다, 그 말씀이신 거죠?"

지수는 한다면 하는 여자였다.

창현은 깊은 한숨을 내쉬었다.

말하기 싫은 기색을 내뿜었지만, 지수가 이쯤에서 물러서 줄 리가 없었다.

"대체 뭘 알고 싶은 거야?"

창현이 졌다.

"언제부터였어요?"

"뭐가?"

"슬희 씨랑 사귄 거."

"얼마 안 됐어."

"그래요? 제주도에서부터 사귄 게 아니고?"

"그래 보였어?"

"네! 아주 그냥 대표님 눈에 욕망이 드글드글!"

"……그걸 꼭 그렇게 표현해야 돼?"

"그럼 뭐라고 표현해요?"

"애정이라든가, 다정함이라든가."

"아뇨, 그건 욕망이었어요."

"아, 그래."

"그래서요?"

"뭐가?"

"대표님은 슬희 씨를 왜 좋아하게 된 건데요?"

"그럴 일이 좀 있었어."

"어떤 일이요?"

"이걸 꼭 말해야 돼?"

"오늘 내가 목격한 일들을 여기저기 증언하고 다니지 않으려면, 꼭 알아야 할 것 같은데요."

"정 팀장은 날 가지고 노는 게 재미있어?"

"에이, 무슨 그런 서운한 말씀을 하세요? 대표님은 내 취향 아니에요. 내 취향도 아닌 남자를 가지고 노는 악취미는 없어요."

"악취미라고 할 정도야?"

"말 돌리지 마요. 대체 언제부터 좋아한 거예요?"

"열 살."

"네?"

"열 살 때부터."

왜 말이 그렇게 나왔는지 모르겠다.

당사자인 슬희에게조차 말하지 못하는 감정이 답답해서인가 보다.

임금님 귀는 당나귀 귀를 외칠 수밖에 없었던 것처럼, 창현의 마음도 더는 감추지 못하고 흘러나왔다.

"열 살 때라니……."

지수는 어안이 벙벙한 표정으로 창현의 얼굴을 쳐다봤다.

"잠깐만요, 잠깐만요. 그럼…… 두 사람, 원래 아는 사이였어요? 그렇게 어릴 때부터?"

"나만. 슬희 씨는 몰라. 말하지 마."

"아…… 왜요? 말하면 안 돼요?"

"절대 안 돼."

굳은 표정의 창현이 지수를 돌아보고 다시 한 번 말했다.

"절대 안 돼."

"알겠어요. 말 안 해요. 그런데…… 열 살 때면, 초등학교 때네요. 같은 학교 다닌 거예요?"

"응. 잠깐이지만."

"그럼 대표님의 첫사랑?"

"응."

"우와, 웬일. 웬일. 어머. 웬일."

지수가 호들갑을 떨었다.

"대박. 대표님, 진짜 의외네요. 순정파일 줄 몰랐는데. 우와. 진짜 의외다. 우와. 너무 의외다."

"아니, 그 의외라는 소리도 한두 번이지. 자꾸 하면 기분 나쁘거든?"

"나빠도 어쩔 수 없죠. 의왼데. 우와, 너무 의외다. 대표님은 진짜 그런 타입 아닌데."

"그럼 어떤 타입인데?"

"아, 그 부분은 잘 모르겠네요. 대표님은 영 내 타입이 아니라서 어떤 타입인지까지는 생각해 본 적이 없거든요."

"……."

"묻고 싶은 게 너무너무 많지만, 지금은 그럴 상황이 아닌 것 같으니까 다음 기회로 패스하고."

"아, 그럴 상황이 아니라는 걸 이제야 파악했어?"

"좋으셨겠어요."

"뭐가?"

"슬희 씨, 제주도에서 다시 만났을 때."

그 순간, 지수는 자신이 평생 볼 수 없을 거라고 생각했던 광경을 목격했다.

창현의 얼굴 전체에, 그리움과 애정, 다정함, 그 모든 감정이 가득 담긴 미소가 서서히 번진 것이다.

"응."

그 순간을 떠올리는 듯 미소 짓는 창현의 얼굴은, 내 타입, 네 타입 따질 것 없이 무척이나 사랑스러웠다.

창현을 알게 된 후 이런 표정을 보는 건 처음이라, 지수는 당혹스럽기까지 했다.

이 냉정한 대표님이 이런 식으로 웃기도 한단 말이야?

"정말 좋았지. 이게 꿈인가 싶을 정도로."

＊　　　＊　　　＊

창현의 집에 들어온 슬희는, 그와 사는 세계가 다르다는 걸 새삼스럽게 실감했다.

축구를 해도 될 정도로 넓은 거실과 고급스럽지만 화려하지는 않은 가구, 가죽 재질의 긴 소파와 커다란 텔레비전.

가구가 많진 않지만 은은한 고급스러움이 묻어 나오는 거실 인테리어에서 눈을 뗄 수가 없었다.

창현이 왜 그렇게 스위트룸을 고집하는지 알 것도 같았다.

이런 집에서 살다가 좁은 디럭스룸에서 잠을 자기는 힘들 것이다.

"집, 진짜 좋네."

커다란 창문으로는 한강이 내려다보였다.

늦은 밤, 높은 집에서 내려다보는 한강은 전철을 타고 오며 가며 볼 때와는 다른 느낌을 주었다.

"얜 매일 이런 집에서 자고, 눈 뜨고 그러겠구나. 매일 이런 곳을 내려다볼 수 있고."

부럽다거나 질투가 나기보다는, 잘되었다는 생각이 먼저 들었다.

참 잘 됐다.

그 시절, 집에 가지 못하고 운동장에 남아 오도카니 앉아 있던 소년은, 이제 돌아올 곳이 생겼다.

정말로 잘 됐다.

"구경 좀 더 해도 되나?"

아무도 없는 빈집에 처음 방문해, 여기저기 열어 보고 다니기는 조금 미안했지만 할 일이 없었다.

게다가 창현의 집은 방문이 너무 많았다.

슬희는 이런 집을 방문하는 게 처음이라, 이런 집에는 뭐가 있는지 호기심이 생기기도 했다.

첫 번째로 열어 본 방은 침실이었다.

넓은 방에 침대만 하나 있었다.

"이건 진짜 공간 낭비야! 이 넓은 방에 침대 하나만 덜렁 놔두다니."

슬희였다면 저기엔 화장대, 저기엔 옷장, 저기엔 거울, 이것저것 잔뜩 놔뒀을 것이다.

언제나 좁은 방의 모든 공간을 잘 활용해야만 하는 삶을 살아왔으니까.

다음 방에 들어간 슬희는, 창현이 왜 침실에 침대만 놔뒀는지 알 수 있었다.

옷방이 따로 있었다.

"우와."

슬희의 방보다 더 넓은 방인데, 전부 옷으로 채워져 있었다.

정장, 캐주얼룩 등이 종류별로 잘 진열되어 있었고, 가운데에는 남자들의 로망일 것 같은 벨트 진열장과 넥타이 진열장이 따로 있었다.

흡사 백화점 명품관을 방불케 하는 정경이었다.

입을 살짝 벌린 채 잘 꾸며 놓은 의상실을 구경하다가 조용히 나왔다.

"창현이, 진짜 대단한 애였구나. 진짜 사장님이었어."

첫 만남, 그러니까 성인이 된 이후의 만남부터 '수상쩍고, 오만불손하고, 치사스러운 남자'로 마주했기에, 창현이 두엔의 대표라는 걸 알게 된 후에도 딱히 대단한 느낌이 들지는 않았었다.

'하지만 아깐 정말 사장님 같았어.'

영빈을 똑바로 노려보며 진실을 캐묻고, 앞으로의 일에 대해 설명하는 창현은 낯설면서도 멋있었다.

'나, 진짜 걔한테 홀딱 빠졌나 봐. 그냥 일하는 모습인데도 그렇게나 멋있어 보이다니.'

몇 번째 방이었던가.

문을 열었더니 콘서트홀이 있었다.

아니, 콘서트홀이 아니다.

음향실이다.

슬희는 살짝 입을 벌린 채 어두운 방의 불을 켰다.

침실보다 더 넓은 방, 아마도 이 집에서 가장 넓을 것 같은 방 안에는 피아노가 있었다.

뚜껑이 열리는 그랜드 피아노였다.

진회색 벽지와 검은색 대리석 바닥으로 되어 있어서 마치 자그마한 콘서트홀에 들어온 기분이 들었다.

슬희는 안으로 들어가 손으로 피아노를 살며시 쓰다듬었다.

먼지 하나 없는 걸 보면, 잘 관리했다는 걸 알 수 있었다.

"쳐 봐도 되나? 방음, 되는 거겠지? 그러고 보니 여기 방문은 좀 다르네."

슬희는 방문을 닫고 피아노 뚜껑을 열었다.

피아노 건반을 손으로 하나하나 눌러 보았다.

도. 레. 미. 파. 솔. 라. 시.

조율도 잘되어 있는 것 같았다.

'피아노, 진짜 오랜만이네.'

어릴 때는 피아니스트가 되는 게 꿈이었다.

세계적인 피아니스트가 되어 돈을 많이 벌고, 여러 나라를 돌아
다니고 싶다는 소망을 품었었다.

철부지였던 시절에 품은, 바보 같은 소망이었다.

결국, 돈을 벌기 위해서는 돈이 필요했다.

재능이 있어도 돈이 없으면 재능에 빛을 밝힐 수가 없었다.

― 왜? 싫어. 나 계속 피아노 치고 싶어.

동네 피아노 학원을 다녔다.

그리 비싼 학원은 아니었지만, 그래도 그 시절 엄마에게는 부담
이었던 것 같다.

중학생 때였나……

엄마가 어렵게 피아노 학원을 그만두라고 했을 때, 슬희는 처음
으로 반항을 했다.

― 난 피아노 칠 거야. 피아노 치는 게 좋단 말이야. 왜 내가 다

포기해야 돼? 이럴 거면 왜 낳았어? 내가 하고 싶은 거 하나 못 하
게 할 거면, 왜 날 낳은 거냐고!

그렇게 소리를 질렀을 때, 엄마의 표정이 아직도 가슴에 사무쳤
다.

속상한 마음에 내뱉은 말들은 비수가 되어 엄마의 가슴에 꽂혔
을 것이다.

어쩌면 엄마는 그때의 그 일을 여전히 가슴에 품고 있을지도 모
른다.

나이가 들어 보니 알겠다.

내가 그때 얼마나 잔혹했었는지.

'반항이 길진 않았지만.'

원망하는 마음에 일주일 정도 말도 안 하고, 집에서는 밥도 안 먹
었다.

하지만 결국 슬희는 피아노 학원을 그만두었고, 엄마, 아빠에게
도 '괜찮다.'라고 말했다.

결국 그렇게 되리라는 걸, 반항하는 그 순간에도 알고 있었다.

피아노를 그만두고 평범하게 중고등학교를 나와 대학교에 들어
갈 무렵에는, 자신의 꿈이 피아니스트였다는 것조차 잊게 되었다.

간혹 누군가의 연주를 들으면 떠오를 때가 있었지만, 그나마도
최근에는 아예 하지 않게 되었다.

서서히 기억에서도 사라진, 어린 시절의 철딱서니 없는 꿈이 떠
올라 웃음이 나왔다.

'창현이도 피아노 치는 걸 좋아하나?'

좋아하는 것 같다.

그러지 않으면 이렇게 잘 관리된 피아노를, 방음실까지 만들어 놔둘 리 없으니까.

슬희는 피아노 의자에 앉았다.

'오랜만에 한 곡 쳐 볼까? 칠 수 있으려나?'

더듬더듬 기억을 떠올리며 천천히 피아노 건반을 두드렸다.

어색하게 건반 위에서 움직이던 손가락이 어느 순간 물결처럼 부드럽게 흐르기 시작했다.

슬희의 입가에 미소가 번졌지만, 그녀 자신은 그조차 깨닫지 못했다.

＊　　＊　　＊

드라마 피디는 화가 잔뜩 나 있었다.

드라마 작가와 몇몇 주요 스태프들도 회의실에 나와 있었다.

다들 잠을 자다가 불려 나온 듯 눈가가 벌겠다.

"1화 촬영 끝냈는데 큰일이네요. 이거, 어떡하죠?"

스태프 한 명이 말했다.

"주연 배우 교체하든가, 아니면 드라마를 엎든가 해야지. 벌써 편성 나왔는데. 방송국에 연락해서 뒤로 빼든가, 취소하든가 해야 하고."

피디가 검지로 미간을 문지르며 말했다.

"이거 곤란합니다, 민 대표님. 이런 건 정말 곤란해요."

피디가 창현에게 말했다.

"제가요. 지금까지 한 번도 약속이라는 걸 어겨 본 적이 없어요. 드라마 촬영도 항상 시간 내에 끝냈고, 그걸로 여기까지 온 거예요. 그런데 이게 뭡니까? 최영빈이 때문에 내 이름도 같이 무너지게 생겼어요."

피디의 짜증을 들어 주러 온 거라, 창현은 대답 없이 그의 한탄을 들었다.

한참 드라마 촬영의 어려움과 이번 사태의 심각함에 대해 떠들던 피디가 물었다.

"어떻게 하실 겁니까? 드라마, 엎어요?"

"일단 첫방을 한 달만 늦출 수 없겠습니까?"

"그걸 말이라고 해요? 못 늦추죠. 이미 광고도 나갔는데."

"한 달만 늦춥시다. 그 한 달, 짧게 단막극 하나 나가고, 그다음에 드라마 방영하는 거로요."

"그게 그렇게 쉽지가 않아요, 대표님."

"방송국 쪽은 제가 해결하겠습니다. 피디님이 신경 쓰실 일 없도록 확실하게 조율할 테니, 만들어 놓은 단편 드라마 있으면 그것 좀 준비해 주세요."

"아니, 대표님이 그렇게 말씀하신다면야 어떻게든 해 보겠지만. 그게 가능하겠어요? 주연 배우, 갑자기 교체하는 것도 쉽지 않아요. 이미 최영빈으로 다 홍보했는데, 최영빈 넘어서는 배우가 아니면 안 돼요. 인기도 많고, 대본도 빨리 외울 수 있고, 연기력도 떨

어지지 않고, 최영빈 잊을 만큼 사람들을 열광시킬 수 있는 배우
가…… 아!"

두엔 소속의 누군가를 떠올린 듯, 피디가 눈을 크게 떴다.

"맞습니다. 그 사람으로 교체되면 드라마가 좀 늦어져도 말이 없
겠죠. 오히려 더 이슈가 될 겁니다."

창현의 말에 피디가 고개를 저었다.

"하지만 그 사람, 요새 작품 활동 안 하잖아요. 유명한 영화감독
들이 직접 찾아가도 다 거부한다던데……."

"어떻게든 해 보겠습니다. 며칠만 여유를 주세요. 곧 연락하겠습
니다."

긴 미팅을 끝내고 나왔을 땐, 날이 밝을 시간이 되어 있었다.

드라마 관계자들도, 창현과 지수도 지친 상태였다.

잠도 못 자고 끌려 나온 지수는 많이 피곤한지, 드라마 관계자들
과 헤어진 후부터 말이 없었다.

심각한 표정으로 걷는 지수에게, 창현은 구태여 말을 걸지 않았
다.

그 역시 생각할 것들이 많았다.

왜 이런 일이 벌어진 걸까.

최영빈은 정말 일진이었을까, 아니면 최영빈의 말대로 일진인 적
이 없었을까.

누군가의 모함이라면, 어느 쪽에서 최영빈에게 누명을 씌운 걸
까.

최영빈의 적? 아니면 나의 적?

창현이 이런저런 생각들을 하며 택시를 타러 걸어가는데, 말없이 아래를 내려다보고 걷던 지수가 입을 열었다.

"대표님."

심각하게 가라앉은 음성이었다.

"응."

"슬희 씨 말이에요."

"……아니, 정 팀장은 이 상황에서도 아직 그 얘기야?"

창현의 말에 지수가 고개를 바짝 들고 창현을 노려봤다.

"아니, 그럼 대표님은 이런 상황에서 슬희 씨보다 중요한 게 있어요? 슬희 씨보다 드라마가 더 중요해요?"

옳으신 말씀이다.

"당연히 슬희가 더 중요하지."

"그러니까요. 하지만 알겠어요. 대표님 생각이 정 그러시다면, 일단 일 얘기나 좀 하죠."

"아무리 그래도 일 얘기를 그렇게 별일 아니라는 듯이 하지 말아주겠어? 우리, 지금 심각한 상황이거든?"

"맞아요, 심각한 상황이죠. 하지만 대표님과 슬희 씨의 관계가, 저한테는 더 심각한 문제인 것 같네요."

"우리 관계에 대해 정 팀장이 왜 그렇게 심각해져?"

"궁금하잖아요! 호기심을 누를 수가 없어요! 대체 언제 어떤 이유로 사랑에 빠진 건지, 누가 먼저 고백했는지, 어디까지 갔는지! 궁금해 죽겠다고요!"

지수는 가감 없이 자신의 검은 속내를 드러냈다.

"……솔직하네."

"하지만 대표님이 원하시니 일 얘기를 좀 하죠."

"그래, 부디 그랬으면 좋겠어."

"이상하지 않아요?"

"뭐가?"

"얼마 전에 A 일진설 기사가 떴어요. 그거 터진 지 얼마 되지도 않았는데, 최영빈 기사가 뜬 거고요. 왜 하필 둘 다 우리 소속사 애들일까요?"

"그러게."

그러고 보니 A가 있었다.

A도 반듯한 이미지로 사랑을 받는 연예인이었기에, 일진설의 타격이 컸다.

"대표님, 혹시 적 있어요?"

지수의 예리한 질문에 곧장 애리와 명현이 떠올랐다.

그 두 사람은 창현에게 돈 만 원이라도 주고 싶지 않아 했다.

그들은 아직도 창현을 자신의 집안사람이라고 인정하지 않았다.

'그래, 내가 그 집안사람은 아니지. 이모의 친자식조차 아니니까.'

두엔을 넘겨주려고 했던 애리는 갑자기 마음을 바꿔, '이번 드라마가 성공한다면.'이라는 조건을 달았다.

민 회장에게 떠밀려 두엔을 넘기려고 했던 것이기에, 인제 와서 마음이 바뀌어 못된 계략을 꾸몄는지도 모른다.

어쩌면 명현에게 꾀를 빌렸는지도 모르겠다.

기자들을 이용해서 거짓 기사를 퍼뜨리거나, 거짓 증거를 조작하는 일은 민 회장 집안쯤 되면 쉬운 일이었다.

영빈이 억울한 듯 울던 모습이 떠올랐다.

'그게 진짜 억울해서일 가능성이 높아졌군.'

이 사실을 지수에게 말해도 될지, 창현은 잠시 고민했다.

그동안 함께 일하면서, 지수는 신뢰할 만한 모습을 보였다.

하지만…….

'아냐. 이쪽 사람들은 믿을 수가 없어.'

지수도 이쪽 사람이었다.

지수가 아니라, 그녀의 외가가 그랬다.

지수의 외할아버지는 국회의원이었고, 정계에서는 나름 힘이 있었다.

지수는 그걸 티 내지 않고 평범하게 지내지만, 그래도 모를 일이었다.

지금은 지수가 창현에게 호의적일지 몰라도, 진짜 문제가 생겼을 때 어느 쪽 편이 될지는 안 봐도 뻔했다.

이쪽 세계 사람들은 우정이나 사랑 같은 감정에 매달리지 않았다.

철저하게 계산적이었다.

창현이 아무리 능력이 좋아도, 결국 민 회장의 진짜 자식은 애리와 명현이었다.

그것만큼은 창현이 아무리 노력을 해도 바꿀 수 없는 일이었다.

그래서 창현은, 자신을 빤히 응시하며 대답을 기다리는 지수에게 말했다.

"좀 알아보고. 그다음에 알려 주지."

현관문을 열 때만 해도, 슬희에게 집에서 기다리라고 했던 사실을 깜빡 잊고 있었다.

넓은 거실을 걸어가 소파 근처에 도착했을 때에야, 슬희가 이 집에 있다는 게 떠올랐다.

슬희는 소파에 길게 누워 잠들어 있었다.

머리카락이 흐트러져 그녀의 하얀 볼을 덮고 있었다.

슬희를 보자마자 가슴을 꽉 짓누르고 있던, 아주 무겁고 거친 무언가가 사라진 듯 개운해졌다.

입가에 저절로 미소가 떠올랐다.

창현은 잠시 소파 옆에 쭈그리고 앉아, 슬희의 잠든 얼굴을 감상했다.

여기로 보고, 저리로 봐도 예쁜 얼굴이다.

어쩜 이렇게 예쁠까?

어쩜 이렇게 못난 구석이 하나도 없을까?

가지런한 눈썹과 긴 속눈썹, 모공이 보이지 않는 깨끗한 피부와 도톰하고 촉촉해 보이는 입술.

창현의 가슴을 떨리지 않게 만드는 요소는 어느 하나도 없었다.

그녀의 솜털조차도 사랑스러웠다.

'역시 넌 항상 나한테 빛이야.'

집으로 오는 내내 어둠을 걷는 기분이었다.

어릴 때 그랬던 것처럼, 암흑 속에 빠진 것 같았다.

하지만 슬희를 보는 순간, 밝아졌다.

세계가 똑똑히 눈에 들어왔다.

눈가에 늘어진 머리카락 하나가 슬희를 간질이는가 보다.

슬희가 눈가를 찡그리며 간지러움을 참는 모습이 고양이 같아서 귀여웠다.

창현의 시선을 느낀 듯, 슬희가 눈을 떴다.

창현을 본 슬희의 눈이 반달 모양으로 접혔다.

"왔어?"

그녀의 나른한 음성이 듣기 좋았다.

"응. 더 자."

"아냐, 일어날래."

슬희가 몸을 일으켰다.

"벌써 해가 뜨고 있네."

창문으로 흐릿한 새벽빛이 새어 들어오고 있었다.

슬희는 소파에서 내려와 창가로 향했고, 창현도 슬희를 따라가 슬희의 옆에 섰다.

창밖으로는 한강이 펼쳐져 있었다.

강물 위에도 새벽빛이 떨어져 보석처럼 빛나고 있었다.

"여기 진짜 근사하다. 아침에 눈을 뜨면 이런 광경을 볼 수 있다니."

슬희가 감탄했다.

평소 이곳에 살면서도 창밖을 감상할 생각을 해 본 적이 없었던 창현은 새삼스럽게 슬희가 말한 '근사한 광경'을 내려다봤다.

'그렇구나. 근사하구나. 하지만 이 근사함은 네가 내 옆에 있기 때문이겠지. 네가 없었으면 그런 기분도 느끼지 못했을 거야.'

창현은 그리 생각하며, 슬희의 어깨에 손을 얹었다.

슬희가 머리를 기울여, 자신의 어깨에 놓인 창현의 손에 볼을 비볐다.

"따로 여행을 갈 필요가 없네. 여기가 절경인데."

"그렇게 멋져?"

"응. 이런 집에서는 누가 사나 했거든. 그런데 내 남자 친구가 사네."

그녀가 자신에게 '남자 친구'라고 말해 주는 게 듣기 좋았다.

그래, 난 이슬희의 남자 친구다.

그렇게 생각하는 것만으로도 세상을 다 얻은 기분이었다.

두엔도, 뭐도 필요 없었다.

슬희만 있으면.

"이런 집 하나 사 줄까?"

슬희가 원한다면 얼마든 사 줄 수 있었다.

진심으로 한 말인데, 슬희는 농담으로 들었나 보다.

"아하하하. 그럼 좋지."

"그래? 그럼 이따 업자한테 연락해 볼게."

"어? 뭐야? 진짜로?"

슬희가 깜짝 놀라 창현을 올려다봤다.

"응. 진짜로."

창현의 대답이 마음에 안 드는지, 슬희가 미간을 좁혔다.

뭐가 마음에 안 드는 걸까?

"왜 삐쳤어?"

"이건 삐친 게 아니라…… 민창현, 너 연애가 처음이라고 했지?"

"응."

"그래, 그럼 몰라서 그러는 걸 테니까 화내지 않을게."

"내가 실수한 게 있어?"

"응!"

"뭔데?"

"지금 이거. 내가 여기 좋다고 했다고 곧바로 집 사 준다고 한 거."

"아, 그럼 깜짝 선물로 사 줬어야 했던 건가?"

"아니, 아니. 그런 뜻이 아니라……."

슬희는 한숨을 내쉬었다.

이걸 어디서부터 어떻게 설명해야 하는 걸까?

창현은 전혀 모르겠다는 표정으로 슬희를 내려다보고 있었다.

"나는 남자 친구한테 적선 받고 싶지 않아."

슬희의 말에 창현이 미간을 좁혔다.

"적선이 아냐. 선물이지."

"아니, 이쯤 되면 선물이 아니지. 누가 집을 선물로 줘?"

"어떤 사람에게는 작은 목걸이 하나를 사는 것도 힘든 일이겠지만, 어떤 사람에게는 집 한 채 사는 게 힘든 일이 아닐 수도 있어. 이정도는 부담스럽지도 않아."

"너, 지금 돈 많다고 자랑하는 거야?"

"아니, 그런 게 아니라…… 그런 의미가 아냐. 그저…… 그러니까."

창현이 난처한 듯 고개를 숙였다.

말을 제대로 이어 가지 못하는 창현은 어린 날의 해성을 떠오르게 했다.

그리고 슬희는 늘 해성을 앞에 두면 마음이 약해졌었다.

그건 지금도 마찬가지였기에, 일순 차올랐던 분노가 순식간에 사라졌다.

"다들 자기가 해 줄 수 있는 한도 내에서 선물을 해 주는 거잖아. 나도 그러려고 하는 거야. 집을 사 주는 건, 내가 해 줄 수 있는 한도야."

창현이 할 말을 생각해 낸 듯 얼른 말했다.

"널 위해 뭐든 해 주고 싶어. 네가 기뻐할 거라면 전부 다 해 주고 싶어. 그뿐이야. 돈 자랑을 할 생각 따윈 없었어."

열심히 변명하는 창현이 귀여웠다.

회사 사람들은 이 귀여운 모습을 모르겠지?

이 모습은 나만 아는 모습이겠지?

그런 생각이 들자 일순 슬희의 가슴이 따뜻해졌다.

"한도는 편지 한 장으로도 충분해. 가끔 이벤트처럼 작은 펜던트가 달린 목걸이 하나면 넘치고도 남아. 내가 해 줄 수 있는 만큼만, 너도 해 주는 게 좋아."

"하지만……."

다정하게 미소 짓는 슬희에게, 창현은 말하고 싶었다. 모든 진심을.

네가 나한테 뭘 해 줬는지, 너는 모를 거야.

지금 내가 누리는 이 모든 것들은, 그 어린 날 네가 내 빛이 되어 주었기 때문이야.

네가 아니었다면 난 지금까지 살아 있지도 못했겠지.

그날, 내 목을 조르던 어머니의 손을 뿌리치지 않았을 거야.

내 삶도, 내 인생도, 내 육체도, 전부 네게서부터 비롯된 거야.

그러니까 내가 가진 모든 것들도, 네 거야. 네게 전부 다 줘도 아깝지 않아.

입 속에 맴도는 많은 말들을 삼키는 창현의 얼굴에, 슬희가 양손을 가져다가 댔다.

창현을 볼을 감싸고, 슬희가 창현과 눈을 맞췄다.

슬희의 맑은 눈동자는 어릴 때와 똑같았다.

이 눈동자만 보아도 그녀라는 걸 알 수 있을 정도로.

"네가 나에게 이런 집을 선물해 주고 싶다는 말을 들은 것만으로도 기뻐. 네가 그만큼 나를 생각해 준다는 생각에 즐거워. 이런 게 좋아, 창현아. 내 마음에 부담이 되는 선물보다, 네 마음이 더 좋아. 너도 그렇지 않아?"

예쁘게 웃으며 묻는 슬희에게, 창현은 고개를 끄덕일 수밖에 없었다.

"응, 나도 그래."

　　　　　　*　　　*　　　*

　슬희는 식탁 의자에 앉아 창현이 커피를 준비하는 모습을 지켜
봤다.

　"지금 커피를 마시는 것보다는 한숨 자는 게 낫지 않아? 너, 오늘
한숨도 못 잤잖아."

　"그냥. 너랑 좀 더 얘기하고 싶어. 오늘이면 돌아갈 텐데 자는 시
간이 아깝다."

　"어쩜 내 남자 친구는 말도 이렇게 예쁘게 할까."

　"그냥 솔직하게 말하는 것뿐이야."

　칭찬을 받아서 쑥스러운지, 창현의 목소리가 무뚝뚝해졌다.

　그런 창현의 모습에 슬희는 자꾸만 웃음이 나왔다.

　하지만 곧 미소를 지우고 창현에게 물었다.

　"최영빈은 어떻게 됐어? 드라마 쪽이랑 얘기 잘했어?"

　"응."

　창현은 커피를 슬희의 앞에 내려놓았다.

　"일단 시간을 좀 갖기로 했어. 주연 배우를 바꿔야지."

　"드라마 촬영 들어갔잖아. 바꿀 수 있는 거야?"

　"새로 찍어야지."

　"시간이 돼?"

　"일단은 시간을 달라고 조율을 해 봐야 할 것 같아. 되겠지, 아마
도."

　"그렇구나. 있잖아, 창현아. 나는 최영빈이 거짓말을 하는 것 같

지가 않아."

"그래, 나도."

"누군가가 모함한 거겠지? 사람이 유명해지면 그런 일이 종종 생기잖아. 저번에 어떤 가수도 이런 일 있었던 것 같은데. 어릴 때 같은 학교였던 애가 거짓말로 인터넷에 글 올려서."

"그래, 그런 일이 여기선 비일비재하지. 하지만 이번엔 좀 다른 경우인 것 같아."

"그래?"

"아무래도…… 민애리가 한 짓이 아닐까 싶어."

창현은 아무도 믿지 못했다.

하지만 슬희는 그 '아무도'에 포함되지 않았다.

"민애리라면…… 두엔 전 대표? 민 회장님의 딸…… 맞지?"

"응."

창현은 한숨을 내쉬었다.

"누나가 너한테 왜 그런 짓을 하겠어?"

"사실 난."

창현은 잠시 말을 끊고 슬희를 응시했다.

"사실 난 민 회장님의 친아들이 아니야. 어머니가 결혼하면서 데려온 자식이지."

"아……."

슬희는 깜짝 놀란 표정이었다.

놀랍기도 할 것이다.

이쪽 세계 사람이 아닌 슬희에게는 금시초문인 일일 테니까.

민 회장은 그만큼이나 철두철미하게 창현이 입양이라는 사실이 밖으로 새어 나가지 않도록 손을 써 뒀다.

"민 회장님의 진짜 자식은 첫째 아들인 민명현, 딸인 민애리, 막내인 민우현. 이렇게 셋이야."

"그렇구나."

비밀로 해 달라는 말 따위, 슬희에게 하지 않았다.

슬희는 해야 할 말과 하지 말아야 할 말을 잘 구분할 것이다.

만약 슬희가 비밀로 하지 않고 누군가에게 말을 전한다면, 그것도 괜찮았다.

창현은 슬희의 판단이라면 뭐든 괜찮았다.

"민명현과 민애리는 나를 지독히도 싫어해. 내가 그 집에 들어간 날부터 그랬지."

"민우현 씨는?"

"걘 별종이야."

"응, 그런 것 같더라."

"민우현은 왜인지 모르게 나한테 호감이 있어. 하지만 글쎄. 그게 진심일지 아닐지, 그건 잘 모르겠네."

"진심…… 이지 않을까? 내 눈엔 그렇게 보였는데."

"그래? 그렇다면 그런 거겠지."

창현이 쓴웃음을 지었다.

"어쨌든 민명현, 민애리한테 나는 자신들의 재산을 갉아먹는 기생충일 뿐이야."

자신을 기생충이라고 표현하는 건, 어떤 기분일까?

슬희는 먹먹한 기분으로 창현을 응시했다.

창현이 이렇게 갑작스럽게 자신의 과거를 말해 줄 줄은 몰랐다.

하지만 그 과거에 '윤해성'은 없었다.

그렇다면 역시 창현에게 '난 네가 윤해성이라는 걸 알아.'라는 말을 하지 않은 건 정답이었다.

윤해성이었던 시기는 과거에 속하지도 않을 만큼, 창현에게는 지우고 싶은 시절인 것이다.

앞으로 더욱더, 윤해성을 잊어야겠다.

그가 윤해성이라는 걸, 머릿속에서 지워 버려야겠다.

"나랑 어머니는 처음에 그 집에 들어갔을 때, 몸종 취급을 받았어. 회장님은 바빠서 집에 잘 들어오지 못했고, 회장님이 없는 시간은 민명현과 민애리가 주인이었지. 그들은 우리 어머니를 식충이, 나를 기생충이라고 불렀어."

창현의 말에 가슴이 아팠다.

민 회장에게 입양이 되어서 행복한 삶을 살았을 거라 생각했는데, 그것도 아니었나 보다.

어린 시절, 반 아이들에게 그렇게 괴롭힘을 당했던 창현은, 입양이 된 후엔 집에서도 괴롭힘을 당했던 것이다.

그렇다면 창현은 그 집에서도 오도카니 혼자 앉아 있었던 것일까?

슬희는 왈칵 울음이 터질 뻔한 것을 간신히 참았다.

"그래도 뭐, 그 집에서 안 좋은 일만 있었던 건 아냐. 회장님은 다정하고 공평한 분이고, 날 친자식처럼 대해 주셨지. 그래서 민애리가 말아먹은 두엔을 내가 담당할 수 있었던 거야."

두엔은 민애리가 '연예인을 직접 관리하고 싶어.'라는 이유로 민 회장을 졸라서 설립한 회사라고 했다.

"당시에 연예인들 관련해서 좋은 이미지를 만들어 내는 것도, 기업 홍보에 도움이 될 거란 생각에 회장님이 차려 주셨어. 하지만 민애리는 운영에 관심이 없었고, 결국 계속 손해만 치렀지. 그럴 때에 내가 회장님한테 제안한 거야. 내가 두엔을 살려 보겠다고."

민 회장과 달리 민애리는 말도 안 되는 소리라고 일축했다.

— 내 거야! 왜 네가 손을 대? 이 기생충아! 이제 하다 하다 회사
까지 노리겠다고?

민애리는 민 회장까지 있는 자리에서 악을 쓰고 욕을 해 댔다.

민 회장은 민애리가 성질을 내다가 제풀에 지쳐 떠난 후, 창현에게 말했다.

— 보란 듯이 성공시켜라. 애리가 인정할 수밖에 없도록.

"내가 두엔을 맡은 후, 두엔은 달라졌지. 성공. 그래, 성공을 했다고 생각해. 그래서 얼마 전엔 회장님이 정식으로 두엔의 대표를 바꿔 주겠다고도 했어. 그런데 며칠 전에 민애리가 그러더군. 이번 드라마까지 성공시켜야 도장을 찍어 주겠다고."

"그걸 받아들였고?"

"응. 드라마는 우리 쪽에서 단독 투자를 했어. 드라마 작가도 우리 소속이고. 대부분의 배우가 우리 소속이지. 잘될 거란 자신이 있었거든. 아니, 잘됐을 거야. 최영빈 사건만 없었다면."

"그랬구나."

슬희는 식어 버린 커피를 마시며 생각을 정리했다.

"그럼 이건 결국 민애리가 한 짓이네. 최영빈은 누명을 쓴 거야."

"그래. 지금은 그렇게밖에 생각이 안 돼."

"응. 시기가 딱 좋잖아. 사정을 알면 누구라도 민애리를 의심하겠지."

"민애리는 끝까지 최영빈을 물고 늘어질 거야. 그러니 배우 교체를 하고 촬영을 진행하려고."

"그걸로 될까?"

"안 될 것 같아?"

"곰팡이는 있잖아."

슬희는 검지를 올리고 창현을 똑바로 응시하며 말했다.

일부러 곰팡이에 비유를 했다.

창현과 어머니를 기생충에 식충이라고 표현하는 여자에게는 곰팡이가 딱이었다. 아니면 바퀴벌레든가.

"원인을 제거하지 않으면 계속, 계속 생겨나. 바퀴벌레도 그렇고. 급한 불을 끄는 것도 끄는 거지만, 원인을 제거하는 것도 중요해."

슬희의 말에 창현이 웃었다.

"그렇다고 민애리를 죽일 수는 없잖아."

"물론 죽이는 건 안 되지. 하지만 잘 생각해 봐. 지금 드라마에 나오는 배우들, 대부분 두엔 소속이라며? 민애리가 최영빈한테 그런 누명을 씌울 수 있었다면, 다른 배우들에게도 마찬가지야. 다른 배우들도 위험한 거 아냐?"

"아……."

"다행히, 아니, 다행은 아니겠지만. 아무튼 최영빈은 드라마 시작 전에 일이 터져서 수습할 시간이 있었어. 하지만 드라마 방영 중에 이런 일이 터지면? 한 명이 아니라 두 명, 세 명. 주요 배역들에게 계속 문제가 생기면? 그땐 드라마도 끝이야."

거기까지는 생각을 못 했다.

슬희의 날카로운 지적에, 창현은 할 말을 잃었다.

다른 때라면 이런 상황에서 더 집중을 하고, 해결책을 모색한 후 말을 꺼냈을 것이다.

하지만 지금 창현의 앞에 앉아 있는 사람은, 창현을 바보로 만드는 사랑스러운 여자였다.

"그럼…… 어떻게 하지?"

그래서 창현은 결국, 바보 같은 질문을 하고 말았다.

이런 건 슬희에게 물어봐야 소용이 없을 텐데.

하지만 슬희는 냉정한 미소를 지으며 대답했다.

"눈에는 눈, 이에는 이야. 그쪽에서 이쪽의 약점을 잡고 흔들겠다면, 너도 그쪽의 약점을 잡고 흔들면 되는 거야. 세상에 약점 없는 사람은 없어. 최선을 다해서 약점을 찾아내."

단호하게 말하는 그녀에게서 눈을 뗄 수가 없었다.

창현은 멍하니 슬희를 응시하다가 말했다.

"너, 되게 섹시해 보인다."

"나, 좀 섹시했어?"

"조금이 아닌데? 엄청."

그러자 슬희가 느릿하게 일어나더니 천천히 다가와 창현의 어깨에 손을 얹었다.

슬희의 손이 서서히 창현의 어깨에서 가슴을 향해 내려왔다.

"그럼 우리 엄청 섹시한 짓 좀 하고 나서 이 문제에 대해 다시 얘기해 볼까?"

* * *

문을 열자마자 우현이 집 안으로 밀고 들어왔다.

태윤은 눈을 크게 뜨고 우현을 응시했다.

평소와 달리, 우현의 얼굴에는 웃음기가 조금도 없었다.

아니, 미소는커녕 무척이나 화가 난 표정을 짓고 있었다.

얘가 이렇게 화낼 수도 있나, 무서울 지경이었다.

지금까지 태윤에게 우현은 사랑만 받고 자라서 화낼 줄도 모르는, 철딱서니 없는 도련님 이미지였기 때문이다.

"누나가 한 짓이지?"

우현이 태윤을 노려보며 물었다.

"응? 갑자기 이 시간에 찾아와서 왜 그렇게 무섭게 굴어? 커피 한 잔할래?"

"누나가 한 짓 맞잖아!"

"그러니까 뭘?"

"최영빈."

"최영빈? 걔가 왜?"

"못 봤어? 걔, 일진설 떴어. 인터넷이 시끄러워!"

물론 봤다.

그것 때문에 잠도 못 자고 있었다.

최영빈 일진설은 태윤이 터뜨린 게 아니었다. 애리의 짓이었다.

하지만 태윤도 아예 관계없는 것은 아니기에, 마음이 무거운 상황이었다.

어떻게 알았는지 우현까지 찾아와서 화를 내니 태윤은 당황할 수밖에 없었다.

하지만 표정을 감추는 건, 태윤이 제일 잘하는 일이었다.

'어차피 얘가 알아낼 길은 없어. 그냥 짐작만 하는 거지.'

시치미를 떼면, 우현도 결국은 생각을 바꿀 것이다.

"진짜? 최영빈이 일진이었다고?"

태윤이 놀라는 척하며 물었다.

"놀란 척하지 마. 누나가 연기 잘하는 건 아는데, 나까지 속일 수 있을 거라고 생각해?"

우현의 차디찬 시선이 태윤의 속을 꿰뚫어 보듯 빛났다.

"아니, 우현아. 난 진짜로 지금 네가 왜 이러는지 모르겠거든?"

"아, 그래? 그럼 왜 확인 안 해?"

"뭘?"

"인터넷 기사 말이야. 최영진 일진설이 떴어. 지금까지 몰랐더라도 방금 내가 알려 줬지. 내가 아는 정태윤은 이런 일을 누구보다도 빠르게 체크 하는 사람인데, 왜 아직까지도 확인을 안 하고 있지?"

"그, 그거야…… 지금 네 행동이 이상하니까 그렇지. 정신이 없어서 그래, 정신이!"

"정신은 내가 없어!"

우현의 언성이 높아졌다.

"누나, 진짜 미친 거야? 어쩌자고 이런 짓을 해? 이번 드라마에 두엔에서 투자한 돈이 얼만데! 단독 투자야, 단독 투자! 이거 망하면 두엔도 끝이라고! 여자의 질투네, 뭐네, 하기에는 너무 큰 부담 아냐?"

"우현아……."

"이 회사가, 이 두엔이, 창현이 형한테 어떤 의미인지 몰라서 그래? 누나, 정말 몰라서 그러는 거야?"

"나는…… 나는 정말로 네가 왜 이러는지……."

"창현이 형, 여기에 모든 걸 걸었어! 그 빌어먹을 명현이 형이랑 애리 누나한테서 벗어날 수 있는 유일한 출구라고! 그런데 그걸 지금 누나가 망치고 있어!"

"난 그런 적 없어! 난 지금 네가 왜 나한테 그런 소리를 하는지도 모르겠고!"

"모르는 척하지 마. 누나가 하는 짓도, 애리 누나가 하는 짓도 뻔해!"

"여기서 애리 언니가 왜 나와?"

"애리 누나는 멍청해. 머리를 굴려서 뭘 해야겠다는 생각, 못 하는 사람이야. 창현이 형한테 악을 써도, 두엔을 넘겨주기는 했을 거야. 왜냐하면, 아빠가 그러라고 하니까! 그런데 갑자기 두엔을 안 넘겨주겠대. 생각이 바뀌었대. 그 생각, 왜 바뀌었을까?"

"그건…… 그건 나도 모르지."

우현은 태윤에게서 떨어져 있었지만, 태윤은 그가 자신의 목을 조르는 것처럼 느껴졌다.

여자 꽁무니나 쫓아다닐 줄 아는 한량이라고 생각했던 우현이, 이렇게까지 머리가 좋은 줄은 몰랐다.

벌써 거기까지 눈치를 챘을 줄이야.

처음으로 우현은 머리가 나쁜 게 아니라 나쁜 척한 것일지도 모르겠다는 생각이 들었다.

"누나가 창현이 형 좋아하는 거 알아. 오랫동안 좋아해 온 것도 알고. 하지만 진짜로 형을 좋아한다면, 이런 짓을 하면 안 됐어. 사랑하는 사람의 소중한 걸 빼앗으면서까지 자기 곁에 두려고 하는 건, 더 이상 사랑이 아냐. 집착이지."

"내가 왜 너한테 그런 소리를 들어야 하는 건지 모르겠다. 난 진짜 네가 지금 뭘 말하고 싶은 건지도 모르겠고."

"모르는 척하지 마. 지금은 이렇게 모르는 척할 수 있어도, 언젠가 그럴 수 없는 날이 올 테니까. 자기가 한 짓은 결국 자기한테 돌아오게 되어 있더라고."

우현의 나직한 음성에 등골이 서늘해졌다.

"누나가 좋은 사람일 줄 알았어. 그래서 손을 잡자고 한 거고. 형 옆에 있으면 형에게도 도움이 될 줄 알았거든. 그런데."

우현은 거기서 말을 멈추고 태윤을 노려봤다.

우현의 차가운 눈동자가 태윤의 머릿속을 샅샅이 헤집는 것만 같아서 섬뜩했다.

태윤은 저도 모르게 시선을 아래로 내렸다.

"그런데 생각이 바뀌었어. 누나는 형편없는 여자야. 우리 관계는 여기서 끝이야. 불나방처럼 생각 없이 불에 뛰어드는 사람은, 지인 으로도 두고 싶지 않아."

우현은 아예 연을 끊자고 말하고 있었다.

그건 큰일이었다.

이러니저러니 해도 우현은 민씨 일가의 구성원이었다.

민씨 일가에 적을 두고 싶지 않았다.

"우현아. 정말 나한테 왜 그렇게 화가 난 거야?"

달래듯 말해 봤지만, 우현은 대답 없이 몸을 돌렸다.

"야, 민우현! 내가 진짜 뭘 어쨌다고? 왜 나한테 그러는 거야?"

태윤이 소리를 쳤지만, 우현은 그대로 태윤의 집을 빠져나갔다.

＊　　＊　　＊

태윤의 집에서 나온 우현은 한 손으로 얼굴을 가렸다.

태윤을 좋은 사람이라고 생각했다.

태윤은 창현의 출생에 대해 어느 정도는 알고 있었다.

민 회장이 바람을 피워서 낳아 데리고 들어온 아들.

이쪽 세계에서 창현의 출생은 그렇게 알려져 있었고, 창현이 직접 말해 주지 않은 이상 태윤도 그 소문은 들어 알 터였다.

'말해 주지 않았겠지. 창현이 형 과거는 쉽게 말할 수 있는 게 아니니까.'

창현의 진짜 과거는 형제들 중에서도 우현만이 알고 있었다.

애리와 명현은 거기까지는 모른다.

만약 알았더라면 창현과 어머니를 향한 대우가 이보다 더 심했을 것이다.

어찌 되었든, 창현이 밖에서 데리고 온 아들이라는 걸 알면서도 태윤은 창현을 사랑한다고 했다.

명현이나 우현이 아닌, 창현이었다.

아주 오랫동안 그 마음을 유지해 왔기에, 좋은 사람이라고 생각했다. 오로지 창현만 보는 그녀가, 창현을 배신할 리 없을 거라고, 창현에게 큰 도움이 될 거라고, 그렇게 우현은 생각했다.

그래서 손을 잡기로 한 것이었다.

태윤이 창현에게 상처 줄 일은 없으니까.

오판이었다.

태윤은 하지 말아야 할 짓을 저질렀다.

'애리 누나랑 손을 잡다니. 명현이 형이 아닌 게 그나마 다행이라고 해야 하나?'

애리는 상대하기에 힘들지 않았다.

단순한 사람이라서 어떻게든 해 볼 수 있을 테지만, 명현은 그리

단순하지 않았다.

'창현이 형은 나한테 도움을 청할까?'

창현이 도와 달라는 한마디만 하면, 우현은 친누나인 애리와도 싸울 준비가 되어 있었다.

'하지만……'

창현은 도움을 청하지 않으리라.

'창현이 형은 나를 믿지 않으니까.'

*　　*　　*

사랑하는 사람과 살을 섞는 건, 마음을 느긋하게 만들어 주는 일이다.

주위의 시끄러운 사건은 침대 안으로 들어오지 못했다.

둘은 서로의 체온과 숨결에 집중했다.

달라붙는 피부와 때때로 나누는 뜨거운 키스가 침대 위의 모든 것이었다.

'섹시한 짓'이 끝나고 난 후, 창현과 슬희는 밀착한 채 잠이 들었다.

그러나 슬희는 깊은 잠에 빠지지 못했다.

깜빡 잠들었다가 깨어났을 때, 자신은 창현의 팔베개를 하고 그의 가슴에 얼굴이 묻혀 있었다.

조심스럽게 그의 품에서 벗어났는데도, 기척이 없을 리 만무했다. 그러나 창현은 여전히 깨지 않았다.

'많이 피곤했나 보네.'

그럴 만도 했다.

'신경도 많이 쓰고 그래서 더 피곤하겠다.'

슬희는 잠든 창현의 얼굴을 내려다봤다.

'얘는 어쩜 잠을 자도 이렇게 잘생겼지?'

굴곡 짙은 그의 조각 같은 얼굴을 감상하는 건 아무리 해도 지루해지지 않는 일이었다.

짙은 눈썹과 긴 눈매, 오뚝한 코와 그 아래에 굳게 다문 입술.

어릴 때보다 선이 강해져서 그런지, 굳건한 느낌을 주었다.

— 이런 집 하나 사 줄까?

불현듯 아까 나누었던 말이 떠올랐다.

그때는 기분 나빴지만, 인제 와서 생각해 보면 창현이 그만큼 슬희를 위해 뭐든 해 주고 싶어 한다는 뜻일 것이다.

'나도 그래, 창현아. 나도 널 위해 뭐든 해 주고 싶어.'

슬희는 조심스럽게 침대에서 벗어났다.

'난 네 어릴 때의 모습을 기억해. 네가 그 동네를 떠난 후엔 그런 삶을 살지 않길 바랐어.'

하지만 창현은 가족들에게 괴롭힘을 받았다. 그리고 지금도, 그 가족에게 벗어나지 못했다.

'언제쯤이 되어야 네가 그런 고통 속에서 벗어날까? 그런 무게를 지지 않고 살아갈 수 있을까?'

두엔을 손에 넣으면 그렇게 될까?

슬희는 거실에 나와 시간을 확인했다.

해가 중천에 떠 있었다.

베란다에 나가서 한강을 내려다보다가, 연우에게 문자를 보냈다.

[연우야. 통화 가능할 때 전화 좀 해 줘.]

연우에게서는 바로 전화가 걸려 왔다.

[쓸희, 쓸희, 쓸희. 어쩐 일이야?]

"왜 그렇게 신났어?"

[난 항상 즐거운 마음으로 세상을 살아가니까!]

"아, 그러셔."

[넌 목소리가 왜 그래?]

"자다가 일어난 지 얼마 안 됐거든."

[팔자가 늘어졌구만!]

"넌 일이라도 해?"

[물론 아니지. 친구들이랑 계곡에 왔어. 백숙 먹는 중.]

"백숙. 아, 맛있겠다."

[다음에 같이 오자. 여기 진짜 좋다. 물도 맑고.]

"응, 그래. 아, 그런데 나 부탁이 하나 있어."

[뭔데? 텔미텔미.]

"너, 발 넓지?"

[넓지. 태평양보다 넓지.]

"혹시 아는 사람 중에 심부름센터 같은 거 하는 사람 있어? 믿을
만한 사람으로."

[응? 심부름센터? 쓸희. 무슨 일인데 그래?]

"그게…… 그냥 좀 필요해서."

[흐음. 나중에 말해 줄 거야?]

"응, 나중에. 이 문제 좀 해결되면."

[믿을 만한 곳이 하나 있기는 해. 거기 대장, 그러니까, 거기 사장
은 좀 겉으론 이상해 보여도 신뢰는 할 수 있는 사람이거든.]

"실력도 좋고?"

[좋지.]

"그럼 좀 알려 줘."

[오케이. 문자로 명함 찍어서 보내 줄게. 내가 도와줄 일은 없어?]

"응, 괜찮아. 고마워."

[나중에 꼭 무슨 일인지 말해 주기다?]

"응, 알겠어."

전화를 끊고 잠시 기다리자 메시지가 들어왔다.

쓸희는 메시지를 확인한 후, 곧장 창현의 휴대폰으로 전송하고
는 다시 방으로 들어갔다.

창현은 여전히 잠들어 있었다.

그를 깨우고 싶지 않아서 조용히 침대에 가서 누웠다.

그러나 그녀의 기척을 느낀 듯 창현이 눈을 반쯤 떴다.

"깼어?"

"아니, 더 자려고."

"응, 그러자."

창현이 이리로 오라는 듯 팔을 벌렸다.

슬희는 곧장 그의 품으로 파고들었다.

그의 체취가 좋았다.

중독이 되어 벗어날 수 없으면 어쩌나 걱정이 될 정도로 좋았다.

그의 향기를 한껏 들이마시며, 슬희는 다시 잠에 빠져들었다.

*　　*　　*

슬희가 다시 잠에서 깬 건, 해가 저물 무렵이었다.

눈을 떴더니 창현의 얼굴이 보였다.

창현은 옆으로 비스듬히 누워 슬희의 얼굴을 보고 있었다.

"잘 잤어?"

창현이 물었다.

"응, 너는?"

"나도."

잠을 자다가 깨었을 때 사랑하는 사람의 얼굴이 보이는 건 참으로 안심이 되고 좋은 일이다.

"자다 깨서 네 얼굴 보니까 좋다."

슬희의 말에 창현이 빙그레 미소를 지었다.

"응, 나도 마침 그 생각을 하던 참이었어."

"벌써 저녁이네."

"배고프지 않아?"

"응, 아직은."

사실 조금 고팠지만 이제 그만 돌아갈 시간이었다.

계속 머물면 더 미련이 남을 것 같았다.

"그만 가야지."

"아쉽다."

"나도 그래."

슬희는 침대에서 내려왔다.

"욕실 좀 써도 돼?"

"응."

욕실에서 대충 씻고 나온 슬희에게, 창현이 물었다.

"이 명함은 뭐야?"

휴대폰을 확인하던 중이었나 보다.

"아, 그거. 깜빡했네. 그거 심부름센터야."

"심부름센터?"

"응. 믿을 만한 곳이래. 실력도 좋고."

"심부름센터는 갑자기 왜?"

"아까 말했잖아. 눈에는 눈, 이에는 이라고. 너도 민애리의 약점을 잡아."

"아, 그렇군."

"혹시…… 조용히 넘어가고 싶은 거야?"

"아니, 그런 건 아냐. 네가 이렇게 신경 써 줄 줄은 몰랐거든. 고마워. 연락해 볼게."

"응. 다시 한 번 말하지만, 민애리는 여기서 끝내지 않을 거야. 민애리가 두 번째 수를 쓰려고 하기 전에, 네가 먼저 움직여야 돼."

"그래. 그렇게. 고마워."

"별말씀을."

＊　　＊　　＊

창현은 슬희를 집 앞까지 데려다주었다.

차에서 내리며, 슬희는 다시 한 번 말했다.

"선빵 필수! 잊지 마."

심각한 상황임에도 창현은 그만 웃음을 터뜨렸다.

슬희는 창현의 웃는 모습을 보고 안심한 듯 손을 흔들고 집으로 들어갔다.

슬희의 모습이 사라지자마자 창현의 입가에서 미소가 사라졌다.

휴대폰을 꺼내, 슬희가 보내 준 명함을 다시 한 번 확인했다.

검은색 바탕에 황금색 글자를 새겨 넣은 명함이었다.

심부름센터의 이름과 전화번호를 제외하고는, 다른 정보가 없었다.

'슬희는 대체 어떻게 살았기에 저런 성격이 된 거지?'

선빵 필수를 외치는 슬희는 세상 역경을 다 뛰어넘고 살아온 인생 선배의 연륜이 묻어 나왔다.

'이런 일을 경험해 본 적이 있는 건가?'

의아하게 생각하며 명함에 쓰인 번호로 전화를 걸었다.

전화를 받은 사람은 목소리가 까랑까랑한 여자였다.

지금 찾아가서 의뢰를 맡기고 싶은데, 이 시간에도 미팅이 가능하냐는 창현의 말에 여자는 바로 대답했다.

[물론입니다. 고객님. 저희 심부름센터는 언제나 고객님을 향해 열려 있습니다.]

다분히 수상쩍게 느껴지는 말투였지만, 창현은 주소를 받아 적었다.

내비게이션을 켜고 출발했다.

운전을 하며 이번 사건에 대해 정리를 할 생각이었는데, 자꾸 슬희 생각만 났다.

─곰팡이는 있잖아.

슬희는 애리를 곰팡이에 비유했다.

그 말을 할 때의 슬희 표정이 떠올라 창현은 저도 모르게 웃음이 나왔다.

'그래, 곰팡이인가.'

그 집안, 그리고 애리에게 있어서는 창현이 기생충이고, 이모가 식충이었다.

하지만 슬희는 딱 잘라서 애리를 '곰팡이'라 말했다.

'역시 슬희 너는 내 인생의 빛이야.'

어떤 상황에서도 슬희만 떠올리면 유쾌해진다.

창현은 빙그레 미소를 지었다.

*　　*　　*

심부름센터를 한 번에 찾지 못한 이유는, 주택가에 다른 주택들과 다름없는 모습으로 섞여 있었기 때문이었다.

파란 지붕에 빨간 대문, 옆에는 '가을 심부름센터'라는 작은 명패.

'보통 간판은 크게 달지 않나? 이렇게 놔두면 손님이 어떻게 알고 찾아오지?'

슬희의 말대로 애리는 여기서 끝내지 않을 것 같았다.

뒷조사를 하긴 해야겠지만, 이 흥신소로 찾아온 게 잘한 일인지 모르겠다.

'어차피 사람을 심어 두기도 했는데.'

아무에게도 말하지 않았지만, 애리의 주위에는 창현의 사람이 딱 한 명 있었다.

두엔을 맡게 된 후, 혹시나 싶어서 넣어 둔 사람이었다.

'그냥 갈까?'

하지만 슬희가 꼭 가 보라고 알려 준 심부름센터였다.

창현에게 있어서 슬희의 말은 곧 법이었고, 준법정신이 뛰어난 창현은 그 말을 무시하기 힘들었다.

창현은 결심을 굳히고 초인종을 눌렀다.

일단 만나 보자.

만났는데 이상하면 그때 돌아 나오면 되는 거다.

[네.]

인터폰으로 여자의 목소리가 흘러나왔다.

이번에는 아까의 여자와 다르게 더 상냥하고 따뜻한 느낌이 드는 목소리였다.

'여긴 여자들이 운영하는 곳인가?'라고 생각하며, 창현이 이어 말했다.

"아까 전화 드렸던 사람입니다."

[아, 고객님이시군요. 잠시만 기다리세요.]

삐─

소리와 함께 문이 열렸다.

창현은 안으로 들어갔다.

집 건물 창문으로 빛이 흘러나오고 있었다.

어스름한 빛에 잘 손질된 마당이 눈에 들어왔다.

현관문에 도착하기 전, 문이 열렸다.

작고 귀여운 인상의 여자가 현관문 안쪽에 서 있었다.

"어서 오세요, 고객님. 뭐든 해 드리는 가을 심부름센터입니다."

여자가 깍듯하게 창현을 맞이했다.

신발을 벗고 있는데 검은 고양이가 다가와 창현의 다리에 몸을 비볐다.

"되게 까칠한 애인데, 고객님이 마음에 드나 봐요."

여자가 다정하게 미소를 지으며 말했다.

"아, 혹시 고양이 안 좋아하시나요?"

"아니요. 괜찮습니다."

실내는 사무실처럼 되어 있을 줄 알았는데, 아니었다.

일반 가정집 같은 분위기였다.

"잠시만 소파에 앉아서 기다리시겠어요? 대장이 급하게 해야 할 일이 있어서, 끝내고 곧 나올 거예요."

"네, 그러죠."

창현은 소파에 앉았다.

기다린 지 얼마 지나지 않아, 화장실로 보이는 문이 열리고 한 남자가 나왔다.

"으어! 시원하다!"

남자는 험악하게 찡그린 인상과 달리, 목소리는 호쾌했다.

"대장!"

여자가 달려가 남자의 옆구리를 콱 쥐어박았다.

"왜 그래, 최가을! 나는 똥도 못 싸?"

"고객님 오셨거든요!"

"아."

그제야 남자가 창현 쪽을 돌아봤다.

창현과 눈이 마주치자마자, 남자는 두 손으로 머리를 착 넘기더니 성큼성큼 다가왔다.

찡그린 인상 때문에, 창현은 남자가 자신을 공격할 거라고 생각했다.

하지만 창현의 앞에 멈춰 선 남자는 아주 정중하게 말했다.

"반갑습니다, 고객님. 기다리고 있었습니다. 우리 가을 심부름센터는 고객님이 원하시는 것은 뭐든 해 드립니다. 돈 떼먹은 놈 찾아내기, 내 여자의 바람 상대 알아내기부터 시작해서 쭈쭈바 사다 드리기, 반납일이 지난 대여점 도서 반납하기까지. 후회하지 않는 선택이 되실 겁니다."

창현은 놀라웠다.

이 남자는 저토록 다정하고 부드러운 음성을 내면서, 어떻게 저토록 인상을 찌푸리고 있는 걸까?

이 남자, 정말 믿고 맡겨도 되는 걸까?

창현은 남자의 눈을 뚫어져라 응시했다.

지금껏 많은 사람을 상대하면서 믿어야 할지, 말아야 할지 판단해야만 하는 순간이 많았다.

그럴 때면 창현은 상대의 눈빛을 파악하려고 노력했다.

눈에는 많은 것이 담겨 있으니까.

남자의 눈은 흔들림이 없었다.

창현은 상대의 눈만 보고 마음을 알아낼 수는 없지만, 적어도 그가 비열한 인간은 아닐 거란 느낌을 받았다.

"반갑습니다. 저는."

이윽고 창현이 입을 열려고 하자, 남자가 검지를 들었다.

"잠시만 기다려 주세요. 저는 양쪽에 보좌하는 사람이 있어야 안심이 되거든요."

맞은편 소파로 가서 앉은 남자가 손짓하자, 최가을이라고 불린 여자가 투덜거리면서도 남자의 왼쪽에 앉았다.

"구미호는?"

"미호 집에 갔어요."

"언제? 나한테 말도 없이?"

"대장 화장실 갔을 때 말하고 갔거든요."

"그땐 내 하루 중 최고로 집중하는 시간이라고! 밖에서 뭐라 떠들든 들을 수 있을 리가 없잖아!"

"네, 네. 정말 대단하신 집중력이네요."

대장이라고 불리는 남자는 아무래도 직원들에게 무시를 받는 입장인 것 같았다.

정말 괜찮을까, 이 심부름센터?

"그럼 또리라도 앉혀."

"또리는 대장 옆 싫어하잖아요."

"무슨 소리야! 또리는 나랑 절친이야, 절친! 너, 절친이 무슨 뜻인지 알아?"

"그거 한참 유행 지난 말이에요."

"아, 그래? 또 업데이트됐어?"

"업데이트된 지가 언제인데."

두 사람은 창현의 존재를 아예 잊은 듯, 앞에서 만담을 하고 있었다.

창현이 그냥 일어나서 돌아가도 눈치를 채지 못할 것 같았다.

그 모습을 물끄러미 응시하다가, 불현듯 깨달았다.

그렇구나.

저 두 사람은 사랑하는 사이구나.

내가 사랑에 빠지니, 사랑에 빠진 다른 사람도 알아볼 수가 있게 됐구나.

"고객님. 실례했습니다. 아무래도 제 오른팔은 참을성이 없어서 집에 돌아가 버린 듯하네요. 이렇게 왼팔만 옆에 둔 채로 이야기를 진행해야 할 것 같은데, 괜찮으시겠습니까?"

대장이 물었다.

창현은 그따위 것은 아무래도 상관없다고 생각했지만 부드럽게 대꾸했다.

"네, 괜찮습니다."

"마음이 넓으시군요. 워낙 잘생기셔서 마음도 넓으실 거라고 생각했습니다. 우리처럼 잘생긴 인종들은 마음이 드넓은 법이거든요."

대장의 말에 옆에 앉아 있던 가을이 오만상을 찌푸렸다.

하지만 그녀는 굳이 어깃장을 놓지 않는 인내심의 소유자였다.

"어쩐 일로 찾아오셨습니까?"

"조사를 좀 맡기고 싶습니다."

"뒷조사! 그게 또 우리 전문 아니겠습니까? 누구의 뒷조사를 원하십니까? 바람난 애인? 떼어 냈으면 하는 집착녀? 절교하고 싶은 친구? 아니면 고객님을 괴롭히는 악질?"

거기서 꼭 골라야 한다면 마지막이었다.

"저희 누님입니다."

"누님이라는 말씀은…… 친누나 말씀이십니까?"

"친누나라…… 호적상으로는 그렇겠군요."

"그렇군요. 사정을 여쭤봐도 되겠습니까?"

"사정을 말해야만 하는 겁니까?"

"네. 저희 일이라는 게 그렇거든요. 고객님이 항상 선인은 아니죠. 조사당하는 쪽이 항상 악인도 아니고요. 그래서 저희는 이런 경우, 일을 맡아야 할지 말아야 할지 판단을 내려야 합니다."

"고객의 사생활 보호는요?"

"저는 입 무겁습니다."

전혀 그렇게 보이지 않았다.

대장이라는 저 남자는 자신의 배변 후 기분에 대해서도 떠들어대는 남자가 아니던가.

"그렇다면 돌아가야겠군요."

"우강한입니다, 고객님."

"네?"

"제 이름이요. 우강한입니다. 민증도 깔 수 있어요."

"아, 네. 그런데 갑자기 그건 왜……?"

"저는 이 일을 할 때도 제 감정에 충실합니다. 첫눈에 보기에 고객님은 나쁜 사람처럼 보이지가 않았어요. 한마디로 이 우강한의 마음에 들었단 말씀이죠."

"아, 그거 영광이군요."

"네, 영광일 겁니다. 왜냐하면 저는 정말로 정직한 놈이거든요. 잘생긴 남자 중에 정직하지 않은 사람은 찾아보기 힘들죠."

"아, 그렇습니까?"

"남에게 말할 수 없는 사정 때문에, 누군가의 뒷조사를 한다. 그렇다면 그 '남에게 말할 수 없는 사정'은 고객님의 약점이겠죠. 고객님은 이대로 여길 나가면 다른 심부름센터를 찾아갈 거고, 거기서도 '말할 수 없는 사정'이라고 한 뒤에 의뢰를 맡기실 겁니다."

"……."

"아마 그 심부름센터는 맡아 줄 겁니다. 하지만 그들은 고객님의 약점도 함께 맡은 겁니다. 언젠가 그들이 칼을 돌려 고객님에게 향할 수도 있어요."

"설마 그럴까요? 저에 대해 알지도 못하는데?"

"고객님이 조사를 맡길 '누님'에 대해서 정보를 주시겠죠. 그걸 조사하다 보면 고객님의 정보도 나올 거고요. 그 말 못 할 사정에 대해서도 어느 정도 짐작을 하게 되겠죠."

강한의 말이 옳았다.

"그건 고객님의 약점이 됩니다."

"그럼 이 심부름센터는 그러지 않으리라는 법 있습니까?"

창현의 질문에 강한이 씩 웃었다.

"저희는 언제나 신뢰와 정직으로 보답하는 가을 심부름센터입니다, 고객님."

근사한 미소였다.

* * *

이상한 심부름센터라고, 그 집에서 나오며 창현은 생각했다.

강한이 보여 준 미소에 어쩐지 긴장이 풀리고, 마음도 풀렸다.

그래서 저도 모르게 약점이 될지도 모르는 사정에 대해 털어놓았다.

－ 뭐, 그런 연놈들이 다 있습니까? 그럼 오늘 새벽에 터진 그 최영빈 일진설이 꾸며 낸 거였습니까? 최가을, 이거에 대해 어떻게 생각하냐?

－ 정말 나쁜 사람들이네요.

－ 나쁜 사람들은 어떻게 해야 되지?

－ 죽여야죠.

－ 아니, 아니. 죽이지는 말자고. 우리가 범법자가 되면 안 되잖아.

그들은 마치 자신의 일인 것처럼 화를 내주었다.

심지어 이런 일을 하면서 저토록 개인적인 감정을 드러내도 되는 건지 걱정이 될 정도였다.

어찌 되었든 강한은 이 일을 맡아 주겠다고 했다.

최대한 빠른 시일 내에, 민애리의 팬티 개수까지 알아다 주겠다고 했다.

물론 창현은 팬티 개수는 알고 싶지 않다고, 딱 잘라 거절했다.

－ 덤으로 최영빈 사건도 조사해 드릴까요? 우리 직원 중에 그쪽 일을 기가 막히게 잘 처리하는 녀석이 한 명 있거든요. 명문대생이지만.

－ 대장, 캡이 명문대생인 건 잘못이 아니잖아요.

－ 짜증 나잖아.

－ 대장도 명문대 나왔다면서요?

―그거랑은 또 다르지. 난 잘생겼잖아!

　자기 잘난 척을 실컷 하는데도, 싫다는 생각이 안 드는 신기한 사람이었다.

　어쨌든 타인에게 자신의 '사정'을 말함으로써 주사위는 던져졌다.

　만약 강한이 이걸 약점 삼아 창현에게 칼끝을 보인다면.

　'그건 결국 내 실력이 거기까지라는 거겠지.'

　신뢰할 사람과 그렇지 않은 사람을 선택하는 것도 실력이라고, 창현은 생각했다.

　집에서 짐을 풀고 있는데, 연우에게 전화가 걸려 왔다.

　[쓸. 뭐 해?]

　"집에서 짐 정리하고 있어."

　[그래? 저녁은?]

　"아직."

　[잘 됐다. 술이나 한잔하자.]

　"너, 계곡 아니었어?"

　[서울 왔지. 집에 들어가고 싶은 기분이 아냐. 좀 더 놀고 싶어. 술 한잔하자.]

　어차피 집에는 아무도 없었다.

　"그래, 그럼. 어디서 볼까?"

　[너희 동네로 갈게. 한 시간쯤 걸릴 거야.]

　"그래, 그럼 그쯤에 봐."

전화를 끊고 계속 짐 정리를 하는데, 현관문 열리는 소리가 들렸다.

슬희는 방문을 열고 거실로 나왔다.

지금 퇴근한 듯 정우가 들어오고 있었다.

"어? 누나, 왔어?"

"응. 일 끝나고 오는 거야?"

정우는 몇 년 전에 프로그래머로 취직을 했지만, 주중에 회사를 다니면서도 주말에는 아르바이트를 하고 있었다.

"아니, 나 잘렸어."

"응? 왜?"

"사장이랑 싸웠어."

"사장이 왜? 너한테 못되게 굴었어?"

슬희의 질문에 정우가 웃었다.

"역시 내가 누나는 참 잘 둔 것 같아."

"응? 갑자기 왜?"

"이런 상황에서 당연히 사장이 잘못한 거라고 생각해 주잖아."

"그거야 당연하지! 가족인데."

"맞아, 가족이지."

정우가 한숨을 내쉬었다.

"얼마 전에 이제 막 대학에 입학한 어린 여자애 한 명이 들어왔거든. 그런데 사장이 자꾸 그 여자애한테 스킨십을 하는 거야. 여자애가 어려서 그런지, 그런 거 거절을 잘 못 하더라. 사장한테는 반항하면 안 된다고 생각을 했나 봐. 그런데 오늘은 좀 도가 지나쳐서

한소리 했더니, 오히려 나한테 뭐라고 하더라고. 그러더니 내일부
터 나오지 말래."

"뭐 그런 놈이 다 있지?"

"그러게 말이야."

정우가 소파에 가서 앉았다.

유독 지쳐 보이는 동생의 모습에 가슴이 짠했다.

슬희도 정우의 옆에 가서 앉았다.

"내가 그 상황에서 무슨 생각을 했는지 알아?"

"무슨 생각을 했어?"

"제일 먼저 드는 생각이 그거더라. 이 인간이 알바비 정산은 제대
로 해 주려나?"

"……."

"두 번째로 드는 생각이 그거더라. 아, 이만큼 시급 주는 데 없는
데."

슬희는 뭐라 말해야 좋을지 알 수 없었다.

"우리 집도 돈이 많았으면 좋겠어. 아니, 많은 건 바라지도 않아.
그냥 빚이나 없었으면 좋겠어."

철이 든 이후로, 정우가 이런 소리를 하는 건 처음이었다.

슬희는 가슴이 미어졌다.

"일을 하면 뭐해? 내 통장에 쌓이는 게 없는데. 돈을 아껴 쓰면
뭐해? 내 통장은 항상 마이너스인데. 주말에 하루 쉬지를 못해. 어
디 한번 제대로 놀러 가 본 적도 없어. 난 되게 열심히 사는 것 같은
데, 계속 제자리야. 그게 너무 지쳐."

힘내, 라는 위로를 해 줄 수 없었다.

이런 상황에서 힘내라는 말이 얼마나 도움이 안 되는지, 슬희가 더 잘 알기 때문이었다.

슬희는 말없이 정우의 손을 잡았다.

"밑 빠진 독에 물을 붓는 것 같아. 내 평생이 걸려도 그 독을 채울 수 있을지 모르겠어."

정우가 슬희를 돌아봤다.

"누나도 이것 때문에 헤어진 거지?"

"응?"

"민석이 형 말이야."

민석과는 오래 사귄 만큼, 정우도 민석을 알고 있었다.

"그때 갑자기 헤어진 거, 민석이 형이 우리 집 감당 못 하겠다고 해서 그런 거지?"

심장이 쿵 내려앉았다.

정우가 그 사실을 알고 있을 줄은 몰랐다.

이별 후 가족들이 이유를 물었을 때, 슬희는 성격 차이라고만 했다.

성격이 안 맞았다고, 맞는 줄 알았는데 알고 보니 아니었다고, 그렇게 설명했다.

가족들은 더 이상 캐묻지 않았고, 그래서 다들 그 설명을 납득했다고 생각했었다.

"아냐, 그런 거. 설마 그런 거로 헤어지겠어?"

"돈 때문에 이혼도 하는데, 이별이라고 못하겠어?"

"……아냐."

"맞잖아. 우리 가족 다들 눈치채고 있었어."

"엄마랑 아빠도?"

"엄마랑 아빠, 아직도 그 일 가지고 싸워. 누나 없을 땐, 항상 그 얘기가 나와. 우리 집에 돈 없어서 헤어진 거잖아. 누나, 그때 이후 지금까지 만나는 사람도 없고. 우리 누나도 슬슬 결혼해야 하지 않겠어?"

"난 비혼주의자야."

"말도 안 되는 소리 하지 마."

정우가 쓴웃음을 지었다.

"정말이야. 왜 내가 결혼을 하고 싶어 할 거라고 생각해? 난 그냥 솔로로 살면서 내가 누리고 싶은 거 다 누리면서 살 거야."

"뭘 누리는데?"

"……."

"누나가 지금 뭘 누리고 있는데? 누나, 돈 없어서 여행도 못 다니고 연애도 못 하잖아. 피아노 포기한 후에는 피아노 한 번 안 쳐 봤잖아. 그런데 누나가 지금 뭘 누려?"

정우의 눈가가 빨갰다.

슬희도 울고 싶어졌다.

하지만 참았다.

무너지면 안 된다. 나는 정우 누나니까, 여기서 같이 울면 안 된다.

"피아노는 꼭 돈 때문에 포기한 게 아냐. 아무리 재능 있어도 예체능 쪽으로는 성공하기 힘들어. 아마 그때 포기 안 했더라도 언젠가는 포기해야 할 상황이 왔을 거야."

"누나. 시도라도 해 보고 포기하는 거랑 시도도 못 하고 포기하는 건 달라."

"난 해 볼 만큼 다 해 봤어. 지금 연애도 하고 있고, 행복하게 잘 지내고 있어."

연애를 하고 있다는 말에 정우의 눈동자가 흔들렸다.

정우는 잠시 입을 다물고 슬희를 응시하다가 단호하게 말했다.

"누나, 독립해."

"응? 갑자기?"

"갑자기가 아냐. 누나가 민석이 형이랑 헤어진 후부터 이 말을 해야 할까 말아야 할까 계속 고민했어. 그런데, 난 약해서. 못난 동생이라서. 나 혼자 버틸 수 없을 것 같아서. 말하지 못했어."

"……."

"그런데 이젠 아냐, 누나. 독립해. 독립해서 누나가 번 돈 차곡차곡 모으고, 누나 인생을 좀 살아. 결혼 준비금도 모으고, 그러다가 집도 사고, 차도 사고, 여행도 좀 다니고. 그렇게 살아. 부모님도 반대하지 않을 거야."

"그럼 넌?"

"난 장남이잖아."

"난 장녀야."

"하지만 보통 남자가 책임지잖아."

"요새 세상에 그런 게 어디 있어? 그리고 넌 결혼 안 하니?"

"난 안 해. 하기 싫어. 하고 싶은 적 없었어."

감정이 격해진 듯, 정우의 말이 빨라졌다.

슬희는 정우의 손을 꼭 잡고 말했다.

"정우야, 나는. 혼자 도망치고 싶었던 적이 단 한 순간도 없었어. 나는 어디를 가더라도 너랑 엄마랑 아빠랑 같이 갈 거야. 넌 내가 힘들어하는 것처럼 보이는지 모르겠지만, 난 네가 생각하는 것만큼 힘들지 않아. 나름대로 내 인생을 즐기고 있고. 날 너무 불쌍하게 보지 마, 정우야."

"불쌍한데 어떻게 해? 우리 누나, 진짜 예쁜데! 진짜 착한데! 우리 누나도 예쁜 옷 입으면 진짜 더 예쁠 텐데! 돈 없다는 이유로! 돈이 뭐라고! 진짜 돈이 뭐라고!"

돈이 뭘까?

슬희야말로 궁금했다.

정말 돈이 뭐기에, 사람 가슴을 미어지게도 하고, 화나게도 하고, 웃게도 하는 걸까?

실제로 보면 그저 종이 쪼가리에 불과한 그것이, 어째서 그토록 사람의 삶을 쥐고 흔드는 걸까?

어째서 이토록 내 삶을 쥐고 흔드는 걸까?

돈이 뭐라고.

*   *   *

집에서 나올 무렵엔 정우가 기운을 차린 것 같아서 다행이었다.

슬희 가족의 장점은 우울한 감정을 오랫동안 품지 않는다는 것에 있었다.

정우는 소자본으로 인터넷 사업을 구상하고 있다며, 그걸로 성공해서 돈다발로 부채질할 거라고 말하더니 바로 일하러 방에 들어갔다.

'가족들이 눈치채고 있었구나.'

정우의 이야기 때문에 새삼스럽게 그때의 일이 떠올랐다.

— 미안해, 슬희야.

며칠, 시간을 두고 고민하다가 만난 민석은 그렇게 말했다.

— 미안해, 정말로.

그걸로 충분했다.

이별의 변명 같은 건 듣고 싶지 않았다.

민석이 구차한 변명을 늘어놓는 순간, 그동안의 사랑이 퇴색해 버릴 것만 같았다.

'그만 생각하자.'

슬희는 민석에 대한 생각을 털어 내기 위해 노력했다.

돈 따위에 지고 싶지 않았다.

비록 돈이 없어서 힘이 들지라도, 나의 삶은 행복하고 즐거운 것들로 가득 채우고 싶었다.

'그러니까 좋은 생각만 하자. 예를 들자면. 그래, 창현이.'

그를 생각하자.

내 가슴을 따스하게 밝혀주는 민창현을 떠올리자.

슬희는 자다 깨어났을 때 눈앞에 보였던 그의 얼굴을 떠올리며, 연우가 기다리는 바로 향했다.

연우는 이미 술을 마시고 온 듯 볼이 발갰다.

"슬희!"

연우가 손을 들어 슬희를 불렀다.

"주희는 안 불렀어?"

"우리 유부녀는 오늘 시댁에 가셨대."

"아, 그렇구나."

슬희는 연우의 맞은편에 앉았다.

술잔과 식기가 세팅되어 있었고, 안주인 나초도 이미 나와 있었다.

"너 저녁 안 먹었대서 피자랑 춉스테이크도 시켰어."

"응, 잘했어. 그런데 너, 무슨 일 있어?"

연우는 싱글싱글 웃고 있었지만, 그 표정에 속을 만큼 그들은 짧은 관계가 아니었다.

오늘따라 연우가 유독 하이 텐션인 이유가 우울함을 감추기 위한 것 같았다.

"일은 무슨. 물 좋은 데서 잘 먹고 잘 놀다가 왔는데. 별일 없어. 네 여행 얘기나 듣자. 듣고 꺅꺅거리게."

"그런 얘기를 하고 싶겠니? 네가 우울해 보이는데."

"아니, 내 어느 부분이 우울해 보인다는 거지?"

"전부 다."

슬희가 단호하게 말했다.

연우의 얼굴에서 미소가 조금 사라졌다.

"하아. 역시 이슬희는 못 속이겠다니까."

연우가 고개를 숙이고 술잔을 만지작거렸다.

"뭐, 되게 우울한 건 아니고. 어제 환자 중에 성형 부작용으로 찾아온 사람이 있었거든."

성형을 저렴하게 해 준다는 광고가 많이 뜬다고, 연우는 말했다.

"운이 좋으면 괜찮은 의사를 만나겠지. 진짜로 병원 홍보 차원에서 그런 광고를 하는 실력 있는 의사. 하지만 그렇지 않은 경우가 많아."

실력 없고, 사명감 없는 의사를 만나는 경우가 큰일이었다.

"수술이 잘되면 좋겠지만, 그렇지 않은 경우들이 있어. 어제 온 환자가 그런 경우였어. 중년의 어머님이셨는데. 얼굴이 정말……사람을 어떻게 이렇게 만들어 놨나 싶을 정도로 끔찍하더라."

어제의 일이 떠오르는 듯, 연우는 한 손으로 눈가를 문질렀다.

"아이 다 키우고 나서 보니, 얼굴에 세월의 흔적이 너무 많이 묻은 거야. 거기다 남편은 부인을 그냥 애 엄마 취급만 하고. 여자는 아무리 나이를 먹어도 여자인데, 여자로서 봐 주질 않는 거지. 그래서 성형을 결심하는 거야. 다시 한번 젊을 때의 예쁜 모습으로 돌아가고 싶어서, 그때의 생기를 되찾고 싶어서."

하지만 누구나 돈이 넘치도록 많지는 않다.

여기저기 알아보다가 저렴한 곳에서 성형을 받기로 한다.

"성형은 실패했어. 눈도, 코도, 전부 엉망이었지. 그럼 수술받은 병원에 찾아가서 재수술을 요청해. 그런데 성형은 처음에 하는 것보다 재수술이 더 어려워. 얼굴을 그 지경으로 만든 놈이 재수술을 제대로 해낼 리가 없지. 게다가 돈도 안 되는 환자니까 더 신경을 안 썼을 거고."

그렇게 얼굴을 점점 원래의 모습을 잃어 간다. 안 좋은 방향으로.

"더는 안 되겠다 싶어서 그 병원을 떠나 나한테 찾아온 거야. 상담을 하는 내내 많이 우시더라. 남편은 그러게 왜 돈 들여 성형을 하고 그 지경이 됐냐고 화만 내고, 자식들은 엄마 일에 관심도 없고. 쪽팔린다, 고 했대. 딸년이 글쎄. 자기 엄마 그렇게 된 거 보고, 나이 먹고 뭐 하는 짓이냐고, 쪽팔린다고 했대."

연우가 고개를 저었다.

"가슴이 아프더라고. 그놈의 외모가 뭐고, 그놈의 돈이 뭐라고."

몇 분 전 자신이 했던 생각을 연우도 하고 있다는 게 신기했다.

연우는 부유한 집안에서 태어났고, 그 자신도 돈을 많이 버는 직업을 가지고 있었다.

돈 때문에 걱정할 것이 하나도 없는 것처럼 보이는 연우에게서 '돈이 뭐라고.'라는 말이 나올 줄은 몰랐다.

"그 환자는 괜찮아졌어?"

"사정이 너무 안 좋아서 무료로 재수술을 해 드리긴 했는데, 아마 아주 괜찮아지진 않을 거야."

연우가 긴 한숨을 내뱉었다.

"이런 일이 있을 때마다 마음이 무거워. 그래서 오늘은 좀 놀아야겠다."

"그래, 놀자."

슬희도 같은 생각이었다.

정우와 대화한 다음부터 자꾸 떠오르는 민석에 대한 생각을 털어 내고 싶었다.

"그래서? 여행은 어땠어? 끝내주는 시간 보냈냐?"

연우가 곧장 대화의 주제를 바꿨다.

"넌 그런 얘기를 했으면서 바로 그렇게 주제를 바꾸고 싶어?"

"나는 최선을 다했어. 내가 해 줄 수 있는 건 다 해 줬고. 계속 우울해한다고 상황이 바뀌는 건 아니잖아. 이건 네 인생 모토 아냐? 피할 수 없으면 즐기자. 현재에 충실하자."

"그래, 그렇긴 하지."

연우의 말에서 새삼 위로를 받았다.

최선을 다했다. 해 줄 수 있는 건 다 해 줬다.

민석과 사랑을 할 때, 슬희는 그랬다.

그러니까 인제 와서 후회할 필요도, 그리워할 필요도 없다.

지금 이 순간 내 곁에 있는 건 창현이니까.

비록 끝을 예감한 연애일지라도, 현재는 사랑하고 있으니까.

"좋은 시간 보냈어. 그런데 문제가 생겨서 어젯밤에 올라왔어. 글쎄, 부산에서 여기까지 택시를 타고 왔다?"

"헐. 진짜 돈이 많긴 많나 보다. 그래, 두드림 사람인데 오죽하겠어? 그 정도는 돈도 아닐걸."

"그러게 말이야. 아까는 나한테 집 사 준다고 하더라."

"진짜? 우와. 너한테 푹 빠졌나 보네."

"그런가 봐."

"그래서? 집 계약은 언제 하는데?"

"……."

"아니, 왜 그런 눈으로 봐?"

"내가 그 집을 받을 리가 있니?"

"준다는데 안 받을 필요는 없잖아."

"반지나 명품 백도 아니고 집이라니까?"

"내가 너한테 명품 백을 선물하면 그건 큰 선물일 거야. 난 돈이 넘치도록 많지 않으니까. 하지만 두엔의 민 대표가 너한테 명품 백을 선물하면 그건 큰 선물이 아냐. 그 사람은 돈이 넘치도록 많으니까. 집 정도는 사 줘야 또이또이 아니겠어?"

슬희가 고개를 절레절레 저었다.

"됐어. 그런 거 받을 생각 없어."

"그냥 받지그래? 선물로 주는 집이면 꽤 좋은 집을 줄 거 아냐?"

"싫어. 그런 문제가 아냐."

"너도 참 별나다. 나 같으면 덥석 받을 텐데. 내가 민 대표랑 사귀고 싶다, 야."

"그럼 네가 꼬셔 보든가."

"역시 그럴까? 그 사람, 혹시 남자한테는 관심 없대?"

연우의 진지한 질문에 웃고 있는데, 창현에게서 전화가 걸려 왔다.

슬희는 연우에게 조용히 하라고 한 후 전화를 받았다.

[나야.]

"응."

[지금 집 밖이야?]

"응. 친구 좀 만나고 있어."

[그래. 난 네가 말한 심부름센터에 다녀왔어.]

"집에 들어간 거야?"

[응. 친구 만나고 있으면…….]

"불러!"

그때, 연우가 외쳤다.

"네 남친 얼굴 좀 보자! 불러!"

슬희가 인상을 찡그리며 손짓으로 말렸지만, 연우는 멈추지 않았다.

"민 대표님! 오세요! 우리 술 한잔합시다. 겸사겸사 남자한테 관심 있는지도 묻고 싶고!"

[친구가, 남자야?]

창현이 물었다.

목소리가 방금 전보다 살짝 낮아졌다.

설마 민창현도 질투라는 걸 하는 걸까?

"응, 남자이긴 한데……."

슬희는 대답하며 연우를 돌아봤다.

저걸 남자라고 해야 할지 말아야 할지. 같은 인간은 맞는지. 제정신인 건지.

고민해도 그 무엇도 답이 안 나왔다.

[나, 거기에 가도 돼?]

창현이 조심스럽게 물었다.

"왜? 내가 남자랑 있으니까 불안해?"

[응.]

창현의 솔직한 대답에 슬희는 미소를 지었다.

창현은 언제나 슬희를 미소 짓게 만들었다.

정말 좋다.

너무 좋다, 내 남자.

"알겠어. 그럼 주소 알려 줄게."

*　　　*　　　*

창현은 급하게 차를 몰았다.

슬희가 남자와 함께 있다니!

슬희는 친구라고 말했지만, 모를 일이었다.

그냥 친구로만 남기에, 슬희는 너무 예뻤다.

'나랑 너도 친구였어.'라고, 창현은 생각했다.

그저 친구일 뿐이었다.

아무도 없는 운동장, 고독한 그 시간에 어느 날부터인가 옆에 와서 함께 있어 주었던 친구.

마음이 저도 모르는 새에 풋풋한 첫사랑으로 바뀐 건 순식간에 벌어진 일이었다.

슬희가 남자인 친구와 둘만 만나는 게 싫었다.

신호가 바뀐 줄을 모르고 달리다가, 경적 소리를 듣고서야 간신히 정신을 차렸다.

'나, 왜 이러지? 내가 원래 이렇게 소유욕이 강했나?'

창현은 자신의 감정에 자신이 더 당혹스러웠다.

슬희를 사랑한다.

하지만 그녀를 자신의 것으로 만들겠다는 생각은 없었다.

내가 짊어진 짐을, 평생 안고 가야만 하는 이 짐을 그녀에게 나눠 주고 싶지 않았다.

사귀고 있지만, 그것도 언젠가는 끝이 나리라는 걸 알고 있었다.

언젠가 그녀의 앞에 어둠도, 짐도 없는 좋은 사람이 나타난다면, 그녀의 마음이 무겁지 않도록 조용히 떠날 생각이었다.

그런 생각인 줄 알았다.

'난, 뭘 원하는 거지?'

슬희는 매력적인 성격이니, 친구가 많을 수밖에 없었다.

그 친구 중엔 남자도 있는 것이 당연했다.

일일이 질투를 하고 집착을 하다가는, 슬희가 자신에게 실망을 하고 생각보다 빨리 떠날지도 모른 생각이 들었다.

'정신 차리자.'

창현은 술렁이는 감정을 갈무리했다.

'슬희가 누구를 만나든, 내가 집착해서는 안 돼. 욕심을 부리면 안 돼.'

세뇌를 하듯 속으로 몇 번이나 되새긴 끝에, 감정을 잘 가라앉혔다.

하지만 그건 아주 잠깐일 뿐이었다.

약속 장소에 도착해 슬희의 앞에 앉은 남자를 보는 순간, 감정이 다시 일렁거렸다.

'저 남자……'

저번에 슬희와 함께 속옷 가게에 들어간 남자였다.

창현은 주먹을 꽉 쥐고 저벅저벅 걸어가 슬희의 어깨에 손을 얹었다.

슬희가 창현을 돌아봤다.

"빨리 왔네?"

"응."

창현은 보란 듯이 슬희의 옆에 앉아, 맞은편에 앉은 남자를 노려봤다.

이것 봐. 난 이 여자 옆자리에 앉을 수 있어.

도발하듯 그를 쳐다봤지만, 상대는 전혀 신경도 안 쓰는 눈치였다.

"이야, 진짜 잘생겼다."

그는 오히려 창현을 칭찬했다.

"민창현 대표님이시죠? 슬희한테 얘기 많이 들었습니다. 저는 이런 사람입니다."

남자가 명함을 꺼내서 내밀었다.

깔끔한 명함에는 '성형외과 전문의 채연우'라고 쓰여 있었다.

"의사 선생님이십니까?"

"네, 성형외과를 운영하고 있어요. 꼭 한번 만나 뵙고 싶었습니다."

"그렇군요. 저도요."

"어? 혹시 남자한테 관심 있으세요?"

"네?"

"관심 있으시다면 전 어때요?"

"예?"

"저, 청소도 빨래도 설거지도 잘합니다. 요리는 못 하지만 원하신다면 요리 학원을 다니면서 조리사 자격증을 딸 생각도 있습니다. 전 어떻습니까?"

"너, 그만 좀 해."

슬희가 끼어들었다.

"미안해, 창현아. 얘가 정신이 좀 왔다 갔다 해."

"야, 이쁜! 너, 진짜 너무한다! 내가 남자 꼬시는데 옆에서 어깃장 놓는 건 반칙이지!"

"그러니까 그 남자 꼬시는 거, 관두라고. 이 남자, 내 남자니까."

슬희의 내 남자라는 선포에, 창현은 지금껏 느꼈던 질투심이 깨끗이 사라졌다.

그리고 질투심이 가라앉은 데에는 연우의 행동도 한몫했다.

연우는 어디를 봐도, 슬희에게 이성으로서의 관심이 전혀 없는 것처럼 보였다.

연우가 창현의 앞에 놓인 술잔에 술을 따라 주었다.

"그럼 민 대표님. 우리 만난 것도 인연인데, 짠이나 한번 할까요?"

연우는 사교성이 좋은 사람이었다.

슬희와 친구니까 자신과도 친구라며 자연스럽게 말을 놓았고, 창현은 연우의 거리낌 없는 태도가 그다지 불편하지 않았다.

"우리 친구 중에 주희라고 있거든. 다음엔 주희도 같이 만나서 놀자."

"오늘은 왜 안 나온 거야?"

"유부녀라서 여러모로 바빠."

"그렇군."

"우리 슬희도 더 나이 들기 전에 결혼해야 하는데."

연우가 슬희를 돌아봤다.

춉스테이크를 야무지게 먹던 슬희가 고개를 번쩍 들었다.

"야, 그런 말 하지 마."

"왜? 이 민주주의 국가에서 내가 하고 싶은 말도 하면 안 되는 거야?"

"지금까지 네가 하고 싶은 말, 멋대로 떠들어 댔잖아! 그러니까 그냥 하나쯤은 내 말 좀 들어."

"아, 뭐가 문제인데? 내가! 친구가 친구의 결혼 걱정하는 건 문제가 아니라 미담이라고, 미담! 안 그러냐, 창현아?"

하지만 결혼 문제에 대해서는 창현도 할 말이 없기에, 미소를 지어 주는 수밖에 없었다.

그러자 연우가 한 팔로 자신의 눈을 가렸다.

"아, 그렇게 웃지 마. 자연 미남의 사랑스러운 미소는 내 가슴을 두근거리게 만든단 말이야. 친구의 연인은 뺏고 싶지 않아."

"방금 전까지 뺏을 생각 가득이었으면서, 뭔 소리람."

슬희가 한숨을 내쉬었다.

창현은 순간 연우의 성적 취향이 궁금해졌지만, 그런 걸 묻는 건 실례라는 생각에 질문을 삼켰다.

'이 친구는 남자를 좋아하나 보군.'

창현은 그렇게 결론을 내렸다.

그렇다면 걱정해야 할 건 슬희가 아니라 이쪽이다.

몸가짐을 조심해야겠다. 이 친구 앞에서는.

'친구라……'

자신이 한 생각에 문득 웃음이 나왔다.

친구라니.

그동안 친구 같은 걸 만들 생각은 한 번도 해 보지 못했다.

그저 하루, 하루를 살아가는 것만으로도 힘이 부쳤다.

다가오는 사람들은 전부 적이거나, 꿍꿍이가 있는 것처럼 보였다.

내게서 얻어 내고 싶은 것이 있는 사람들.

내가 아닌 두드림이라는 배경에 바라는 게 있는 사람들.

하지만 연우는 그렇게 보이지 않았다.

성형외과 의사라면 두드림 소속 연예인들의 성형에 대해 넌지시 질문을 할 법도 한데, 그런 얘기는 아예 꺼내지도 않았다.

처음에 건네준 명함만 아니었다면, 연우가 성형외과 의사라는 것도 몰랐을 것이다.

그렇게 술자리가 무르익어 갈 때에, 갑자기 연우가 울기 시작했다.

"친구들! 내 친구들! 내가 사랑하는 거 알지? 쓸희 너도, 우리 창현이 너도. 내가 아주 많이 사랑하는 거 알지?"

연우가 갑자기 펑펑 우는 통에 창현은 당황했지만, 슬희는 진절머리난다는 듯 고개를 저었다.

"얘는 또 시작이네."

"항상 이래?"

"응, 술 많이 취하면 이래."

"이런 놈이라 미안해, 친구들! 하지만 내가 너무 기뻐서! 내 친구들이 이렇게 예쁘게 사귀는 모습을 보니까 가슴이 뜨거워져서 눈물이 앞을 가려!"

연우가 끼어들었다.

"그래, 정말 눈물이 앞을 가리겠다. 그만 울고 일어나."

"왜? 싫어. 난 내 싸랑하는 친구들이랑 붙어 있을 거야. 안 떨어질 거라고."

슬희는 아주 능숙하게 연우를 일으켜 세워 데리고 나가면서, 계산까지 했다.

"내가 사려고 했는데."

슬희를 뒤따르며 말했다.

"됐어, 넌 거의 안 마셨잖아. 택시나 좀 잡아 줘. 얘 태워서 보내게."

"혼자 보내도 돼? 많이 취한 것 같은데."

"이상하게 자기 집은 잘 찾아가더라고."

창현이 겨우 잡은 택시에 연우를 태웠다.

슬희가 택시 기사에게 주소를 불러 주었고, 그렇게 연우를 태운 택시가 떠나갔다.

"미안해. 갑자기 불러내서. 많이 곤란했지?"

"아냐. 재미있었어. 네 친구도 한번 만나 보고 싶었고."

창현이 멀어지는 택시를 응시하며 대답했다.

슬희는 그런 창현을 빤히 올려다봤다.

그거 알아, 창현아? 저 애는 네가 없는 곳에서 널 욕하는 애들에게 유일하게 화를 내준 애였어.

널 만난 적도 없으면서, 너를 위해 나서 준 친구였어.

언젠가 시간이 지나면, 아주 많이 지나면 이런 이야기들을 창현에게 전해 줄 날이 올까?

그랬으면 좋겠지만, 그런 날이 오진 않을 거란 예감이 들었다.

슬희는 창현의 팔에 팔짱을 끼었다.

"우리도 가자."

"응."

"집으로 갈까? 아니면 좀 걸을래?"

"걷자."

"근처에 공원 있어. 밤에 좀 어둡긴 한데 조용해서 좋더라."

"그래, 그럼 거기에 가자."

"우리 이러고 있으니까 진짜 연애하는 것 같다."

"우리, 진짜로 연애하는 거 맞아."

"응, 그렇지."

공원은 어둡지만 사람이 아주 없는 건 아니었다.

늦은 시간, 밖에서 데이트하기에 딱 좋은 날씨라 그런지, 벤치마다 꼭 달라붙어 앉은 커플이 눈에 들어왔다.

공원 가득한 나뭇잎을 스친 선선한 바람이 불어왔다.

슬희와 창현도 빈 벤치를 찾아서 나란히 앉았다.

그렇게 앉은 채, 창현의 어깨에 머리를 기댔다.

여러 가지 이야기를 했다.

하나도 중요한 이야기가 아닌데도, 굉장히 중요한 것처럼 대화를 나눴다.

시간이 흘러갔고, 너무 늦었다는 생각도 들었지만 헤어지기 아쉬웠다.

며칠을 함께 보냈는데도, 헤어짐은 늘 아쉽다.

그래서 결혼을 하나 보다.

사랑하는 사람과 24시간 붙어 있고 싶어서.

"들어가기 싫어."

"응, 나도."

"그래도 이제 들어가야겠지?"

"그래야지. 부모님이 걱정하시겠다. 너희 부모님……."

"응?"

"아냐, 아무것도."

"왜? 무슨 말인데?"

"아니, 부모님은 건강하신가 해서."

"건강하시지. 건강 그 자체야."

"그래, 다행이네. 그럼 슬슬 가자."

창현이 먼저 일어났다.

슬희는 창현을 향해 두 팔을 쭉 뻗었고, 창현은 웃으며 슬희의 팔을 잡아당겨 일으켜 주었다.

집으로 돌아가는 길에도 슬희는 창현의 팔짱을 끼었다.

조금이라도 더 그의 체온을 느낄 수 있도록 꼭 달라붙었다.

집 앞에 도착해 창현과 작별 인사를 했지만, 그래도 아쉬워서 가만히 서 있었더니 창현이 슬희의 이마에 살짝 입을 맞췄다.

"내일 보자."

"응, 조심해서 가. 도착하면 연락하고."

"그래. 쉬고 있어."

슬희가 빌라 안으로 사라진 후, 창현은 안도의 한숨을 내쉬었다.

하마터면 하지 말아야 할 말을 할 뻔했다.

'너희 부모님은 널 많이 아끼시잖아.'

저런 부모도 있구나, 신기할 정도로.

그리하여 생전 처음 부러움이란 감정이 가슴을 가득 채웠을 정도로.

늦은 시간이었다.

아이들이 돌아다니기에는 너무 늦은 시간. 성인이 돌아다녀도 늦다고 할 만한 시간.

그런 시간에, 해성은 항상 밖에 나와 있었다.

아무도 없는 그 집에 있어 봐야, 서글픈 기분만 들었기 때문이었다.

슬희는 해성이 집에 돌아갔다가 밤에 다시 나온다는 걸 몰랐다.

해성 역시 말해 줄 생각 없었다.

슬희처럼 예쁜 아이는 늦은 시간에 돌아다니면 큰일 나니까.

'오늘은 어디 가지?'

혼자서 시간을 때우는 일은 익숙하지만, 때때로 뭘 하며 시간을 보내야 할지 전혀 알 수 없는 날이 있었다.

그런 날에는 어째서인지 공기가 유독 차갑게 느껴졌다.

그건 아마도 자신의 가슴속이 시려서일 거라고, 해성은 생각했다.

어린 나이임에도 그런 생각을 할 수 있을 정도로, 해성은 고독한 시간을 보내왔다.

서늘한 공기 속에서, 차라리 이대로 얼어붙어 세상에서 사라지고 싶다는 생각을 하며 걷고 있을 때였다.

"어? 윤해성! 너, 왜 이 시간에 여기 나와 있어?"

해성은 깜짝 놀라 걸음을 멈췄다.

해성이야말로 목소리의 주인에게 묻고 싶었다.

'이슬희, 넌 왜 이런 시간에 나와 있어?'

하지만 먼저 질문을 하고 대화를 이끌어 가는 건 어색하고 어려웠다.

그래서 멀뚱멀뚱 슬희를 쳐다보고 있었더니, 슬희가 웃으며 다가왔다.

"마침 잘 됐다. 나도 할 일이 없었는데. 우리, 저 앞에 공원에 갈래?"

어두워지면 불량 학생들이 모여서 담배를 피우는 곳이라 위험한 공원이었다.

"거긴 위험해."

"상관없어! 우리 집이 더 위험하니까."

"집이 위험해?"

"응, 위험해. 위험해, 정말."

슬희의 눈에 눈물이 그렁그렁 차올랐다.

"에이씨!"

슬희는 손등으로 눈물을 쓱 닦아 내고 척척 걷기 시작했다.

공원으로 향하는 방향이었다.

"너 있잖아. 그거 알아? 빚쟁이라는 거."

"빚쟁이……."

"돈 갚으라고 찾아오는 사람들이야."

"아아."

"우리 아빠가 보증을 서 줬대. 보증이 뭔지 알아?"

"아니."

"나도 잘은 몰라. 그냥 아빠 친구가 어디서 돈을 빌리는데, 아빠 도장이 필요했대. 만약 아빠 친구가 돈 못 갚으면 우리 아빠가 갚을 거란 약속인데, 아빠 친구는 꼭 갚겠다고 했거든. 일 년 내에 갚을 거라고 했는데, 연락 두절인가 봐. 그래서 그 돈을 빌려준 사람들이 우리 집으로 찾아와."

"……."

"밤이고 낮이고 찾아와서 문 두드리고, 소리 지르고 그래서 곧 그 집에서도 쫓겨나게 생겼어. 지금도 잠깐 슈퍼 갔다가 들어가려는 데, 집 앞에 그 사람들이 있더라고. 그래서 도망쳤어."

해성은 슬희에게 무슨 말을 해 줘야 좋을지 알 수 없었다.

하지만 슬희가 느끼는 기분은 어느 정도 공감할 수 있었다.

해성의 집도 그랬다.

해성의 아버지 때문에 죽은 피해지의 가족들이 찾아와, 문을 두드리고 욕하고 침을 뱉었다.

늦은 밤, 쾅쾅쾅 두드리는 소리의 두려움을, 해성도 알고 있었다.

그 소리를 계속 겪으니, 세상에서 사라지고 싶다는 간절한 소망이 생긴다는 것도.

"사라지면 안 돼."

어째서 그 말이 불쑥 튀어나왔는지 모르겠다.

슬희가 놀란 듯 창현을 돌아봤다.

곧 슬희의 동그란 눈이 반달 모양으로 접혔다.

'예쁘다.'라고 생각하는데, 슬희가 말했다.

"너, 내가 사라지고 싶은 건 어떻게 알았어? 마술사 같다, 야."

풋사랑을 하는 어린 소년의 심장은, 첫사랑의 미소에 두근, 두근, 두근 빠르게 뛰었다.

이 소리가 슬희에게까지 전해질까 부끄럽기도 하고, 긴장되기도 했다.

하지만 슬희는 심장박동 소리를 듣지 못한 듯, 다시 걸었다.

"사라지고 싶어. 그냥 콱 죽어 버리면 그런 무서운 일 안 겪어도 되잖아."

"그런 말 하지 마. 죽으면 안 돼."

"응, 안 되겠지."

슬희가 어린아이답지 않게 깊은 한숨을 내뱉었다.

그렇게 걷다 보니 어느새 공원이었다.

해성은 여차하면 슬희를 지켜야 한다는 생각이 주먹을 꼭 쥐고 경계하며, 슬희를 따라 걸었다.

"우리 저기에 앉자."

슬희가 벤치를 가리켰다.

해성은 슬희가 하자는 대로 슬희의 옆에 앉았다.

"가만 보면 너도 말을 참 잘 듣는 것 같아. 네가 이런 애라는 걸 다른 애들도 알아주면 좋겠는데."

다른 애들 따위는 아무래도 좋다고, 해성은 생각했다.

너만 나를 제대로 봐 주면 돼. 난 너만 있으면 돼.

슬희는 언제나처럼 자기 혼자 떠들어 댔다.

피아니스트라는 꿈에 대해 말하기도 했고, 얼마 전에 읽은 책에 대해 이야기하기도 했다.

슬희와 함께 있을 때면, 해성은 현실에서 벗어나 슬희의 세계로 들어간 기분이 들었다.

그 순간만큼은 해성을 둘러싼 모든 문제가 사라진 것 같았다.

그래서 시간이 가는 줄도 모르고 있었다.

"슬희야!"

여자의 비명 같은 외침을 들은 후에야, 해성은 슬희의 세계에서 벗어날 수 있었다.

"슬희야! 얼마나 찾은 줄 알아?"

슬희의 엄마였다.

그녀는 울고 있었다.

아마도 딸을 잃었다고 생각하고 여기저기 찾아다녔던 것 같다.

"엄마."

자신의 엄마가 울자, 슬희도 당황해서 일어났다.

슬희 엄마가 달려와 슬희를 부둥켜안았다. 그 뒤를 따라 슬희 아빠도 달려왔다.

"슬희야, 내가 진짜…… 얼마나 찾았는지 알아? 응? 누가 데려간 줄 알고…… 사고라도 난 줄 알고……."

"아냐, 엄마. 난 그냥 좀…… 산책을 하고 있었어."

슬희도 울먹거렸다.

모녀의 뒤에 서 있던 슬희 아빠의 시선이 해성에게로 향했다.

해성은 몸을 움츠렸다.

어른들은 해성을 좋아하지 않았다.

아이의 부모는 자신의 아이가 해성과 가까워지지 않기를 바랐다.

다른 사람들이 뭐라 하든, 슬희의 부모님에게서는 미움을 받고 싶지 않았다.

미움을 받으면 슬희를 잃게 될 테니까.

두 번 다시는 슬희의 세계에 들어갈 수 없게 될 테니까.

'하지만 화내시겠지. 어쩌면 때릴지도 몰라. 이런 시간까지 슬희를 붙잡고 있었으니까.'

어른들에게 기분 나쁜 녀석이라고 맞은 적도 몇 번 있었다.

그런데 이상하게도, 그럴 때마다 사과를 하는 건 해성 엄마 쪽이었다.

"네가 해성이구나?"

슬희 아빠의 목소리는 의외로 다정했다.

"네, 죄송합니다."

"뭐가? 사과는 내가 해야지. 우리 딸이 널 붙잡고 있었지?"

"아뇨……."

"우리 딸이 고집이 좀 세서. 미안하다. 위험한 곳인데 이런 시간까지 딸이랑 같이 있게 했구나."

어째서일까.

슬희 아빠가 때린 것도, 욕한 것도 아닌데 왈칵 눈물이 날 뻔했다.

"어서 돌아가자. 집까지 데려다줄게."

'좋은 분들이셨지. 슬희를 많이 아끼는 게 눈에 보였어.'

집이 어렵고, 빚쟁이가 찾아와도 슬희가 그토록 곱게 자란 데는 이유가 있었다.

그런 분들이 부모니까, 그런 분들이 가르쳤으니까, 그토록 밝고 근사하게 자란 것이리라.

'그러니까 더 안 되는 거야.'

창현을 혐오스러운 눈으로 보지 않은 어른들은, 슬희 부모님이 유일했다.

그래서 창현은 그들이 슬퍼할 일을 만들고 싶지 않았다.

'슬희는 나보다 더 좋은 남자랑 결혼해야 돼.'

*   *   *

태윤은 어젯밤에 한숨도 자지 못했다.

우현이 돌아간 후, 두근거리는 심장은 제 속도를 되찾지 못했다.

계속 긴장 상태에 빠져, 제대로 생각을 할 수가 없었다.

회사에 가고 싶지 않다.

창현을 보고 싶지 않다.

우현이 눈치를 챌 정도라면 창현 역시 눈치를 챘을 것이다.

'역시 창현이한테 미리 연락을 했어야 했어. 모르는 척하는 게 아니었는데.'

최영빈 기사가 뜬 후, 어떻게 행동해야 좋을지 몰라 숨죽이고 있었다.

평소에 자신이 어떤 식으로 행동했었는지 파악이 안 됐기 때문이다.

태윤은 뒤에서 모략을 꾸미는 게 처음이라 크게 동요할 수밖에 없었다.

'하지만 오늘 회사에 안 가면 창현이가 더 이상하게 생각하겠지?'

태윤은 욕실 거울로 자신의 얼굴을 비춰 봤다.

기분 탓일까?

얼굴이 유독 수척해 보였다.

'이러면 안 돼. 평소와 똑같이 행동해야 돼. 어제는 아팠다고 하자. 너무 아파서 계속 잤다고.'

태윤은 서둘러 준비를 했다.

샤워를 하고 화장을 하는, 평소에 하던 일상적인 행동을 했더니 마음이 조금씩 가라앉았다.

어제의 일이 전부 꿈처럼 느껴졌다.

아무 일도 없었다.

우현이 찾아온 적도 없고, 최영빈의 기사가 뜬 적도 없고, 애리를 만난 적도 없고, 이슬희가 우리 인생에 끼어든 적도 없다.

오늘은 언제나와 같은 창현의 곁에 자신이 있는 평범한 일상 중 하나일 뿐이다.

그뿐이다.

회사에 도착해 비서실에 들어간 태윤은, 크게 심호흡을 하고 대표실의 문을 두드렸다.

응답이 없었다.

조심스레 문을 열었다.

아직 창현은 출근하지 않은 모양이다.

태윤은 빈 대표실을 가만히 둘러보았다.

불과 얼마 전까지만 해도, 이 공간은 내 것이었다.

아무 거리낌 없이 드나들 수 있었다.

그리고 이 공간의 주인 역시 내 것이었다.

나만이 그에게 편하게 말을 걸 수 있고, 나만이 그의 개인적인 시간을 공유할 수 있었다.

그것이 일상이었는데, 마치 그랬던 시절이 존재조차 하지 않았던 것처럼 바뀌어 버렸다.

이슬희가 나타나면서.

이슬희가 싫다.

그녀가 등장한 순간부터 끊임없이 드는 생각을 멈출 수가 없었다.

태윤이 대표실에서 나올 때, 창현이 비서실로 들어오고 있었다.

마음의 준비 없이 창현과 마주치는 바람에, 태윤은 대표실의 문고리를 잡은 채 굳어 버렸다.

창현이 태윤을 냉랭하게 응시했다.

"정 비서가 왜 거기서 나오는 거지?"

"대…… 대표님 출근하셨는지 확인했어요."

"급하게 처리할 문제라도 있나?"

"아뇨, 그냥……."

"없다고? 아, 정 비서는 아직 최영빈 사건을 모르는 건가?"

"아……."

태윤은 손바닥이 땀에 젖는 걸 느꼈다.

태윤의 속을 꿰뚫어 보려는 듯, 창현은 태윤을 향해 예리한 시선을 보내고 있었다.

"제가 어제 많이 아파서……."

태윤은 출근 전에 준비한 변명을 늘어놓았다.

"아, 그래?"

"네, 미처 확인을 못 했어요. 오늘 아침에 확인하고 놀라서 대표님이랑 의논을 해야 할 것 같아서, 출근하셨는지 확인해 보려고 한 거예요."

"방금 전엔 급하게 처리할 문제가 없었다면서?"

창현이 집요하게 파고들었다.

역시 창현은 눈치챘다.

어쩌면 우현보다 더 많이 아는지도 모르겠다.

그의 냉랭한 시선을 견디기가 힘들었다.

태윤은 울음을 터뜨릴 것만 같았지만 간신히 참았다.

"이 사태에 대해 나한테 따로 할 말은 없나?"

창현이 물었다.

따로 할 말.

해 버릴까?

이제라도 얘기할까?

내가 질투 때문에 잠깐 미쳤던 것 같다고, 앞으로는 이런 일 없을 거라고, 용서를 빌고 솔직하게 말하면 창현도 저렇게 냉랭한 시선을 거둬 주지 않을까?

태윤은 창현의 시선을 피해 고개를 살짝 아래로 숙이고 대답했다.

"없습니다."

창현의 대답은 한참 동안 들려오지 않았다.

창현은 여전히 태윤을 쏘아보고 있었고, 태윤은 그와 눈을 맞추고 있는 것도 아님에도, 그의 시선을 견딜 수가 없었다.

이제 정말 도망치고 싶다는 생각이 들 때쯤, 창현이 말했다.

"그래? 그럼 됐어."

*   *   *

큰 회의실이 가득 채워졌다.

드라마 사업본부의 직원 전부가 최영빈 사태에 대한 회의를 하기 위해 모였기 때문이었다.

직원들의 표정은 어두웠고, 그중에서도 우현의 표정이 유독 어둡다는 걸 슬희는 눈치챘다.

'안 좋은 일이라도 있나?'

그저 회사 일 때문이라고 치부하기에는, 너무 심각한 표정이었다.

우현에게 회사 일은 유흥과 같은 것이고, 소속 배우 한 명이 일진설에 휘말리든, 드라마가 엎어지든 크게 신경 쓸 일은 아닐 터였다.

'왜 저렇게 표정이 안 좋지? 다른 사람들이야 그럴 만도 하지만.'

"주말에 최영빈 사건 터진 거, 다들 알죠?"

드라마 사업본부 본부장이 회의실 앞쪽에서 서서 입을 열었다.

"네, 알아요."

"아, 진짜 심장 떨어지는 줄 알았어요."

"최영빈 그렇게 안 봤는데."

"아니, 최영빈. 진짜 반듯한 이미지지 않아요?"

"집안 어려워서 열심히 살았다고 들었는데."

"대체 이게 무슨 일이래요? 진짜로 최영빈이 일진이었던 거예요?"

"그거, 사진도 떴잖아. 최영빈이 애 패는 거."

"근데 그게 최영빈이 맞긴 맞아요? 사진이 흐릿해서 얼굴은 잘 안 보이던데."

직원들이 제각각 떠들었다.

슬희는 펑펑 울면서 자신의 결백을 주장하던 영빈의 얼굴이 떠올라 마음이 무거웠다.

"자! 아직 확인해야 할 문제들이 많으니까 함부로 말하지 말고. 곧 대표님 오시면 이 사태에 대해 의견 주실 테니, 각자 생각들 좀 정리하고 있어요."

본부장이 말했다.

"네에."

직원들은 대답하고 나서도 자기들끼리 작은 목소리로 최영빈 일진설에 대해 소곤거렸다.

곧 회의실 문이 열리고 창현이 들어왔다.

그의 곁에 언제나 있던 정태윤 비서의 모습은 보이지 않았다.

"다들 힘들게 준비를 하셨는데, 이번 사태 때문에 마음고생이 많으실 겁니다."

창현은 그렇게 말문을 열었다.

이런 심각한 상황에서도, 정장을 잘 차려입은 창현의 모습이 참으로 근사하다고, 슬희는 생각했다.

"아직 기사가 진짜라고 확인이 된 건 아닙니다. 기사 제공자가 최영빈 지인이라고 하는데, 아시다시피 사이가 안 좋거나 질투를 느낀 지인들이 거짓 정보를 인터넷에 올리는 경우가 비일비재합니다. 이 건에 대해서는 따로 조사를 할 예정이니, 외부에서 질문이 들어오면 잘 모른다 정도로만 말씀 주시면 좋겠습니다."

"네."

"알겠습니다."

"그리고 드라마는. 최영빈 일진설이 사실이 아니라 해도 이미지 타격이 커서 이대로 진행하기는 어려울 겁니다."

여기저기서 한탄 소리가 들려왔다.

"드라마 촬영팀이랑 의견을 나눈 결과, 남자 주연 배우 교체를 하기로 했습니다."

"드라마, 이미 촬영 들어가지 않았었나요?"

누군가가 물었다.

"아직 초반이라 조금 무리를 해야겠지만, 교체는 가능하다고 하더군요. 그리고 방송국과 얘기해서 편성일을 늦췄습니다. 한 달가량의 여유를 받았으니, 배우를 교체해도 준비 기간은 충분할 거라고 봅니다."

"배우 교체한다고 드라마 이슈가 될까요?"

"됩니다."

창현이 단호하게 말했다.

"최영빈에게는 안된 일이지만, 일차적으로 최영빈 일진설 때문에 현재 촬영 중이었던 드라마에 대한 언급이 많아졌습니다. 이미 이슈가 되고 있죠. 거기에 새로 교체하는 주연 배우가 이슈 몰이에 충분한 배우라면, 단번에 드라마 인지도가 상승할 겁니다."

"요새 최영빈 넘는 배우 찾기 힘들 텐데요."

누군가의 말에 창현이 씩 웃었다.

"이미 섭외해 뒀습니다."

* * *

회의가 끝난 후, 슬희는 지수, 재현과 함께 휴게실로 향했다.

"오늘은 내가 쏠게."라고 말하며, 지수가 자판기에서 믹스 커피를 뽑아 주었다.

셋은 종이컵을 손에 들고 휴게실 벤치에 나란히 앉았다.

"최영빈, 진짜 실망이지 않아요? 촬영장에서 오만하게 군다는 소문은 있었어도, 일진 같은 짓을 할 줄은 몰랐는데. 왕따라니. 진짜 최악이잖아요."

재현이 말했다.

"그런데 그거 정말일까? 본부장님도 일진설은 아직 확인된 게 없어서 조사해 봐야 한다고 했잖아."

"뻔하지, 뭐. 아니 땐 굴뚝에 연기 나겠어?"

"연기 나."

그렇게 대답한 건 지수였다.

"요새는 아니 땐 굴뚝에도 연기 나. 요새 그런 사건들 많잖아. 인터넷에 글 하나 올리고 선동을 하면, 속사정 알아볼 생각도 하지 않고 비난을 해 대지. 저번엔 어떤 손님이 가게에 대해 안 좋은 글을 올리고 비판해서, 그 가게가 망하기 직전까지 간 적도 있었잖아. 나중에 가게에서 CCTV 제공하고 아니라고 변명했는데, 이미 이미지가 엉망이 된 후였지."

그 사건이 기억났다.

한 손님이 가게에서 부당한 대우를 받았다며 올린 글이 이슈가 됐고, 기사로도 떴다.

사람들은 불매 운동을 했고, 가게 홈페이지는 마비가 되었다.

며칠 후, 가게 주인이 CCTV를 올리고 목격자인 다른 손님도 가게를 옹호해 주었지만, 그 일에 대한 기사는 나오지 않았다.

"그 가게, 결국 접었대. 그런 식이야. 지금 최영빈 일진설 크게 떠들고 있지만, 나중에 아니었다는 증거를 보여 줘도 대중은 믿지 않을걸. 욕하는 사람은 계속 욕할 거야. 최영빈은 절대 예전의 이미지를 되찾지 못할 거야."

지수의 말에 슬희는 등골이 오싹해졌다.

'유명한 사람들은 다들 그런 두려움을 품고 살아가겠구나.'

"요새 사람들. 너무 예민해졌어. 말 한마디 잘못한 걸 가지고 죽자고 달려들지. 자기들은 얼마나 깨끗하고, 얼마나 고고하게 살아왔다고."

지수가 한숨을 내쉬었다.

"최영빈, 안됐네요."

슬희의 말에 지수가 고개를 끄덕였다.

"안됐지. 그 바보는 성공한 다음에 더 고개를 숙였어야 했는데, 너무 어린 나이에 유명해지는 바람에 기고만장한 구석이 있었어. 스태프들 사이에서도 평이 별로 좋지 않아서, 이번 일 해결하기 힘들 거야. 대표님도 고생이시지."

"그러게요. 대표님도 고생이죠. 그렇지, 슬희야?"

재현이 지수의 말에 동의하며 슬희를 돌아봤다.

"응? 아, 응. 그러시겠지?"

"흐응."

순간 재현의 눈이 가늘어졌다.

"왜? 왜 그런 눈으로 봐?"

슬희가 몸을 뒤로 뺐다.

"아니, 대표님이 얼마나 고생인지는 누구보다도 네가 더 잘 알 것 같아서."

"아냐. 난 아는 거 없어. 하하하하."

자신이 생각하기에도 웃음소리가 너무 어색했다.

재현과 지수도 같은 생각을 한 듯, 어이없다는 표정으로 슬희를 쳐다봤다.

"뭐, 그런 건 됐고."

지수가 난감한 표정으로 커피도 제대로 못 마시는 슬희를 구해 줬다.

"일이나 하러 들어가자. 지금까지 준비한 거 싹 다 엎고 다시 시작해야 하니, 할 일 많아지겠어."

＊　　＊　　＊

일을 하고 있는데 복도가 시끄러웠다.

웅성거리는 소리, 꺅꺅거리는 소리.

슬희는 무슨 일인가 싶어 고개를 들었다.

옆자리의 지수는 알만 하다는 표정으로 사무실 문을 보고 있었다.

"자기도 나가 볼래?"

"네?"

"밖에, 재미있는 구경거리가 왔을 거야."

지수가 먼저 일어났다.

그걸 신호로 다른 직원들도 하나둘씩 일어나기 시작했다.

밖의 소동에 호기심이 생긴 모양이다.

지수와 함께 복도로 나온 슬희는, 그 소동의 이유를 넘치도록 이해할 수밖에 없었다.

"우와! 웬일이야! 이게 웬일이에요?"

연예인에게 큰 관심이 없는 슬희조차도 감탄사를 연발할 수밖에 없는 인물이, 사람들에게 둘러싸여 있었다.

조승훈.

그가 누구인가.

5살 때 아역 배우로 데뷔한 후, 꾸준한 연기 활동을 거쳐 대한민국 1등 배우의 타이틀을 갖게 된 남자.

할리우드에 진출해 크게 성공했고, CF를 찍었다 하면 매출을 2배

이상 늘리는 남자.

2년 전 갑자기 "당분간 연기 활동을 중단하려고 합니다."라는 말을 남기고 사라진 남자.

그럼에도 많은 사람이 기다리고, 그리워하는 남자.

그런 대배우가 실제로 눈앞에 있었다.

승훈을 실제로 보는 날이 올 줄은 꿈에도 몰랐다.

"우와, 살다 보니 이런 날이 다 오네요."

슬희는 눈을 휘둥그레 뜨고, 모여든 사람들에게 미소로 응답하는 승훈을 정신없이 쳐다봤다.

그러다가 고개를 돌린 승훈과 눈이 마주쳤다.

'우와, 지금 나 조승훈이랑 눈 마주친 거야?'

승훈이 빙그레 미소를 지었다.

'우와, 지금 조승훈이 나한테 웃어 준 거야?'

영광의 날이다.

내 인생 최고의 기념일로 삼아야겠다.

조승훈과 눈빛 교환, 미소 목격 기념일.

그때, 더 놀랄 일이 벌어졌다.

승훈이 슬희 쪽으로 걸어오기 시작한 것이다.

슬희의 앞에서 멈춘 승훈이 빙그레 웃으며 말했다.

"사인해 줄까요?"

"아…… 네! 네! 해 주세요!"

슬희는 깜짝 놀라 큰 목소리로 대답했다.

그 모습이 재미있는지 승훈의 눈이 더 가늘어졌다.

승훈이 상의 주머니에서 펜을 꺼냈다.

승훈은 팬들에게 언제 어디서고 사인을 해 주기 위해 펜을 가지고 다닌다는 말이 있었는데, 그게 사실이었나 보다.

"어디에 해 줄까요?"

"어……."

슬희는 멍한 표정으로 승훈을 얼굴을 응시했다.

내 눈앞에 조승훈이 있다니!

내가 조승훈이랑 대화를 나누고 있다니!

우와. 여기서 일하길 정말 잘했어! 최고야! 내 인생 최고의 경험이야!

창현이 알면 서운했을 법한 생각을 하며, 슬희는 손바닥을 펼쳐 내밀었다.

"여기요. 여기에 해 주세요."

"그래요."

승훈이 웃으며 슬희의 손바닥을 살짝 쥐었다.

'나 지금 조승훈이랑 손잡고 있어! 말도 안 돼! 이건 꿈일 거야! 우와!'

슬희는 심장이 두근두근 뛰는 걸 감출 수가 없었다.

손바닥에 사락사락 조승훈의 사인이 새겨졌다.

'난 평생 손 안 씻을 거야!'

슬희는 다짐했다.

"그런데 여기가 대표실 있는 층이 아닌가?"

"아, 대표실은 한 층 위예요."

"그렇군요. 고마워요."

"네!"

승훈이 엘리베이터를 향해 돌아섰다.

승훈이 사인해 주는 걸 본 사람들이 너도나도 사인을 해 달라고 하는 통에, 승훈이 엘리베이터에 도착하기까지는 아주 오랜 시간이 걸렸다.

"슬희 씨, 좋겠네."

지수가 슬희를 어린 동생을 보는 듯한 미소를 지으며 말했다.

"네, 완전요!"

슬희는 사인을 받은 왼손이 국보라도 되는 듯 치켜들었다.

"전 이 손을 평생 씻지 않을 거예요."

"대표님 질투하실라."

"여, 여기서 대표님 얘기가 왜 나와요?"

"글쎄. 왜 나올까?"

지수가 의미심장하게 웃었다.

슬희도 지수를 보며 하하하, 어색하게 웃어 준 후 말을 돌렸다.

"아, 혹시요. 이번에 최영빈이랑 교체한다는 배우가 저분이에요?"

"응. 우리 소속이잖아."

"그건 그런데…… 우와, 상상도 못 했어요. 몇 년 전에 배우 활동 중단한다고 했었잖아요. CF에서도 못 봐서 아쉬웠었는데."

"아예 은퇴를 한 건 아니었으니까. 그러고 보면 우리 대표님도 참 실력이 있어. 영화사고 뭐고, 다들 찾아가서 달래고 어르고 해도 출연을 반려했다던데. 거기다 귀찮다고 몰래 이사까지 했다더라."

"그런데 이번에 드라마 출연하면, 확실히 이슈가 되겠네요. 아니, 이슈 정도가 아니라 들썩거리겠는데요?"

"그러니까. 최영빈일 때보다 성공 확률이 몇 배는 높아진 거지. 출연료가 좀 걱정이긴 하지만. 그래도 조승훈은 해외에서도 통하니, 드라마 수출 수입도 기대할 수 있을 거야."

"대박이네요, 진짜."

슬희는 자신의 손바닥에 남겨진 승훈의 사인을 응시하다가, 사인 아래에 작은 글씨로 쓰여 있는 글자를 발견했다.

[우리 또 만나요.]

역시 오늘은 최고의 날이다.

창현은 빈 비서실에 앉아 있었다.

태윤에게는 '어제 아프다고 했으니, 오늘은 일찍 퇴근해라.'라고 말해, 집으로 보냈다.

태윤은 당황한 듯 창현을 쳐다봤고, 할 말이 많은 듯했지만 순순히 창현의 말을 따랐다.

그나마 다행이었다.

그 상황에서 태윤이 반박하고 거부했더라면, 그녀에게 느끼는 감정을 참기 어려웠을 것 같다.

승훈이 드라마에 합류한다는 걸 태윤이나 애리가 알게 되는 상황을 최대한 늦추고 싶었다.

노크도 없이 문이 열리고 승훈이 들어왔다.

"이야, 우리 민 대표님. 얼굴 뵙기 힘드신 분을 이렇게 다 보게 되네."

"얼굴 뵙기 힘든 건 형님이죠."

창현이 소파에서 일어났다.

승훈이 저벅저벅 다가와 창현을 끌어안았다.

언제 봐도 스킨십이 자연스러운 사람이다.

창현을 놔준 승훈이 맞은편 소파에 가서 편한 자세로 앉았다.

"그래서? 이유가 뭔데?"

승훈이 물었다.

어젯밤 승훈에게 연락을 넣어, 이번 드라마 주연을 맡아 달라고 부탁했다.

승훈은 당연히 거절했고, 창현은 회사로 찾아오면 출연해 줘야만 하는 이유를 설명해 주겠다고 한 터였다.

별일 아니면 승훈이 드라마에 나서 줄 리 없었다.

'어디까지 말을 해야 하나.'

아직 승훈이 제안을 받아들인 건 아니었다.

여기까지 와 준 것만으로도 큰 성과였지만, 지금은 그 이상의 성과를 내야만 했다.

"최영빈 사건, 아십니까?"

"어. 안 그래도 기사 봤어. 실망스럽더군."

"그거, 진실이 아닐 수도 있습니다."

승훈이 미간을 좁혔다.

"유언비어야?"

"그럴 가능성이 큽니다."

창현은 호텔에서 영빈과 나눈 대화를 전달했다. 그때 영빈이 얼마나 억울해 보였는지도.

이야기가 끝나자, 승훈의 눈에서 눈물이 흘러내렸다.

승훈은 보는 사람 가슴도 미어질 정도로 서러운 눈물을 흘리고 있었다.

간간이 새어 나오는 끅끅거리는 소리 때문에 더 안타깝게 느껴졌다.

승훈의 갑작스러운 눈물에, 창현은 당혹감을 감추지 못했다.

"형님?"

"이것 봐."

승훈이 테이블에 있던 티슈를 뽑아 눈물을 닦아 냈다.

언제 울었냐는 듯, 승훈은 평소의 미미한 미소를 띠고 있었다.

"알 만한 사람이 왜 이래? 난 배우야. 이 정도는 해. 최영빈도 배우야. 그 정도는 해. 얼마든지 서럽게, 억울하게 울 수 있어."

승훈의 말이 옳았다.

"아니 땐 굴뚝에 연기 날 수 있어. 하지만 최영빈, 그 녀석. 촬영장에서 행동하는 거 본 적 있어? 스태프들 사이에서 싸가지 없기로 유명하던데."

"어린 나이에 성공하는 바람에, 목에 힘이 잔뜩 들어갔죠. 이번 일로 많이 배울 겁니다."

"많이 배우는 정도가 아니라, 연예인 생활이나 할 수 있겠어? 왕따 같은 거, 요새 민감한 주제인데."

"누명을 썼다는 증거를 찾아서 발표해야지요. 우리 소속사 배우니까 어떻게든 보호해 줄 겁니다."

"잘못이 없을 경우에 말이지?"

"네, 잘못이 없을 경우예요."

"자, 그럼 얘기는 이걸로 끝이야. 난 낚시하러 가야 돼."

승훈이 더 들어 볼 것도 없다는 듯 일어났다.

승훈이 갑자기 활동 중단을 하겠다고 발표한 이유는, 바로 여기에 있었다.

갑자기 낚시에 푹 빠진 것이다.

배우 활동을 중단하고, 승훈은 전 세계로 낚시를 하러 돌아다니고 있었다.

창현이 승훈과 연락이 닿은 건, 운 좋게도 승훈이 아주 오랜만에 한국에 들어와 있었기 때문이었다.

이대로 보내면 언제 또 승훈과 연락할 수 있을지 모른다.

"형님. 아무래도 이번 사건엔 민애리가 관계되어 있는 것 같습니다."

어느새 문까지 갔던 승훈이, 민애리라는 말에 움직임을 멈췄다.

"민애리가?"

"네. 얼마 전에⋯⋯."

창현은 두엔 관련해서 민 회장을 만났던 일과 그 후 민애리의 태도가 갑자기 바뀐 것에 대해 설명했다.

"흐음."

승훈이 다시 돌아와서 소파에 다리를 꼬고 앉았다.

"걔는 아직도 그러고 살아?"

"네."

"민명현은? 그 자식은 이 일에 관계없고?"

"거기까지는 잘 모르겠습니다."

승훈과 명현은 같은 고등학교를 나온 동창 사이였다.

고등학교를 다닐 때 무슨 일이 있었는지 모르겠지만, 두 사람은 아는 사람들 사이에서는 소문난 앙숙이었다.

처음부터 앙숙인 건 아니었다.

창현이 승훈을 알게 된 것도, 명현이 연예인 친구라며 집에 데리고 왔기 때문이었다.

그렇게 종종 집에 드나들다가 어느 날부터인가 발길을 뚝 끊었다.

창현이 다시 승훈을 보게 된 건, 두엔을 인수하면서 승훈에게 소속사로 와 주길 바라는 부탁을 하기 위해 찾아갔을 때였다.

"너도 고생이 많다. 어린 녀석이."

승훈이 창현을 응시하며 말했다.

승훈은 전부터 창현에게 동정적이었다.

"절 어린 녀석이라고 하는 건, 형님밖에 없을 겁니다."

창현이 피식 웃는 모습에, 승훈이 놀란 듯 눈을 크게 떴다.

"네가 웃는 건 처음 보는 것 같다?"

"전 잘 웃는데요."

"아니. 넌 세상에서 제일 안 웃는 남자잖아. 뭔가 좋은 일이라도 있는 거야?"

"그냥 좀…… 하여간 형님, 부탁드립니다. 이번 드라마는 반드시 성공시키고 싶어요."

"글쎄다. 난 아직 낚시를 끝내지 못했는데."

"이번 드라마만 성공하면 배를 사 드리죠."

"아니, 그런 건 필요 없고."

승훈이 엄지로 턱을 문질렀다.

"아까 여기로 올라오다가 예쁘게 생긴 사원을 한 명 봤거든. 깜짝 놀랄 만큼 예쁘게 생긴 직원이었는데."

그 순간 심장이 덜컥 내려앉은 이유는, 창현에게 있어서 '깜짝 놀랄 만큼 예쁜 사원'은 슬희밖에 없기 때문이었다.

창현은 불안한 기분으로 승훈의 말을 기다렸다.

"그 직원, 드라마 끝날 때까지 매니저로 붙여 줘. 그럼 이 드라마, 보란 듯이 성공시켜 주지."

*　　　*　　　*

승훈은 그 직원의 이름을 모르니, 사무실을 한번 돌아봐야겠다고 했다.

창현의 생각에 그 직원은 아무래도 슬희일 것 같았다.

자신이 알기론 슬희는 세상에서 제일 예쁘기 때문이다.

'하지만 보는 눈은 다 다를 거야. 승훈이 형 눈에는 다른 여자가 예뻐 보일 수도 있어. 하지만…… 아무리 보는 눈이 달라도 슬희는 진짜 세상에서 제일 예쁜데.'

남들이 들으면 팔불출 바보라고 할 법한 생각을 하며, 창현은 승훈을 데리고 2층으로 내려갔다.

　"아니, 그 여직원 11층에서 봤다니까?"

　승훈이 말했다.

　11층이라니.

　드라마 사업본부가 있는 층이다.

　망했다.

　아무래도 승훈이 말하는 '세상에서 제일 예쁜 여자'는 슬희가 맞는 것 같다.

　승훈은 '세상에서 제일 예쁘다.'고까지 말하진 않았지만, 창현은 기억은 이미 왜곡되어 있었다.

　"종종 2층 직원들이 11층에 올라오기도 합니다."

　창현은 제일 마지막에 11층에 들를 예정이었다.

　어쩌면 다른 층 여직원 중에도 승훈의 눈에 드는 여직원이 있을지도 모른다.

　물론 슬희보다는 안 예쁘겠지만.

　"흐음."

　승훈이 눈을 가늘게 뜨고 미심쩍다는 듯 창현의 뒤통수를 응시했다.

　승훈은 하고 싶은 말이 많은 듯했지만, 피식 웃고는 창현이 하는 대로 따라 주었다.

　2층부터 11층까지 모든 층의 사무실을 다 돌아보는 동안, 승훈은 단 한 번도 '이 사람이다.'라고 말하지 않았다.

11층에 도착한 창현은 심장이 꽉 죄어 오는 느낌을 받았다.

만약 승훈이 슬희를 매니저로 원하는 거라면 어떻게 해야 할까?

물론 슬희의 생각을 먼저 물어봐야 할 필요가 있다.

'하지만 분명 오케이 할 거야. 다른 사람도 아니고 승훈이 형이니까.'

매니저를 한다는 건, 아침부터 밤까지 승훈과 함께 있어야 한다는 걸 뜻했다.

'싫은데.'

그건…… 드라마고, 두엔이고, 최영빈이고 다 포기하고 싶을 정도로 싫었다.

이제 11층에 있는 사무실도 다 돌아보고 드라마 사업본부 사무실에 들어갈 차례가 되었다.

창현은 긴장하고 사무실 문을 열었다.

슬희를 발견한 승훈은, 창현이 말릴 새도 없이 슬희의 자리로 저벅저벅 걸어갔다.

갑작스러운 승훈의 등장에, 부서 사람들은 환호할 생각도 못 하고 멍하니 승훈을 보고 있었다.

모두의 시선을 받으며 슬희의 옆에 멈춘 승훈이, 다른 직원들과 비슷한 표정으로 자신을 보는 슬희를 향해 달콤한 미소를 지으며 말했다.

"내 매니저 해 주면 안 잡아먹지."

순간 사무실 안이 고요해졌다.

모두 이게 무슨 일인가 싶어 입을 벌리고 놀라운 광경을 구경하고 있었다.

그건 슬희 역시 마찬가지였다.

'대배우님께서 나한테 뭐라고 말씀하시는 거지?'

그때였다.

"형!"

침묵을 깨고, 우현이 벌떡 일어나 외쳤다.

우현은 다른 사람들의 시선을 무시하고 저벅저벅 걸어와 승훈의 팔을 거칠게 움켜쥐었다.

그 모습에, 창현은 속으로 박수를 쳤다.

잘한다, 내 동생.

그때만큼은 우현을 '내 동생'이라고 생각할 정도로, 창현의 눈엔 우현이 구원자로 보였다.

"나랑 얘기 좀 해!"

우현이 승훈의 팔을 잡고 사무실 밖으로 끌어냈다.

창현도 속으로 우현을 응원하며 두 사람의 뒤를 따라 나갔다.

복도로 나가자마자 우현은 승훈을 벽에 밀어붙였다.

"형! 뭐 하는 거야, 지금?"

"뭐가?"

"왜 갑자기 슬희 누나한테 매니저를 해 달래? 슬희 누나는 그런 거 해 본 적 없어."

우현의 열띤 태도에 승훈이 흐응, 하며 웃었다.

"우리 우현이는 언제 이렇게 자랐을꼬."

"할아버지 같은 소리 하지 말고!"

"창현아, 이것 봐. 얘가 나 때리려고 하는데?"

승훈이 장난기 가득한 눈으로 창현을 돌아보며 도움을 청했다.

"그러게요."

"안 말릴 거야?"

"저는 항상 우현이가 해야 할 일과 하지 말아야 할 일을 잘 정하는 녀석이라고 생각해 왔습니다. 신뢰할 만한 녀석이죠."

창현의 말이 끝나기 무섭게 승훈의 미소가 더 깊어졌다.

"형. 슬희 누나는 형이 아니어도 여러 가지로 복잡한 사람이야. 슬희 누나 건드리지 마."

우현이 경고했다.

이 대배우에게 경고를 할 사람은 아마도 우현밖에 없을 것이다.

승훈은 어지간한 권력이 있는 사람도 감히 건드리지 못할 만한 힘이 있었다.

승훈의 팬 중에는, 내로라하는 집안의 여자들이 상당히 많았다.

자신의 우상을 지키려는 여자들의 힘은, 어떻게 해 볼 수 없을 정도로 강했다.

그래서 민애리도 승훈을 건드리지는 못한다.

창현이 영빈을 대신할 배우로 승훈을 선택한 데는, 그런 이유도 컸다.

"그 여성분 이름이 슬희인가 보지? 그런데 내가 왜 슬희 씨를 건드릴 거라고 생각하는 거야? 알잖아. 매니저한테 대우 좋은 거. 내 매니저는 힘들 일 없어. 일 잘하면 인센티브도 챙겨 줄 거고."

"그런 문제가 아냐. 형은…… 형은……."

"음?"

"형, 안 돼. 알지?"

우현이 창현을 돌아봤다.

우현의 눈이 진지하게 빛나고 있었다.

창현은 그 말에 대답할 수가 없었다.

지금 승훈은 두엔에 꼭 필요한 존재였다.

곤란한 낯빛으로 쉽게 대답하지 못하는 창현을 보다 못한 승훈
이 끼어들었다.

"오랜만에 봐서 반가운데, 우현아. 난 지금 창현이랑 단둘이 할
이야기가 있어."

"우리 형한테 쓸데없는 소리 하지 마."

"뭐야, 민우현. 그렇게 말하면 서운한데? 난 네 형 아냐?"

"형이 왜 내 형이야? 형은 민 씨도 아니잖아."

"아, 조 씨인 게 이렇게 서글플 날이 올 줄이야."

승훈이 이마를 짚고 한탄했다.

"장난치지 말고. 진짜로 우리 형한테 쓸데없는 소리 하지 말고.
형도 곤란한 소리 들으면 나한테 말해 줘야 돼. 알겠지?"

우현이 창현과 눈을 맞추고 말했다.

창현은 어째서인지, 그 어느 때보다도 우현의 '우리 형'이라는 말
이 가슴 깊이 와닿았다.

"그래, 알겠어."

"왜 저 형이 유명한지 모르겠네."

우현은 투덜거리면서 사무실 안으로 들어갔다.

승훈이 우현의 뒷모습을 보며 웃었다.

"정말 귀여운 동생이야. 안 그래?"

"그러게요. 귀엽네요, 오늘따라."

"복 받았어, 민창현."

복 받았다.

그런 말은 종종 들었다.

부모에게 버림받았는데, 두드림의 사람이 되었다.

민 회장의 아들이 되었다.

민창현은 복 받았다.

창현은 단 한 번도 자신이 복 받았다고 생각해 본 적이 없었지만, 사람들은 그렇게 떠들어 댔다.

하지만 오늘 처음으로 '복 받았구나.'라는 생각이 들었다.

아마 이런 생각을 할 수 있는 건 슬희 덕분이리라.

슬희를 다시 만나게 되면서, 주위로 눈을 돌릴 여유가 생겼다.

날 향한 사람들의 감정을 다시 한 번 되짚어 보게 되었다.

내가 살인자의 자식이라는 건 변함없지만, 좋은 사람들이 곁에 있다는 걸 깨달았다.

그조차도 내가 살인자의 자식이라는 걸 알게 되면, 어떻게 변할지 모르겠지만.

"그래서 형님. 하실 말씀이 뭡니까?"

"내가 하실 말씀은."

승훈이 진지한 표정으로 돌아갔다.

"은둔해 있어도, 아니, 은둔해 있다 보니까 더 많은 소식이 들려와. 종종 나한테 연락을 하시는 부인들께서, 새로운 소식들을 아주 많이 알려 주시지."

"……."

"어느 집안에서 싸움이 났다더라, 어느 집안 방탕아가 진짜로 사랑에 빠졌다더라, 그리고 어느 집안 입양아가 사랑을 한다더라."

창현의 주먹에 힘이 들어갔다.

창현은 긴장한 채 승훈을 응시했다.

"내가 아는 건, 민애리도 알게 되겠지. 그쪽 사람들 입 가벼운 건 알아주잖아."

"그렇죠."

"민애리는 멍청해. 멍청한 만큼 몸을 사리지 않고, 멍청하기에 해야 할 짓과 하지 말아야 할 짓을 구분하지도 못하지. 가끔은 그렇게 머리 나쁜 사람들이 더 상대하기 어려워. 뒤를 돌아보지 않고 달려들거든."

옳은 말이었다.

창현도 그 부분을 걱정하고 있었다.

"민명현은. 글쎄. 지금은 조용히 있지. 두엔 자체가 두드림 입장에선 큰 사업이 아니니까. 하지만 연예계 쪽 사업도 이제는 무시할 수가 없어졌어. 두엔이 여기서 더 성장한다면 어떨까? 민명현이 가만히 있을까? 그 욕심 많은 놈이 맛깔나는 사업을 순순히 너에게 넘겨줄까?"

"그러진 않겠죠. 큰 싸움은 예상하고 있습니다."

"그 싸움이 벌어질 때, 네 연인은 어떤 위치에 놓일까."

"······."

"네게 소중한 건, 곧 너의 약점이 돼. 이슬희 씨는 너희 집안싸움에 관심 없는 나까지도 알게 된 존재야. 이슬희 씨의 입장이 난처해지는 날이 올 거야."

"알고 계셨군요. 이슬희의 존재에 대해서. 이름도, 어느 사무실에 있는지도."

"응. 나한테 보여 주지 않으려고 하는 너의 노력이 너무 귀여워서, 중간에 말해 줄 수가 없었어."

"형님은 참······ 예전이나 지금이나 짓궂으십니다."

"네가 곤란해하는 모습을 보는 건, 어릴 때나 지금이나 즐겁거든. 내 유흥이지."

"제 노력을 유흥으로 치부하지 좀 마세요."

승훈이 웃으며 창현의 머리를 쓰다듬었다.

승훈은 어릴 때에도 창현의 머리를 이렇게 쓰다듬곤 했다.

명현보다도 승훈이 더 형처럼 느껴질 때가 있었다.

"내 매니저로 있는 한, 민애리도 민명현도 이슬희 씨를 못 건드릴 거야. 내 뒤에 있는 마나님들의 기가 얼마나 센지는, 멍청한 민애리도 알고 있을 테니까."

"그건 그렇죠."

그제야 승훈의 의도를 알게 되었다.

그저 이 잘난 남자 곁에 슬희를 둬야 하는 질투심만 뺀다면, 승훈의 제안은 더없이 좋은 제안이었다.

"슬희는 제 인생에서 가장 소중한 존재입니다. 그저 사랑하는 사람 정도가 아니에요, 형님."

"그래. 이슬희 씨한테는 손 안 댈게."

"손대는 문제가 아니라…… 나중에 가서 형님이 슬희를 제 약점으로 잡고 흔들려고 하면, 그땐 저도 가만히 있지 않을 겁니다."

창현의 경고에 승훈이 씁쓸하게 웃었다.

"넌 여전히 날 안 믿는구나."

"죄송해요, 형님."

창현이 솔직하게 사과했다.

"저는 아무도 믿지 못하겠어요. 아시잖아요."

6장. 꿈이야, 생시야.

승훈이 슬희에게 매니저를 해 달라고 부탁했다.

우현이 버럭 화를 내며 승훈을 끌고 나갔다가 투덜거리며 다시 사무실로 돌아왔다.

그 후 사무실 안은 야단법석이었다.

"어떻게 된 거예요, 슬희 씨? 설마 조승훈이랑 친분이 있었던 거예요?"

"아, 너무 좋겠다!"

"나한테 조승훈 매니저 시켜 주면, 월급 안 받고 불철주야로 일할 수 있을 텐데."

"어떻게 해야 조승훈에게 매니저 해 달라는 부탁을 받을 수 있는 거죠? 역시 슬희 씨처럼 예뻐야 하나?"

이름도 잘 모르는 직원들까지 슬희 옆으로 몰려와, 아까의 그 대단한 사건에 대해 떠들어 댔다.

하지만 정작 본인인 슬희는 그 일에 대해 함께 떠들어 댈 수가 없었다.

승훈의 프러포즈(적어도 슬희에겐 그렇게 느껴졌다.)를 받은 후, 두근두근 울렁이는 심장이 제 속도를 되찾지 못했기 때문이다.

승훈에게 매니저 제안을 받다니.

'그래, 이건 꿈일 거야. 힘들게 사는 나를 위해 신께서 꾸게 해 주신 꿈. 이런 게 현실일 리 없어.'

슬희는 생각했다.

'그럼 정말 기분 좋은 꿈이다. 깨지 않았으면 좋겠네.'

창현이 알았더라면, 질투 때문에 잠도 못 잤을 생각을 하고 있는데 창현에게서 내선 전화가 들어왔다.

[슬희야. 잠깐 대표실로 올라와. 할 얘기가 있어.]

＊　　＊　　＊

대표실로 들어오는 슬희는 창현 맞은편 소파에 앉으면서도 헤실헤실 웃고 있었는데, 그것 때문에 그는 몹시 심기가 불편했다.

저 미소가 자기 때문이 아닌 승훈 때문이라는 걸 눈치챘기 때문이었다.

"비서실에 비서님 없던데, 퇴근한 거야?"

"응. 너, 기분이 진짜 좋아 보인다."

"당연하지! 조승훈 님의 용안을 직접 영접했잖아. 이게 꿈인지, 생시인지. 역시 꿈이겠지? 그래, 이건 꿈일 거야. 현실은 아니겠지. 나한테 이런 운 좋은 일이 생길 리 없어."

창현은 꿈꾸는 듯한 표정을 짓고 있는 슬희를 못마땅하게 응시했다.

"너, 그거 애인 앞에서 할 말은 아니지 않아?"

"에이, 뭐야. 민창현 씨."

슬희가 웃으며 자리에서 일어나 창현에게로 다가갔다.

슬희는 창현의 옆에 아닌 창현의 허벅지에 앉았고, 그게 창현의 질투를 조금은 가라앉혔다.

슬희는 창현의 볼을 쓰다듬으며 말했다.

"세상에서 제일 잘생긴 내 남자 친구께서 질투를 하는 거야?"

정말 이 여자는 자신의 마음을 들었다 놨다 한다.

"하지, 당연히. 내 여자가 다른 남자 때문에 이렇게 신나서 웃는데."

"우와. 그건 되게 기분 좋은 말이네. 내 남자가 이렇게나 질투를 해 주다니."

"그런데 손에 이건 뭐야?"

창현이 슬희의 손바닥에서 승훈의 사인을 발견하고, 손목을 잡았다.

"조승훈 님 사인이야. 난 평생 왼손을 씻지…… 으아, 뭐 하는 거야?"

말을 끝내기도 전에, 창현이 테이블 위에서 물티슈를 뽑아 슬희의 손바닥을 닦고 있었다.

"안 돼! 이건 가문의 영광이라고! 우리 집 가보로 삼을 생각이었단 말이야!"

슬희의 절규를, 창현은 깨끗이 무시했다.

"안 돼! 적어도 가족들이랑 친구들한테 자랑할 때까지는 남겨 줘! 적어도 사진은! 으아! 이게 뭐야, 다 지워졌잖아! 왜 조승훈 님은 수성 펜을 가지고 다니시는 거야? 으아."

슬희와는 반대로 창현은 수성 펜을 가지고 다니는 승훈에게 내심 감사했다.

"창현이 넌, 우리 집 가보를 빼앗았어."

슬희가 창현을 원망했다.

볼을 부풀리고 입술을 내민 슬희가 귀여워서 견딜 수가 없었다.

창현은 슬희의 양쪽 볼을 감싸고 그녀의 입에 쪽 소리가 나게 입을 맞췄다.

"내 입술로는 부족해?"

"응. 부족해."

"헉!"

"좀 더 진하게 해 줘."

"명 받들겠습니다."

창현은 웃으며 슬희의 허리를 끌어안고, 좀 더 길게 키스를 나누었다.

잠시 후, 슬희는 미소를 지으며 맞은편 자리로 돌아가서 앉았다.

"그런데 왜 부른 거야?"

"할 얘기가 있는데."

이 상황에서 '조승훈의 매니저가 되어 줘.'라고 말하면, 슬희는 두 팔을 벌려 환영할 것이 뻔했다.

슬희가 다른 남자의 매니저를 하며 기뻐하는 모습을 보고 싶지 않았지만, 어쩔 수 없는 상황이었다.

승훈의 말대로, 슬희는 창현의 약점이었다.

헤어지자고 하는 것도 하나의 방법이 될지도 모른다.

그들이 널 내 약점으로 여길 거야.

여차하면 그들이 널 건드릴지도 몰라.

그들은 무슨 짓이든 할 수 있어.

네게도, 네 가족들에게도.

승훈이 돌아가고 나서, 창현은 이 부분에 대해 오랫동안 고민했다.

'아니. 인제 와서 헤어진다고 해도 눈속임일 뿐이라는 걸 알겠지. 게다가 지금까지 내가 사귀었던 여자가 슬희밖에 없으니…… 헤어져도 위험한 상황인 건 마찬가지야.'

거기까지 생각이 미쳐, 창현은 슬희와 헤어진다는 선택지는 지웠다.

"이번 드라마가 끝날 때까지, 조승훈 매니저로 활동……."

"우와! 진짜야? 아까 그거 진짜였던 거야? 나, 조승훈 매니저 되는 거야?"

창현이 말을 끝내기도 전에, 슬희가 환호했다.

창현은 착잡한 기분으로 슬희를 노려봤다.

"이슬희. 너, 이러기야?"

"아, 미안. 미안. 막 그렇게 기쁜 건 아냐. 그닥 안 기쁘고말고."

슬희는 차분한 표정을 지으려 했지만, 그녀의 입술은 기쁨으로 실룩거렸다.

그 모습에, 창현은 괜히 웃음이 나왔다.

질투고 뭐고, 슬희가 저렇게 기뻐하는 모습을 볼 수 있으면 됐다.

그리고 연예인의 매니저 생활은, 슬희에게도 즐거운 경험이 될 것이다.

"승훈이 형은 은근히 까다로운 구석이 있어. 기분 맞춰 주려면 고생해야 할 거야."

창현의 말에 슬희의 눈이 번쩍 뜨였다.

"승훈이 형? 두 사람, 형 동생 하는 사이야?"

달려들 듯 묻는 슬희의 모습에 창현이 피식 웃었다.

"넌 정말 승훈이 형 일이라면 눈이 반짝반짝하다?"

"아니, 그냥. 유명한 사람이니까. 궁금해서 그러지."

"질투나."

"에이, 질투하지 마. 내가 널 얼마나 좋아하는지 몰라서 그래?"

슬희는 가볍게 한 말이겠지만, 창현에게는 '좋아한다.'라는 그 말의 의미가 무척이나 크게 다가왔다.

지나가듯 속삭인 말에도 심장이 두근, 두근, 풋사랑을 하는 어린 아이처럼 뛰었다.

"우리 집 장남의 친구야. 아니, 친구였어. 예전엔."

"장남이라면……."

"민명현이라고."

"아, 두드림 전자 대표 아냐? 사진으로 본 적 있어."

"응, 그 사람이야. 첫째 형 친구라서 집에 자주 놀러 왔었지. 놀러 올 때마다 날 괴롭혔어."

"괴롭혔다고?"

순간 슬희의 표정이 어두워졌다.

"아니, 그런 의미가 아니라."

창현은 승훈과 자신의 관계에 대해 뭐라 표현하는 게 좋을지 고민했다.

승훈은 창현을 괴롭혔다.

하지만 그 괴롭힘은 명현이나 애리, 그리고 어릴 적 동네 사람들의 괴롭힘과는 달랐다.

창현을 놀릴 때 승훈의 눈빛에는 경멸도, 짜증도, 두려움도 없었다.

"애정 어린 괴롭힘이라고 해야 하나?"

"애정 어린 괴롭힘이 어디 있어? 그 사람이 널 상처 주거나 한 거 아냐? 마음 상한 적은 없어? 마음 아픈데도 좋게 표현하려고 하는 거지? 넌 착하니까!"

내가 착하다고?

슬희의 그 평가가 어디서부터 비롯된 건지 알 수 없었다.

얘는 정말 나한테 콩깍지가 씐 걸까?

내 어느 부분을 보고 착하다고 하는 걸까?

그런 모습을 보인 적은 없는 것 같은데.

묻고 싶은 것은 많지만, 슬희의 콧등을 가볍게 누르며 말했다.

"너도 지금 날 괴롭히잖아."

"내가 언제?"

"승훈이 형 얘기만 나오면 눈이 반짝반짝하는 거. 날 괴롭히는
거 아냐?"

"에이, 아니라니까. 난 너에 대한 애정이 기본으로 깔려 있잖아."

"응, 그런 거였어. 그 형도, 그거랑 비슷했어."

어린 시절부터 승훈은 창현을 귀여운 동생이라고 생각하는 듯했
다.

— 어이쿠. 우리 잘생긴 왕자님. 왜 여기에 혼자 있어? 무리에서
떨어져 나온 늑대 코스프레 하는 거야? 그럼 나도 같이할까?

항상 방에 혼자 있던 창현에게, 승훈은 늘 유쾌하게 말을 걸며 다
가왔다.

누군가가 옆에 있는 게 불편하지만, 싫지는 않았다.

그래서 승훈이 발길을 끊었을 때는 조금 아쉽기도 했었다.

"좋은 사람이야. 적어도 TV에서 보이는 모습과 실제 모습이 다르
지는 않지."

"네가 다른 사람을 좋은 사람이라고 말하는 건 처음 보는 것 같
아."

"아, 내 평가가 그렇게 박했나?"

"아니, 그렇다기보단."

슬희가 미소를 지었다.

창현은 슬희가 왜 이렇게 애틋한 미소를 짓는지 알 수 없었다.

슬희는 창현의 볼을 쓰다듬었고, 창현은 그 느낌이 좋았기에 아무것도 묻지 않고 그녀의 손길을 느끼기로 했다.

"다행이다. 네 곁에 좋은 사람이 있었구나."

＊　　＊　　＊

[꺄악! 진짜? 정말? 그 조승훈? 내가 아는 그 조승훈 맞지?]

퇴근길.

주희에게 전화를 걸어 조승훈의 매니저가 되었다고 알렸을 때, 주희는 예상한 반응을 보였다.

[웬일이니, 웬일이니. 야, 아줌마 가슴 벌렁거린다. 진짜야? 진짜 그 조승훈이야?]

"응. 조승훈이 내 손바닥에 사인도 해 줬다?"

[헐! 대박! 야, 손 씻으면 안 되겠다. 그거 가보로 삼아야지.]

주희도 자신과 같은 생각을 한다는 게 재미있었다.

슬희는 아하하 웃으며 말했다.

"그런데 내 남친님께서 물티슈로 싹싹 지워 버린 거 있지."

[어이구. 질투쟁이네. 그래도 네가 남친이랑 잘 지내는 것 같아서 좋다. 두 사람, 잘 지내고 있는 거 맞지?]

"응."

[아무튼, 그래서? 조승훈 매니저는 언제부터 해?]

"일단 매니저 교육 좀 받고, 다음 주부터는 하게 될 것 같아."

[아, 진짜 좋겠네. 가문의 영광이다, 정말. 나 같으면 월급 안 받고도 할 수 있겠어.]

"아니, 난 그 정도는 아냐. 눈은 눈대로 호강하고, 돈은 돈 대로 챙길 거야."

[응, 너라면 그럴 줄 알았어.]

그리 재미있는 이야기가 아닌데도, 둘은 깔깔거리며 웃었다.

그 순간만큼은 주위의 상황은 아무래도 좋을 정도로, 슬희는 즐거웠다.

계속 그렇게 즐거운 기분으로 집에 들어가, 가족들에게 이 영광스러운 소식을 전할 수 있으면 좋았을 텐데.

집 앞에 서 있는 사람을 보는 순간, 그럴 수 없다는 걸 깨달았다.

"아, 주희야. 전화 끊어야겠다."

[응, 그래. 나중에 또 연락 줘. 자세하게, 상세하게 얘기 좀 듣자.]

"응, 그래."

슬희는 목소리의 떨림을 들키지 않도록 최선을 다했다.

전화를 끊은 후, 슬희는 집 앞에 서 있는 남자를 응시하며 입을 열었다.

"여긴 어쩐 일이야?"

민석이었다.

*　　*　　*

한민석.

그런 이름이었다. 나의 옛 연인은.

슬희가 대학교 1학년 때, 민석은 복학생으로 슬희보다 3살이 많았다.

　— 군대를 일찍 다녀오긴 했는데, 이런 모임에 나 같은 노친네
가 끼어도 되는 건가?

신입생 환영회에 온 민석은 쑥스러운 듯 웃으며 후배들에게 인사했다.

그 쑥스러운 듯한 미소가 보기 좋다고, 슬희는 생각했었다.

그다음에는 딱히 마주칠 일이 없었는데, 대학교 2학년 때는 같은 수업이 몇 개 있었다.

종종 마주쳤고, 종종 같이 밥을 먹었다.

　— 슬희야. 우리 사귈까?

어느 날, 학교 교정에서 고백을 받았을 때 딱히 놀랍지 않았다.

주위에서는 이미 두 사람을 커플이라고 여길 만큼, 둘 사이에는 긴밀한 감정의 교류가 흐르고 있었다.

그 시기에 슬희는 아직 어렸다.

결혼이라든가, 연애 관계에 있어서 돈의 중요성 따위를 생각할 나이는 아니었다.

그냥 좋으니까, 이 사람과 함께 있으면 즐거우니까.

그런 이유로 연애를 할 나이었다.

그래서 받아들였고, 잘 사귀었다.

행복한 시간이었다고, 슬희는 생각했다.

슬희의 밝은 성격과 민석의 어른스러움 덕분에 둘 사이에서는 큰 다툼이 없었다.

여자 문제도 없었고, 술이나 귀가에 대한 문제도 없었다.

모두가 부러워할 정도로 달달한, 잉꼬 커플이었다.

— 너랑 민석이 오빠를 보면 연애하고 싶어진다니까.

대학 동기들은 그렇게 말했고, 그럴 때마다 슬희는 우쭐해졌다.

1년이 가고, 2년이 가고, 둘 다 졸업해서 사회인이 되었을 때에도 둘의 관계는 변함이 없었다.

언제나 한결같이 만나고, 식사를 하고, 대화를 하고.

뜨겁지는 않아도 은은한 향기를 풍기는 사랑을 했다.

그러다가 친구 중에 하나, 둘, 조금 이른 나이에 결혼하는 사람들이 생겼다.

그제야 슬희에게도 결혼 문제가 현실로 다가왔다.

결혼을 하려면 모아 둔 돈이 있어야 하는 것, 결혼을 하면 적어도 내가 번 돈은 내가 알아서 사용할 수 있어야 하는 것, 친정이고 시집이고 노후 준비가 어느 정도는 되어 있어야 한다는 것.

그런 이야기들을 전해 들었다.

슬희는 또래 친구들보다 많이 버는 편이었지만, 그 돈을 모을 수는 없었다.

회사에서 일한 지 1년이 넘게 지났는데도, 슬희의 통장 잔고는 20만 원도 채 되지 않았다.

결혼을 생각하게 되었을 때부터, 민석과의 관계에 불안함이 생겼다.

아아. 나는 이 사람이랑 결혼하지는 못하겠구나.

우리 집 문제를 해결하지 않는 한, 나에게 결혼은 무리겠구나.

민석이 프러포즈를 하는 순간, 우리의 관계는 끝나겠구나.

대부분 여자들의 꿈인 프러포즈가, 슬희에게는 두려움의 대상이었다.

그렇게 그날이 다가왔다.

프러포즈를 받았을 때, 기쁨의 눈물 같은 건 흘릴 수 없었다.

슬희는 담담히, 자신의 집안 사정에 대해 설명했다.

설명을 하면서도 속으로는 '혹시.' 하는 기대가 있었다.

그런 작은 희망이 없었다고 하면 거짓말이다.

슬희는 이기적이라 생각했지만 그런 희망을 품었고, 그게 얼마나 헛된 희망이었는지는 얼마 지나지 않아 깨달았다.

슬희의 사정을 다 들은 민석은 굳은 표정이었고, 더 이상 슬희를 향해 웃어 주지 않았다.

— 생각 좀 해 볼게.

시간을 가졌고, 며칠 후 민석은 말했다.

— 미안해, 슬희야. 미안해, 정말로.

참담한 표정으로 말하는 민석에게는 잘못이 없다는 걸, 슬희도
알고 있었다.

포기하는 것이 당연했다.

결혼을 하면 독립적인 가정을 꾸려야 하는데, 슬희의 상황에서
는 그것이 불가능했다.

그렇다고 집안과 연을 끊고 내 삶을 살겠다는 생각은 들지 않았
다.

민석은 아무 잘못도 없다.

지금껏 집안 사정을 미리 말하지 않은 자신이 미안해할 일이다.

그런 생각은, 이별 후 몇 주가 지난 후에 바뀌었다.

너도, 나도 잘못 없는, 어쩔 수 없는 이별.

슬희는 그렇게 생각했다.

대학 때부터 공개적으로 사귄 만큼, 두 사람을 서로 아는 지인들
이 많았다.

그들이 왜 이별했냐고 물어볼 때마다, "그냥, 사정이 좀 있었어.",
"그냥 좀. 일이 있었어."라고 두루뭉술하게 이야기했다.

민석도 그럴 줄 알았다.

우리는 서로 잘 지내왔으니까, 다툼도 없이 잘 사귀었으니까, 증오할 이유 없이 잘 헤어졌으니까.

그렇게 생각한 건 슬희뿐이었나 보다.

민석은 지인들에게 이별의 이유에 대해 너무도 잔인하게 떠들어 댔다.

　—슬희 너, 민석이 오빠한테 빨대 꽂으려고 했다며?

　—이슬희, 민석이 형한테 꽃뱀 짓 했다는 거 정말이야?

　—슬희야, 너 민석이한테 돈 빌려 달라고 했니?

어느 날부터, 지인들은 슬희에게 그런 질문을 하기 시작했다.

슬희는 바보가 아니었다.

지인들의 질문에 다르게 바뀐 이유를, 단번에 파악할 수 있었다.

깨달은 순간, 슬희는 민석을 향한 미련도, 그리움도 접었다.

이제 민석은 슬희에게 아픈 과거 중 하나일 뿐이었다.

다시 떠올리기 싫은 과거, 연관되고 싶지 않은 과거, 우연히라도 마주치기 싫은 과거.

그런 민석이 지금 눈앞에 있다는 걸, 슬희는 믿고 싶지 않았다.

3년 만에 본 민석은 슬희의 기억과는 많이 다른 모습이었다.

'이렇게 생긴 사람이었나?'

콩깍지가 씌어 있을 때에는, 이 남자가 세상에서 제일 멋져 보였다.

하지만 지금 마주한 민석은 어디서나 볼 수 있는 평범한 30대의 남자로 보였다.

"갑자기 네 생각이 나서."

민석이 슬희를 향해 다가오며 말했다.

슬희는 잠시 기억을 더듬은 뒤에야, 여긴 어쩐 일이냐는 질문을 했다는 걸 떠올렸다.

"응, 그거 정말 갑자기네. 3년이 넘게 지났는데. 너무 갑작스럽다."

"그렇지?"

민석이 어색하게 웃었다.

슬희는 마주 웃어 줄 생각이 들지 않아, 무표정하게 민석을 응시했다.

"우리 어디 가서 얘기 좀 할까?"

민석이 물었다.

슬희는 민석의 행동을 이해할 수가 없었다.

무슨 생각으로 이러는 걸까?

"무슨 얘기?"

"그냥. 우리 얘기 좀."

"우리, 라고 표현할 관계. 이제는 아니지 않아?"

슬희의 냉정한 말에 민석의 표정이 굳었다.

민석은 작게 한숨을 내쉬었다.

"너한테 하고 싶은 말들이 많아. 그동안의 얘기도 하고 싶고."

"그래? 내 생각은 다른데."

"슬희야."

"이러지 않았으면 좋겠어. 오빠랑 나, 이제 아무 관계도 아냐."

이별을 해도 친구처럼 지낼 수 있다고 생각했던 시기가 있었다.

아니라는 걸 민석을 통해 알게 되었다.

헤어지면 남보다도 못한 사이가 된다.

슬희는 민석을 무시하고 빌라 입구를 향해 걸어갔다.

"많이 보고 싶었어. 그동안 네 생각도 많이 했고."

슬희는 대답하지 않았다.

"네가 나랑 만나 줄 때까지 찾아올 거야."

자신의 등에 달라붙는 민석의 말에, 기쁘다기보다는 오싹한 기분이 들었다.

슬희는 등도 돌리지 않고 말했다.

"그런 짓을 하기엔, 너무 오랜 시간이 지났다고 생각하는데."

그 후로도 민석은 뭐라 떠들어 댔지만, 슬희는 귀에 담지 않고 그곳을 벗어났다.

집에 아무도 없어서 다행이었다.

슬희는 방에 들어가 핸드백을 던지듯 내려놓고 침대에 엎드렸다.

심장이 쿵, 쿵, 쿵, 불쾌하게 뛰고 있었다.

민석을 다시 보게 되는 날이 올 줄은 몰랐다.

다시 만나게 되면, 이래야지, 저래야지, 이런 모습으로 놀라게 해야지, 그런 망상조차 하지 않았다.

민석이 주위 사람들에게 이별의 이유에 대해 거짓으로 꾸며 낸 순간, 그는 슬희의 세계 밖으로 내던져졌다.

한때는 무척이나 사랑했던 남자가, 이제는 다시 마주쳐 봐야 불쾌한 감정만 이끌어 내는 사람이 되었다.

그래서 더욱더 만나고 싶지 않았다.

사랑이 변해 미움으로, 경멸로, 부담으로 바뀐 현실을 마주하고 싶지 않았다.

'언젠가 창현이와 나도 그럴까? 우리가 헤어지면, 창현이도 날, 나도 창현이를, 그런 식으로 느끼게 될까?'

슬희는 베개에 얼굴을 묻었다.

눈물이 날 것 같지만, 민석 때문에 흘리고 싶지 않았다.

단 한 방울도 낭비하고 싶지 않아서 꾹 참았다.

― 나는 아무것도 필요 없어. 너만 있으면 돼.

민석은 항상 그렇게 말했다.

그렇지 않다는 걸 알면서도, 그렇게 믿고 싶어지는 게 사랑이다.

믿었기에, 더욱더 아팠다.

민석과 이별한 후, 자신이 얼마나 울었는지 알고 있다.

그때의 통증이 생생하게 떠오르진 않지만, 무서울 정도로 슬펐다는 건 기억난다.

이 슬픔이 계속되면 어쩌지?

평생 이렇게 가슴이 뜯길 듯 아프면 어쩌지?

그런 두려움에 숨도 쉴 수가 없었다.

하지만 '시간이 약이다.'라는 말은 진리였다.

시간이 흘렀고, 이제는 괜찮아졌다.

새로운 사랑을 할 수 있을 만큼 괜찮아졌지만.

'흉터는 사라지지 않나 봐.'

끝난 사랑이 남긴 흉터는 여전히 슬희의 심장에 남아 있었다.

'무섭다.'

창현이 떠나는 순간, 또다시 그 아픔을 경험해야 한다는 생각이 불현듯 찾아와 벌써부터 가슴이 아팠다.

'정말 무서워, 창현아.'

* * *

민석의 여파는 이튿날까지 지속되었다.

슬희는 출근을 위해 집에서 나오면서 민석이 있을까 두려워 주위를 두리번거렸지만, 다행히 아무도 없었다.

'괜찮아. 설마 또 찾아오겠어? 내가 그런 식으로 대했으니, 또 찾아올 일 없어. 자존심 센 남자잖아.'

사귈 때는 몰랐지만, 이별하고 나니 민석의 단점들을 새삼스레 깨닫게 되었다.

이별 후에는 상대를 객관적으로 볼 수 있게 되기 때문인 것 같다.

'아무 일 없는 하루가 될 거야. 나는 여전히 잘 지내고 있고, 조승훈 매니저까지 하게 됐잖아.'

출근을 하는 내내 기분을 바꿔 보려고 노력했지만 쉽지 않았다.

머릿속에는 여전히 어제 찾아온 민석으로 가득 차 있었다.

그와의 연애, 이별, 그리고 그 고통.

두 번 다시는 겪고 싶지 않은 그 아픔.

"슬희 씨! 조승훈 매니저 한다면서?"

"아, 진짜 좋겠다!"

사무실에 들어가자마자 사원들의 부러움 담긴 목소리가 슬희를 반겼다.

벌써 소문이 퍼진 모양이다.

"대체 어떻게 된 일이야? 이런 경우 없는데."

"매니저, 괜찮겠어요? 그거 진짜 힘들다던데."

"갑자기 이렇게 업무 바뀌면 슬희 씨도 고생이지 않나?"

"그럼 뭐 어때요? 조승훈 매니저인데!"

"매니저 하려면 이것저것 교육받아야겠네? 다음 주부터 시작이라면서요?"

야단법석이었다.

사원들의 축하를 받는 동안에는 기분이 좀 나아졌지만, 업무를 위해 자신의 책상 앞에 앉자마자 가슴이 무거워졌다.

'싫다, 진짜.'

옛 연인이 갑작스레 다시 찾아오는 건, 조금도 로맨틱하지 않다.

이별 후의 감정을 끌어와 다시 한 번 불쾌하게 만들 뿐이다.

이별 직후에야 사랑이 남아 있어, 슬픔도 고통도 아픔도 전부 로맨틱의 연장으로 느껴진다.

세상에서 가장 슬픈 사랑을 한, 비극적인 여인.

이별을 할 수밖에 없었던, 애절한 사랑의 끝.

하지만 3년이나 지난 후엔, 그때 느꼈던 그 슬픔을 다시 느끼는 게 그저 불쾌할 뿐이다.

'진짜 싫어, 한민석.'

민석에 대한 생각을 지우고 싶었다.

그러려면 방법은 하나뿐이었다.

창현이 보고 싶다.

슬희는 창현에게 메시지를 보냈다.

　　[창현아. 이따 점심 같이 먹을래?]

답장은 조금 시간이 지나서 들어왔다.

　　[미안해, 슬희야. 오늘은 제작사 미팅이 있어서. 점심때 나가 봐야
　　할 것 같아. 저녁 같이 먹자.]

＊　　＊　　＊

'내 착각인가?'

우현은 시선이 자꾸 슬희 쪽으로 돌아가는 걸 멈출 수가 없었다.

승훈의 매니저가 되는 건, 많은 사람이 한 번쯤 해 보고 싶어 하는 일일 게 분명했다.

조승훈.

그가 누구인가?

대한민국을 대표하는 배우.

활동을 하지 않아도 가장 섹시한 남자 1위, 결혼하고 싶은 남자 1위를 놓치지 않는 연예인이 아닌가.

그런 승훈의 매니저를 하게 되었는데도, 슬희의 표정이 좋지 않았다.

사원들의 축하를 받는 내내, 슬희는 미소를 지으려고 노력하는 것처럼 보였다.

'갑자기 업무가 바뀌는 게 부담스러워서 그런가? 아니면…… 승훈이 형을 싫어하나? 아니, 그런 것 같진 않은데.'

어제 승훈의 사인을 받고 기뻐하던 슬희의 모습이 떠올랐다.

슬희는 그야말로 가문의 영광인 것처럼 좋아했다.

창현의 부름에 대표실에 다녀온 후에도 싱글벙글하였다.

'다른 문제가 있는 모양인데.'

신경이 쓰였다.

자신이 신경 쓸 일이 아니라는 걸 알고 있다.

슬희는 창현의 것이다.

그걸 받아들여야 한다.

'정태윤처럼 되고 싶진 않아.'

태윤은 질투 때문에 변했다.

성숙한 태도로 창현의 곁에 머물던 태윤은, 슬희가 등장하면서 완전히 변해 버렸다.

그저 질투뿐이라면 괜찮을 텐데, 하지 말아야 할 짓까지 해 버렸다.

사랑하는 사람을 얻기 위해, 사랑하는 사람을 무너뜨리는 짓을 하려고 한다.

사랑을 포기해야 하는 걸 받아들이지 못하고 발버둥 치는 이의 모습이 얼마나 끔찍한지, 태윤을 통해 보았다.

어떻게든 슬희를 자신의 것으로 만들고 싶다던 생각은, 태윤을 보면서 버렸다.

태윤과 손을 잡고 창현은 태윤에게, 슬희는 자신에게 보내려고 했던 행동이 얼마나 바보 같은 행동인지 깨달았다.

창현은 슬희를 사랑하고, 슬희는 창현을 사랑한다.

그렇다면 그대로 내버려 두는 게 가장 좋다.

가슴이 아파도, 너무나 슬희를 갖고 싶어도, 정말로 슬희를 원한다면 자신은 그저 이 자리에 있는 게 제일 낫다.

'어쩌지?'

슬희의 우울한 기분을 달래 줄 수 있는 건 창현밖에 없었다.

자신이 어찌할 문제가 아니고, 지금 끼어들어 봐야 제 가슴만 아플 뿐이라는 것도 알았다.

하지만 내버려 둘 수가 없다.

사랑이라는 게 그리 쉽게 접히지 않는다.

마침 일어나서 나가는 슬희의 모습에, 우현은 더 이상 고민하지 않고 그녀의 뒤를 따라 나갔다.

"누나."

우현의 부름에 슬희가 걸음을 멈추고 우현을 돌아봤다.

역시 착각이 아니었다.

슬희의 표정이 아주 어두웠다.

"우리, 점심 같이 먹을래요?"

우현이 슬희를 따라가며 물었다.

"점심이요?"

"네. 요새 맛있는 집 하나를 알게 돼서. 순두부 좋아해요?"

"좋아하긴 하는데. 난 그냥 오늘……."

"승훈이 형 문제로 할 얘기도 있고, 해서요."

거짓말이었다.

하지만 이런 말을 꺼내지 않으면 슬희가 점심 제안을 받아들일 것 같지 않았다.

"아, 그래요. 같이 먹어요."

승훈 이야기를 꺼낸 게 정답이었다.

"이제 난 화장실에 갈 건데, 따라올 거예요?"

슬희가 조금 장난스럽게 물었다.

우현은 웃었다.

"아뇨, 그럴 리가요. 시원한 시간 보내고 오세요."

"응원 고마워요."

슬희의 뒷모습을 지켜보다가, 우현도 몸을 돌렸다.

'어떻게 해 볼 생각이 있는 게 아냐, 형.'

사무실로 걸어가며, 우현은 생각했다.

'그냥 걱정이 돼서 그래. 걱정을 하는 것 정도는 괜찮은 거잖아. 슬희 누나 마음이 형한테 가 있어도, 형이 누나를 사랑하고 있어도. 내 사랑이 거짓말인 건 아니니까. 괜찮은 거지?

*　　*　　*

숨이 막힌다.

태윤은 비서실에 앉아 아랫입술을 깨물었다.

예전에는 이곳이 좋았다.

다들 회사가 싫다, 출근이 싫다 하지만, 태윤에게는 가장 즐거운 시간이었다.

회사에 나오면 창현을 볼 수 있으니까. 그를 독점할 수 있으니까.

비서실에 있는 시간은, 태윤의 하루 중 가장 즐거운 시간이었다.

하지만 이젠 이 공간이 숨 막힌다.

예전에는 아무렇지도 않게 들어갈 수 있었던 대표실이었는데, 지금은 그 문이 견고한 철문으로 바뀐 듯 느껴졌다.

덜컥—

그때, 열리지 않을 것 같았던 철문이 열리고 창현이 나왔다.

이런 와중에도 창현은 눈이 시리도록 멋있었다.

감청색 정장이 저토록 잘 어울리는 남자는 창현뿐일 것이다.

"어디 가세요?"

어찌 되었든 태윤은 창현의 비서였다.

창현의 스케줄 관리는 태윤의 일이었다.

"미팅."

이 시간에 미팅이 잡혀 있는 줄은 몰랐다.

태윤은 서둘러 일어났다.

"아니, 정 비서는 그냥 있어. 나 혼자 다녀올 테니."

창현은 태윤 쪽을 보지도 않고 말했다.

태윤은 눈을 크게 뜨고 창현을 응시했다.

"하지만……."

"나는 모르겠어."

창현이 말했다.

"정 비서가 어느 쪽 사람인지 알 수가 없어."

"난 당연히 대표님 쪽 사람이에요."

"그래?"

창현이 천천히 고개를 돌려 태윤과 눈을 맞췄다.

그녀는 그의 예리한 시선을 똑바로 받아 내기가 힘들었다.

태윤은 그러지 않으려 노력했지만 자신의 눈동자가 살짝 흔들리며 창현을 비켜 가는 것을 막을 수가 없었다.

"난 그 말을 믿을 수가 없는데."

차갑게 끊어 내뱉는 그의 말에, 태윤은 가슴이 시렸다.

"그냥 있어. 앞으로 동행할 필요 없으니까."

그 말만 남기고 나가는 창현을 붙잡을 수가 없었다.

태윤은 의자에 털썩 주저앉았다.

눈물이 날 것 같았다.

아니, 실제로 눈물이 흐르고 있었다.

젖은 눈으로, 굳게 닫힌 비서실 문을 노려봤다.

'왜? 내가 너한테 뭘 그렇게 잘못했는데? 널 사랑해. 사랑해서 널 얻고 싶어 하는 게 그렇게 잘못이야?'

가슴이 찢어질 것만 같았다.

*　　*　　*

뚝배기 안에서 보글보글 끓는 빠알간 순두부찌개에 날계란을 하
나 톡 까서 떨어뜨렸다.

노른자는 순식간에 붉은 국물 안으로 사라졌다.

"이거 정말 맛있겠네요."

슬희가 중얼거렸다.

식탁 위에는 갖가지 반찬이 정갈하게 놓여 있었다.

"저번에 친구들이랑 와서 먹었는데, 맛있더라고요. 해물도 잔뜩
들어 있고. 해물 좋아해요?"

"좋아하죠. 회도 좋아하고, 찜도 좋아하고."

"찜 맛있게 하는 집도 아는데. 다음에 같이 가요."

"그래요."

왜일까.

슬희는 우현이 자신의 우울한 기분을 풀어 주기 위해, 일부러 여
기에 데려왔단 생각이 들었다.

'정말 그런 걸까?'

하지만 우현은 그런 내색을 하지 않았다.

그리고 보니, 언젠가부터 우현이 필요 이상으로 접근하지 않게
되었다.

우현은 슬희와 적당한 거리감을 유지하려 했고, 그래서인지 우

현을 향한 슬희의 감정도 달라지고 있었다.

'거기다 이 사람은 창현이를 좋아하지.'

창현을 좋아하는 사람은, 나도 좋다.

"우리 누나는요. 민애리라고 하는데, 알죠? 우리 회사 대표로 사진 떠 있는 사람."

우현이 갑자기 애리의 이야기를 꺼내는 바람에, 슬희는 당황했다.

창현에게 들은 게 있어서, 애리에 대해서는 좋은 감정을 가질 수가 없었다.

창현이야 핏줄이 아니니 그렇다 쳐도, 우현에게 애리는 친누나였다.

뭐라 말해야 좋을지 몰라 가만히 숟가락만 움직이는데, 우현이 계속해서 말을 이었다.

"진짜 못돼먹었어요. 최악이죠. 그리고 멍청한데 욕심도 많죠."

"콜록!"

생각지도 못한 평가에 사레가 들렸다.

"아, 괜찮아요?"

우현이 놀라서 냅킨을 꺼내 슬희에게 내밀었다.

슬희는 냅킨을 받아 입가를 닦았다.

"네, 괜찮아요. 너무 깜짝 놀라서."

"제 표현이 좀 격했나요? 그런데 그렇게밖에 표현할 말을 찾을 수가 없어서."

"하하……."

슬희는 어색하게 웃었다.

남이 자신의 가족을 욕할 땐 어떤 반응을 보여야 하는 걸까?

"아버지가 욕하는 걸 딱 한 번 들어 봤어요. 애리 누나가 우리 집 가정부를 자르네, 마네 소리를 지를 때였는데. 아버지가 옆에서 그러시더라고요."

우현은 목을 가다듬더니, 민 회장의 성대모사를 했다.

"저, 저. 지랄 맞은."

"푸핫!"

슬희는 웃음을 터뜨렸다.

우현도 마주 웃었다.

"머리도 나쁜 게 욕심은 얼마나 많고 질투는 또 얼마나 많은지…… 우리 형이, 아, 그러니까 창현이 형이요. 형이 뭐 하나 갖는 걸 아주 못마땅하게 여겨요."

"첫째 형한테는 안 그래요?"

"네. 누울 자리를 보고 다리를 뻗는다고. 우리 첫째 형은 누나보다 훨씬 더 최악이거든요. 그걸 겉으로 잘 드러내지 않아서 그렇지. 자기보다 어려도 첫째 형 건드리면 난리 난다는 걸, 애리 누나도 알 거예요."

"그렇구나."

"저야, 뭐. 애리 누나 눈에는 빈둥거리는 막내로 보일 테니, 딱히 신경 쓸 만한 존재는 아니겠죠. 하지만 창현이 형은…… 머리가 좋아요. 능력도 좋고. 아버지는 창현이 형의 실력을 인정하고 있어요. 그래서 애리 누나는 창현이 형을 못마땅해하죠."

우현이 한숨을 깊이 내쉬었다.

"매형도 애리 누나 성질은 어떻게 못 해요."

"결혼하셨구나."

"했죠. 애도 있어요. 자기 엄마 성질 닮아서, 어찌나 성격이 드러운지. 차라리 매형을 닮았으면 좋았을 텐데."

우현이 고개를 절레절레 저었다.

신기했다.

자신의 가족을 저런 식으로 표현할 수도 있다는 것이.

가족이란 항상 애틋하고 소중한, 허물이 있어도 모르는 채 넘어가 줄 수 있는 존재라고만 생각해 왔다.

하지만 꼭 그렇지도 않은 모양이다.

"창현이 형은 두엔을 가지려고 해요. 아마 아버지는 창현이 형이 두엔을 잘 성공시키면 창현이 형에게 넘겨주고, 두엔을 두드림에서 아예 독립시켜 줄 생각이실 거예요. 창현이 형이 두드림이라는 이름에 휘둘리지 않도록."

우현의 말에, 슬희는 놀라웠다.

우현은 창현보다 더 깊은 부분을 간파하고 있는 것 같았다.

사실은 이 사람, 머리가 되게 좋은 거 아냐?

"두드림. 민씨 가문. 이걸 짊어지는 한, 창현이 형은 자유롭지 못할 거예요. 창현이 형에게는 날개를 펼 수 있는 좋은 기회죠. 두엔은 반드시 성공해야 해요."

우현의 눈빛은 진실했다.

창현도 우현이 이토록 자신을 생각해 준다는 걸 알고 있을까?

"하지만 애리 누나는 그렇게 두지 않을 거예요. 원래 애리 누나는 할 말이 없었어요. 처음 두엔 사업 시작할 때, 유명한 연예인들 끌어오고, 되지도 않는 기획 진행하느라 돈을 어마어마하게 썼거든요. 그걸 완전히 망쳤으니, 아무리 애리 누나라도 아버지 얼굴 보기 민망했겠죠. 그래서 아버지가 창현이 형이 성공하는 걸 보고 두엔을 넘겨주라고 했을 때 받아들인 거예요. 하지만."

우현이 미간을 좁혔다.

말을 해야 할지 말아야 할지 망설이는 듯 한참 고민을 하던 우현이 다시 입을 열었다.

"애리 누나는 생각을 바꿨어요. 아마도 정태윤 때문에."

갑자기 등장한 태윤의 이름에, 슬희는 놀라서 눈을 크게 떴다.

여기서 왜 태윤의 이름이 나오는 거지?

"비서님은 창현이를 좋아하지 않아요?"

슬희의 질문에 우현이 쓰게 웃었다.

"좋아하죠. 어릴 때 창현이 형 만난 후로, 정말 졸졸 따라다녔어요. 그 덕에 우리 집안 사람들이랑도 많이 친해졌죠. 게다가 정태윤 아버지가 검사예요. 그것도 이쪽 세계의 더러운 일, 궂은일 해결해 주는 검사. 원래 집안끼리 어느 정도 교류는 있었어요. 아, 누나. 좀 먹으면서 들어요."

어느새 슬희는 손을 멈추고 있었다.

이런 이야기를 들으며 밥이 넘어갈 리 없지만, 우현은 저런 이야기를 하면서도 꾸준히 숟가락을 움직이고 있었다.

이건 우현의 인생에서 아주 평범한 이야기 중 하나일 뿐이라는 듯이.

가십이 될 거리도 없다는 듯이.

"나는 정태윤이 좋은 사람이라고 생각했어요. 창현이 형에게 큰 힘이 되어 줄 줄 알았죠. 하지만 이런 식으로 뒤통수를 때릴 줄은 몰랐어요."

"그거, 확실한 거예요?"

"네, 확실해요. 제가 확인을 해 봤거든요. 정태윤은 계속 아니라고 했지만, 글쎄요."

우현의 입가에 싸늘한 미소가 번졌다.

"난 그런 거짓말에 속을 만큼 바보가 아니죠."

우현이 숟가락을 내려놓고 슬희를 똑바로 응시했다.

"내 생각에 정태윤이랑 애리 누나는 손을 잡았어요. 정태윤도, 애리 누나도 멍청하지만 악랄해요. 이런 사람들은 일차원적인 공격을 할 거고, 그 공격은 굉장히 비열하고 지저분할 거예요."

"……."

"창현이 형은요, 누나. 지금껏 어느 누구도 곁에 두지 않았어요. 누나가 처음이에요. 그게 무슨 뜻인지 알아요?"

슬희는 마른침을 삼켰다.

"누나는 창현이 형의 약점이에요."

"……."

"그래서 누나는 승훈이 형 매니저가 된 거예요."

"그게 어떻게 연결이 되는 거죠?"

"승훈이 형은 굉장한 사람이에요. 잘 아시겠지만 대한민국에서 이만한 인지도 가진 사람은 없어요. 그래서 승훈이 형 뒤엔 아주 쟁

쟁한 사람들이 많이 버티고 있죠. 팬심이라는 거, 아시죠?"

"알죠."

"두드림과 어깨를 나란히 하는 집안의 마나님들, 자제분들이 승훈이 형 뒤에 있어요. 애리 누나는 멍청하지만, 승훈이 형을 함부로 건드리면 안 된다는 걸 알겠죠."

"그렇군요."

"누나가 승훈이 형 매니저를 하면서, 승훈이 형과 가까워지면 애리 누나는 일단 누나를 보류해 둘 거예요. 나중엔 어떨지 모르겠지만."

"그걸 조승훈 씨도 아나요?"

슬희가 눈을 크게 뜨며 물었다.

"알 거예요. 그러니까 누나를 매니저로 지목했겠죠."

우현의 말에 슬희가 장난스러운 미소를 지었다.

"아, 저는 제가 유독 매력 있어서 그런 줄 알았는데."

슬희의 농담에 우현이 빙그레 웃었다.

"물론 그런 점도 있겠죠. 그런데요, 누나. 승훈이 형은 누나를 자신과 긴밀한 사이로 보이게 만들려고 할 거예요. 그리고 그 행동은 굉장히⋯⋯."

우현이 살짝 미간을 좁혔다.

"정말 굉장히 매력적일 거예요."

"아⋯⋯."

"TV로 보는 거 이상이에요. 동성도 자기를 좋아하게 만들 수 있는 사람이에요, 승훈이 형은. 우리 첫째 형도 승훈이 형한테 푹 빠져 있었으니까."

"네. 난 연예인한테 관심이 없는데도, 조승훈 씨는 좋아하거든요."

"그 정도까지만 좋아해야 돼요, 누나. 우리 형보다 더 좋아하게 되면 안 돼요."

우현의 진지하고 간절한 청에, 슬희는 그만 웃음을 터뜨리고 말았다.

"뭐예요, 우현 씨. 그게 걱정된 거예요?"

"네, 걱정돼요."

"내가 창현이 버리고 조승훈한테 갈까 봐?"

"당연히 걱정되죠. 우리 형, 멋져요. 진짜 잘생겼죠. 그런데 조승훈은 더해요. 매력도 있고, 여자 다룰 줄도 알아요. 그런 사람이 작정하고 누나한테 잘해 줄 거예요. 남들 눈에 그렇게 보여야 하니까. 내 여자다, 내 사람이다, 절대 건드리지 마라, 그렇게 보여야 하니까."

우현은 정말 걱정하는 듯했다.

"걱정 마요."

슬희는 웃음을 거두고 말했다.

"창현이는 내 이상형 천 가지를 다 채운 유일한 사람이에요. 그 천 가지는, 조승훈 씨도 못 채울걸요."

"과연 그럴까요?"

"그럴 거예요. 천 가지 조건 중엔, 내 심장을 모조리 가져가 버리는 것도 있으니까."

슬희는 미소 띤 얼굴로, 제 형이 차일까 걱정하는 우현을 응시했다.

"조승훈 씨한테 줄 심장은 남아 있질 않아요, 이젠."

                    *   *   *

회사로 돌아가는 내내 부럽다고, 우현은 생각했다.

심장을 모조리 줘 버렸단다.

슬희의 심장은 창현의 것이란다.

그런 말을 들을 수 있는 창현이 몹시도 부러웠다.

하지만 우현은 내색하지 않았다.

이 부러움을 드러내는 순간, 슬희와의 편안한 분위기도 끝일 테니까.

딱 여기서 멈춰야만 한다.

슬희를 마음껏 걱정할 수 있는 이 위치가, 내가 있을 자리다.

'내가 이런 식으로 사람을 좋아하게 되다니.'

우현은 쓴 미소를 삼켰다.

"그나저나 매니저 같은 건 생각해 본 적도 없어서 큰일이에요. 잘해낼 수 있어야 할 텐데."

슬희가 말했다.

"걱정 마세요. 잘할 거예요. 그렇게까지 힘든 일도 없을 거고."

"그럴까요?"

"힘든 게 있다면 배우 스케줄에 따라야 해서, 출퇴근 시간이 들쭉날쭉하다는 거? 가끔 촬영장에서 밤새워야 할 때도 있을 거예요."

"그야, 뭐. 익숙……."

거기까지 말하던 슬희가 갑자기 말을 멈췄다.

걸음도 멈췄다.

우현은 왜 그러나 싶어 슬희를 돌아봤다.

슬희는 어딘가로 시선을 향한 채 얼어붙어 있었다.

'뭐지?'

우현은 슬희의 시선을 따라갔다.

시선의 끝에, 한 남자가 있었다.

회색 정장 바지에, 흰 셔츠를 입은, 어디서나 볼 수 있는 평범한 회사원으로 보이는 남자였다.

그 남자는 두엔 건물 앞에 서 있었는데, 그쪽도 두리번거리다가 슬희를 발견하고는 환한 미소를 지었다.

이젠 인상까지 쓰고 있는 슬희와는 다른 반응이었다.

남자가 슬희를 향해 달려왔다.

"슬희야."

친밀한 어조였다.

하지만 슬희는 그렇지 않은 듯 슬쩍 뒷걸음질을 쳤다.

"누나? 괜찮아요?"

"아니. 아니."

슬희는 자기가 무슨 말을 하는지도 모르는 것 같았다.

그때, 남자가 슬희의 앞에 도착했다.

이제 남자는 슬희가 아닌 우현을 보고 있었다.

살짝 찌푸린 미간에서, 우현을 향한 경계심이 엿보였다.

'이 남자는 누구지?'

"우현 씨. 그만 들어가세요."

슬희가 말했다.

"내가 옆에 없어도 돼요?"

"네, 괜찮아요."

슬희는 이제 정신을 차린 듯, 남자를 똑바로 노려보고 있었다.

남자는 여전히 우현을 향해 불쾌한 눈빛을 보내고 있었는데, 우현은 그게 마음에 들지 않았다.

남자의 얼굴을 똑똑히 기억해 둔 우현은, 슬희를 지나 회사 건물 안으로 향했다.

들어가다가 잠깐 돌아봤을 때, 슬희는 주먹을 꽉 쥐고 있었다.

* * *

슬희는 믿을 수가 없었다.

어째서 여기까지 찾아온 거야? 미쳤어?

회사 앞에서 발견한 민석의 모습에 비명을 지를 뻔했다.

우현이 곁에 있다는 것조차 잠시 잊었다.

마음 같아서는 우현에게 도와 달라고 하고 싶었다.

내 애인인 척해 줘요.

내 소중한 사람인 척해 줘요.

하지만 그렇게 해결할 수 있는 문제가 아니라는 걸 알고 있었다.

나의 과거다.

누구의 도움도 소용없는, 내가 해결해야만 하는 나의 과거.

내 애인이라도 된다는 듯, 찌푸린 눈으로 우현의 뒷모습을 노려보는 민석을 보는 게 싫었다.

한때는 이 가슴을 뛰게 만드는 참 좋은 사람이었는데, 이렇게까지 싫어질 수 있다는 게 신기했다.

"지금 이게 뭐 하는 짓이야?"

슬희의 질문에 민석이 우현에게서 시선을 떼고 슬희를 돌아봤다.

민석은 남의 속도 모르고, 아무 일 없다는 듯 미소를 지었다.

"너랑 얘기 좀 하고 싶어서. 회사도 반차 내고 왔다."

우리 둘 사이에 아무 문제 없었다는 듯, 우리는 예전과 같은 사이라는 듯, 슬희가 착각할 만큼 평범한 어조였다.

그게 소름 끼쳤다.

"대체 내가 다니는 회사는 어떻게 안 거야?"

"여기저기서 들었지. 다들 널 좋아했으니까."

"다들 날 좋아했다고?"

슬희는 코웃음을 쳤다.

"하긴. 좋아했을 때도 있었지. 하지만 이젠 아니잖아."

"이제 아니라니. 아직도 다들 널 좋아하고, 궁금해해."

"왜 날 궁금해해? 남자 등쳐 먹고 꽃뱀 짓 하던 여자가 지금은 어디서 누굴 등쳐 먹나 궁금하대?"

슬희의 말에 민석의 입가에서 웃음기가 사라졌다.

"아니, 그건. 그렇지 않아, 슬희야. 네가 오해하고 있어."

"오해? 무슨 오해? 오빠가 나랑 헤어진 후에, 다른 사람들한테 나에 대해 떠들어 댄 것들. 그런 것들을 내가 오해하는 거야?"

"그래, 오해야. 나는 네가 생각하는, 그런 이야기들을 한 적 없어. 애들이 멋대로 지어낸 것뿐이야. 날 걱정해서."

"난 걱정 안 하고?"

"……."

"나도 그 사람들 친구였고, 나도 그 사람들 지인이었어. 그런데 왜 유독 오빠 걱정만 했을까?"

"그건 내가 교류가 더 많았으니까."

"오빠도 그게 말도 안 되는 소리라는 거 알잖아?"

"슬희야."

민석이 슬희를 향해 손을 뻗었다.

슬희는 소스라치게 놀라 뒷걸음질을 쳤다.

"하지 마. 만지지 마. 싫어."

"슬희야, 진짜 미안해."

민석은 울 듯한 표정이었다.

그 표정을 보자, 마치 그때로 돌아간 기분이 들었다.

— 미안해, 정말로.

민석이 이별을 고하던 그 시간으로.

"나도 어렸어, 그때는. 이것저것 많이 생각한다고 했는데, 그게 정답인 줄 알았어. 아니라는 걸 너무 늦게 깨달았지. 너랑 그렇게 헤어지고 나서 후회 많이 했어. 정말로."

"오빠가 선택한 건 정답이었어. 후회할 거 없어."

"아니, 후회해. 널 정말 사랑했어. 다만 그때는 여기저기서 들려오는 말들 있잖아. 결혼 선배들의 이야기. 그런 것들도 그렇고, 결혼이라는 게 완전히 인생을 달라지게 하는 거니까 두렵기도 하고. 어려서 그랬어, 어려서."

"맞아, 우린 어렸어. 그리고 이별했지. 우리 관계는 그 어렸던 시절에서 끝이야. 더 지속할 생각 없어."

"난 있어."

민석이 다시 슬희에게 손을 뻗어 왔다.

그러나 이번에는 피하는 게 늦어서 손목을 잡히고 말았다.

슬희는 잡힌 부위에서 벌레가 기어 다니는 느낌이 들었다.

예전엔 어떻게 이 손길을 좋아했는지 의아할 정도였다.

"매일매일이 후회의 연속이었어. 너랑 헤어진 걸 후회하지 않은 날이 단 하루도 없어. 너무 그립고 힘들고 슬픈데, 내 생각이 정답인 줄 알아서 참았어. 견뎌 내는 게 네게도, 내게도 좋을 거라고 생각했어."

"아니. 그렇지 않아. 오빠한테만 좋을 거라고 생각했겠지. 거기에 날 포함시키지 마."

"슬희야. 네가 날 미워하는 거 알아."

"아냐, 오빠. 난 오빠가 밉지 않았어. 적어도 다시 찾아오기 전까지는 그냥 어린 시절의 풋풋한 사랑으로 기억되고 있었어. 오빠가 나에 대해 떠들어 댄 것도, 그래, 그냥 그러려니 했어. 그런데 지금은 싫다. 끔찍해."

민석이 쓰게 웃었다.

"너무 그렇게 말하지 마. 우리 좋았잖아."

"좋았지. 하지만 지금은 아니잖아."

"나는 지금도 그래. 널 보니까 좋아. 넌 정말…… 여전히 예쁘다."

"그런 소리 하지 마."

"널 못 만나는 동안 정말 많이 힘들었어. 어떻게 그 3년을 버텼는지 모르겠어. 슬희야."

"이 손 놔줘."

"슬희야, 제발. 나한테 다시 한 번만 기회를 주면 안 될까?"

"이 손 놓으라고!"

"대답할 때까지 안 놔줄 거야."

슬희는 아랫입술을 깨물었다.

민석이 이렇게까지 막무가내일 줄은 몰랐다.

이별 후, 민석은 한 번도 슬희에게 연락을 하지 않았다.

그래서 그런 사람인 줄로만 알았다.

3년이나 지난 지금, 미련을 떨 줄이야.

민석은 간절하다, 후회한다 말하지만, 슬희는 그 말을 하나도 믿지 않았다.

그렇게나 간절하고 후회했다면, 진작 연락을 했어야 했다.

3년이나 지난 지금 나타난 이유는, 이 여자, 저 여자 다 만나 봤더니 더 나을 게 없어서 찾아왔다는 뜻밖에 안 됐다.

그런 걸 알 수 있을 정도로는 성장했다.

"슬희 씨, 여기서 뭐 해? 이 남자 누구야?"

그때, 반가운 목소리가 뒤에서 들려왔다.

지수였다.

지수는 회사에서 나오는 길에 두 사람을 발견한 듯, 슬희에게 다가왔다.

슬희의 손목을 잡고 있던 민석의 손에서 힘이 빠졌다.

슬희는 그 틈을 놓치지 않고 얼른 손을 빼냈다.

"팀장님."

"곤란한 거야? 헌팅 당했어?"

지수가 민석을 노려보며 물었다.

민석은 아무 짓도 안 했다는 듯 슬그머니 자리를 피했다.

도망치듯 사라지는 민석의 뒷모습을, 슬희는 노려봤다.

두 번 다시는 이런 일을 겪고 싶지 않다.

좋았던 추억마저도 형편없는 색깔로 물드는 것 같다.

"전 남친이에요."

"아, 그래? 왜 찾아왔대? 여자가 궁하대?"

"그런가 봐요."

슬희는 한숨을 내쉬었다.

"우현 씨가 한번 내려가 보라고 해서 내려와 봤어."

"아, 그랬구나. 우현 씨한테 고맙네요."

"차라리 우현 씨한테 애인인 척해 달라고 하지 그랬어? 그래도 뺴도 얼굴 하나는 끝내줘서, 저런 남자는 명함도 못 내밀었을 텐데. 아, 전 남친한테 저런 남자라고 해서 미안해."

"아니에요. 저도 지금 그 생각을 하던 참이었으니까."

*　　*　　*

모멸감과 부끄러움이 민석을 채웠다.

하지만 그보다는 슬희를 향한 간절함이 더 컸다.

슬희는 매력적인 여자였다.

복학 후 신입생 환영회에서 처음 본 슬희는 그 많은 사람 사이에서도 빛이 났다.

슬희에게 관심을 갖는 남자들은 많았다.

그중 많은 남자가 슬희에게 고백까지 했다는 것도 알고 있었다.

슬희에게 선택받은 남자가 다름 아닌 자신이란 생각에 우쭐했던 적도 있었다.

슬희의 집안 사정을 알게 되기까지는 그랬다.

'그때 포기하지 말 걸 그랬어.'

슬희와 이별한 후, 곧장 소개팅을 받아서 여자를 만났다.

이 여자, 저 여자 만나는 내내 슬희에 대한 감정은 사라졌고, 슬희에 대해서도 깨끗이 잊었다.

이번에 만난 여자는 2년 전부터 사귀기 시작했는데 집안도 괜찮고, 직업도 괜찮아서 결혼해도 무리가 없겠다 싶었다.

얼마 전에 프러포즈를 했고, 양가 허락도 받아 결혼을 준비하는 중이었는데, 거리에서 슬희를 마주쳤다.

슬희는 자신을 보지 못한 것 같지만, 민석은 똑똑히 보았다.

슬희는 굉장히 잘생긴 남자와 함께 걷고 있었고, 그걸 보는 순간 알 수 없는 감정이 들었다.

슬희는 내 것이다.

헤어지긴 했어도 슬희는 날 그리워하고, 다른 남자를 만나서는 안 된다.

나만의 여자여야만 한다.

그런 생각이 들었다.

슬희가 다른 남자와 사귀는 경우의 수는 생각해 본 적이 없었다.

슬희의 집안 사정은 말 그대로 형편없었고, 슬희도 그런 자신이 연애를 하기엔 부족하다는 걸 깨달았을 테니 연애 따위 하지 않을 줄 알았다.

슬희가 아무리 예뻐도, 그녀의 집안 사정이 해결되지 않는 한 나보다 나은 남자는 결코 만날 수 없을 것이다.

민석 자신이 슬희의 마지막 남자일 거라고 확신했기에, 자신은 더 빨리 슬희를 잊을 수 있었던 것 같다.

하지만 슬희가 자신과는 비교할 수 없을 만큼 잘생긴 남자와 함께 있는 걸 보았을 때, 후회를 했다.

그때 포기하는 게 아니었는데.

슬희는 정말 예쁘고 괜찮은 여자인데.

지금 나는 슬희를 놓치고 싶지 않았다.

그녀의 마음을 다시 내게로 돌리고 싶었다.

민석은 휴대폰을 꺼냈다.

휴대폰에는 주위에 물어봐서 알게 된 슬희의 휴대폰 번호가 저장되어 있었다.

'포기 안 해, 슬희야. 우린 다시 예전으로 돌아갈 수 있을 거야.'

＊　　＊　　＊

[우리, 다시 잘해 볼 수 있을 거야. 난 그때와 달라졌어.]

슬희는 휴대폰에 들어온 문자를 노려봤다.

민석이 회사에 찾아온 후로 며칠이 지났다.

민석은 그날부터 종종 슬희에게 문자를 보내곤 했다.

'내 번호는 어떻게 안 거지?'

번호를 차단하지 않은 이유는, 민석이 또 무슨 짓을 할지 알 수 없어서였다.

적어도 민석이 무슨 생각을 하는지는 파악해 두는 게 좋을 것 같았다.

'만약 우리 부모님이라도 만나러 오는 날에는 진짜 큰일이야.'

정우에게는 사정을 설명해 뒀다.

정우는 길길이 뛰며, "뭐 그런 놈이 다 있어? 걱정 마, 누나. 절대 우리 집에 못 들어오게 할게!"라고 말했다.

그래도 안심이 되지 않았다.

안 그래도 바쁜 나날이었다.

슬희는 한 번도 해 본 적 없는 매니저 일에 대해 공부하느라 정신 없었다.

홍보팀에서는 드디어 주연 배우 교체를 알리며, 조승훈이 새 드라마의 주연 배우가 됐음을 대대적으로 홍보했다.

은둔해 있던 대배우의 귀환에, 인터넷은 순식간에 불타올랐다.

그와 함께 최영빈 일진설 기사는 금방 잊혔다.

연예면은 온통 조승훈으로 도배되었고, 각종 커뮤니티에는 조승훈 근황, 조승훈 작품 등 조승훈에 대한 이야기들이 잔뜩 채워졌다.

그동안 슬희는 매니저 교육을 받으며 운전면허도 따러 다니는 중이었다.

평생 차 살 일은 없을 것 같아서 면허를 따지 않았는데, 매니저 일을 하려면 필요할 것 같았다.

"내일부터 조승훈 씨 매니저를 하러 나가야 하는데, 아직 면허를 못 따서 큰일이야. 교육이 다음 주에나 끝날 텐데, 운전은 어쩌지?"

저녁을 먹고 방에 들어온 슬희는 침대에 누워 창현과 통화 중이었다.

그동안 창현은 회사 문제로 바빠서 따로 얼굴을 보기 힘들었다.

몇 번 같이 점심을 먹은 적은 있지만, 저녁에는 만나지 못했다.

슬희는 창현이 무척 보고 싶었다.

[괜찮아. 형이 할 거야.]

"내가 매니저인데 너무 편하게 차를 얻어 타도 될까?"

[그럼 조금 불편한 마음으로 있어 보면 어때?]

슬희가 웃음을 터뜨렸다.

"이야, 우리 창현이가 그런 농담도 할 줄 알게 됐네."

[나도 이 정도 농담쯤은 해. 대체 날 뭐로 생각하는 거야?]

아주 오랜만에 생각했다.

나는 아직도 널 윤해성이라고 생각하나 봐.

내가 가르쳐 주지 않으면 말 한마디 못 건네던, 그 어린 소년으로 생각하고 있나 봐.

"뭐로 생각하긴. 세상에서 제일 잘생긴 남자라고 생각하지."

[그거 영광이네.]

"촬영 스케줄 받았는데, 배우는 진짜 바쁘더라."

[응. 촬영 끝날 때까지는 정신없겠지. 중간중간 인터뷰도 나가야 해서 더 정신이 없을 거야.]

"지방 로케도 있던데. 방은 어떤 식으로 잡아?"

[네 방은 승훈이 형이 예약해 줄 거야. 좋은 방으로 예약해 주겠대.]

"아니, 아니. 그렇게 좋은 방 아니어도 되는데."

[승훈이 형, 돈 많아. 그 돈 좀 펑펑 쓰고 와. 돈 없어야 그 형도 일할 생각이 들 테니까.]

"과연 내가 그런 생각이 들게 할 만큼 돈을 쓸 수 있을까?"

[노력해 봐. 우리 회사를 위해 최선을 다해서 그 형의 돈을 탕진해 줘.]

"아하하하. 그런데 조승훈 씨가 날 위해서 그렇게 돈을 쓸 리가 없잖아. 그냥 매니저인데."

[그렇게 쓸 거야. 넌 매니저이기 전에 내 연인이니까.]

창현의 말에 지난번 우현과 나눴던 대화가 떠올랐다.

승훈은 최선을 다해 슬희를 '내 사람'처럼 보이게 만들 거라고 했다.

"창현아, 그거 알아?"

[뭐?]

"널 좋아하고 네 생각을 하는 사람들이, 생각보다 많다는 거."

[그래? 난 너만 있으면 되는데.]

슬희는 미소 지었다.

"응, 그 말은 참 달콤한데. 그래도. 네 곁에 좋은 사람들 참 많아. 너도 그걸 알았으면 좋겠다."

*　　　*　　　*

창현은 전화를 끊고 나서 생각에 잠겼다.

'내 주위에 그렇게 좋은 사람이 많나?'

한 번도 그런 생각을 해 본 적이 없었다.

창현은 항상 자신을 싫어하는 사람들에게 둘러싸여 있었다.

어디를 가도 창현을 비난하는 사람들뿐이었다.

'뭐, 그럴지도 모르겠군.'

하지만 최근에 와서는 그 생각이 바뀌고 있었다.

어려움에 빠지자 생각보다 많은 사람이 손을 내밀어 주었다.

그 사람들을 오롯이 받아들일 수 없는 건, 그저 내 문제일 뿐이다.

'내가 살인자의 자식이라는 걸 알고 나서도, 날 도와줄 생각이 들지는 모르겠지만.'

　　　　　　　*　　　*　　　*

　슬희는 이른 아침에 일어나 승훈의 집으로 갈 채비를 했다. 긴장을 하지 않을 수 없었다.

　오늘은 매니저로서의 첫날이다.

　거기다가 슬희에게는 백상희, 최영빈과 처음 만난 날의 기억이 남아 있었다.

　그들은 TV에서와는 무척이나 다른 모습을 보였다.

　승훈은 창현도, 우현도 신뢰하는 사람이니 좋은 사람이겠지만, 혹시나 하는 걱정을 거둘 수가 없었다.

　'실제 성격이 너무 괴짜거나, 그렇진 않겠지?'

　조승훈이 활동을 할 때 머무는 저택은 서울 외곽에 있어서, 교통편이 안 좋았다.

　몇 번이나 전철을 갈아타고, 버스로 환승 하면서 앞으로의 출근이 걱정됐다.

　'매일 아침 이렇게 출근을 해야 하는 거네? 출근 시간도 평소보다 빠른데. 면허 딴다고 해도 내가 당장 차를 살 수 있는 것도 아니고. 큰일이야.'

　어렵게 조승훈의 저택 앞에 도착한 슬희는, 앞으로의 출근 걱정에 한숨을 내쉬었다.

　초인종을 누르자 인터폰으로 승훈의 음성이 들려왔다.

　[네.]

　"안녕하세요. 오늘부터 매니저를 하게 된 이슬희입니다."

[아, 그래요. 기다려요.]

삑 —

소리와 함께 대문이 열렸다.

슬희는 안으로 들어갔다.

들어가자마자 보이는 마당의 정경에, 슬희는 저도 모르게 감탄사를 내뱉었다.

"우와! 진짜 좋네."

넓은 마당에는 잘 꾸며진 정원이 있었고, 한쪽엔 수영장도 있었다.

수영장이 딸린 저택을 실제로 보는 날이 오다니.

이런 건 TV에서나 볼 수 있는 집인 줄 알았는데.

현관문이 열리고 승훈이 나왔다.

승훈은 아직 준비를 덜 끝낸 듯, 트레이닝복 차림이었다.

"오는 데 힘들었죠? 여기가 좀 외곽에 있어서."

"네. 그런데 이 마당을 보니까 힘든 게 싹 사라져요. 전 이런 집처음 봐요."

"이런 집, 좋아해요?"

"어유. 이런 집 안 좋아하는 사람도 있을까요?"

"그럼 창현이한테 사 달라고 해요."

승훈의 말에 슬희가 웃음을 터뜨렸다.

"안 그래도 사 주겠다고 하더라고요."

"거절했어요?"

"당연하죠. 누가 집을 선물로 받겠어요?"

"받는 사람도 있는데. 받지 그랬어요."

승훈이 걸음을 옮겼다.

"들어와요. 아침 안 먹었죠? 준비하는 동안 아침 좀 먹고 있어요."

"네, 승훈 님."

"아, 그냥 오빠라고 불러요. 앞으로 쭉 같이 일할 텐데 좀 편하게 부르는 게 좋잖아요."

"그럼 오빠도 말씀 편하게 하세요."

승훈이 눈을 가늘게 접으며 고개를 끄덕였다.

"언제 그 말 하나 했네."

승훈의 눈웃음을 바로 앞에서 목격하고 나니, 우현이 왜 그렇게 슬희의 마음이 변할까 걱정을 했는지 이해할 수 있었다.

'우와, 뭐 이렇게 예쁘게 웃지? 심장에 무리가 오겠어.'

슬희는 두근거리는 마음을 갈무리하며 승훈을 따라 안으로 들어갔다.

집안도 마당처럼 좋은 가구들로 잘 꾸며져 있었다.

인테리어 잡지에서 종종 보았던 광경이다.

"저기 부엌인데."

승훈이 왼쪽을 가리켰다.

"간단하게 아침 차려 놓긴 했는데, 냉장고에 반찬 더 있으니까 꺼내 먹고 싶은 거 있으면 편하게 꺼내서 먹어. 같이 먹으면 좋겠는데, 아까 운동하고 들어와서 너무 배가 고파서 먼저 먹었어."

"우와, 정말 감사해요."

"응. 난 준비 좀 하고 나올게."

"네."

슬희는 주방으로 향했다.

승훈의 말대로 식탁 위에는 간단한 아침이 차려져 있었다.

계란 프라이와 아직 김이 오르고 있는 흰쌀밥, 멸치볶음과 몇 가지 나물.

'나 먹으라고 일부러 준비해 준 건가?'

이런 배려를 받을 줄은 상상도 못 했다.

슬희는 감사한 마음으로 아침을 먹었다. 이른 아침 일찍 나온 터라 무언갈 먹고 나올 생각도 못 해 배가 고프던 차였다.

준비를 끝내고 나온 승훈은 청바지에 검은 티셔츠를 입고 있었다.

"아냐. 내가 등장할 때마다 일부러 일어날 것 없어. 그냥 편한 동네 오빠 정도로 생각해."

자리에서 일어나려는 슬희에게, 승훈이 말했다.

대단하고 귀하신 조승훈 님을 어찌 동네 오빠라고 생각할 수 있을까?

아직도 눈앞에 승훈의 실물이 있다는 게 현실처럼 느껴지지 않는데.

"그동안 잘 지냈어? 거의 일주일만이지?"

"네, 잘 지냈어요. 오빠 매니저 하게 됐다니까, 친구들이 축하 파티를 열어 줬어요. 애들이 완전 부러워하더라고요."

신나서 말하는 슬희를, 승훈은 귀엽다는 듯 응시했다.

"그런 자리가 있었으면 날 불렀어야지. 내가 주인공이 되어야 하는 자리 아냐?"

"에이, 오빠를 어떻게 불러요. 바쁘신데."

"그런 자리에도 못 갈 정도로 바쁘진 않아. 나중에 친구들이랑 또 파티 열면 불러."

"정말 그래도 돼요? 그렇게 말씀하시면, 저 진짜로 부를지도 몰라요."

"그래도 돼, 그래도 돼. 동네 오빠잖아."

"아뇨, 동네 오빠라고 하기엔 너무 귀하신 분인데."

"하하하하."

슬희의 표현에 승훈이 유쾌하게 웃었다.

"그래, 뭐. 귀하신 몸으로 생각해 준다는데 그걸 거부할 필요는 없겠지. 자, 이거."

승훈이 들고 있던 휴대폰을 내밀었다.

"이건 매니저용으로 만들어 둔 번호야. 나에 관련된 것들은 전부 이 번호로 연락이 올 거야."

"네."

"앞으로 내 스케줄 관리는 네가 할 몫이야. 지금 내 일정은 딱 드라마 촬영 일정밖에 없어. 잡지든, 신문이든, 예능이든, 모든 일정은 너한테 관리를 맡길 거야."

승훈의 말에 어깨가 무거워졌다.

"난 이미 유명하지만, 훨씬 더 유명하게 만들어 봐. 사람들이 이번 드라마를 볼 수밖에 없도록. 기획홍보팀에 있었으니, 실력을 한번 보겠어."

그 기획홍보팀에서 일한 지도 얼마 되지 않았다는 말은 하지 않았다.

우는소리를 할 겨를은 없었다.

이번 드라마의 성공에는 두엔, 아니, 창현의 미래가 걸려 있다.

우현은 두엔을 넘겨받는 게, 창현의 날개를 펼 기회라고 했다.

지금껏 창현은 날개를 펴지 못했다.

날개가 부러진 새처럼 움츠리고 지내야만 했다.

슬희는 창현이 날개를 펴는 데에, 미약하게나마 도움이 되고 싶었다.

"열심히 할게요, 오빠. 제가 할 수 있는 모든 걸 걸고서요."

"아니, 아니. 그렇게까지 걸 건 없는데."

"아뇨, 그럴 거예요. 이번 드라마, 반드시 성공시킬 거예요."

각오를 다지는 슬희를, 승훈은 즐거운 듯 지켜봤다.

*　　*　　*

첫 일정은 드라마 리딩이었다.

이미 끝난 일이지만, 주연 배우가 승훈으로 교체되면서 드라마 각본도 조금 바뀐 듯했다.

배우들이 모두 모여서 리딩을 하는 건데, 시간이 꽤 걸릴 거라고 했다.

"집에 가 있다가 적당한 시간에 돌아와도 되고, 아니면 커피숍에 가 있다가 와도 돼. 이건 차 키야. 시동 거는 법은 알지?"

"네."

"에어컨 켜 놓고 있어. 더우니까."

"네. 오빠, 잘하고 오세요."

"미인이 응원해 주는데 당연히 잘해야지."

승훈이 건물로 들어간 후, 슬희는 어떻게 할까 하다가 커피숍으로 향했다.

커피숍에 있는 동안, 승훈에게 받은 휴대폰으로 계속 연락이 들어왔다.

기자나 피디에서 걸려 오는 전화였다.

제안을 받을 때마다 슬희는 다시 연락 준다고 한 후, 연락 온 곳의 정보를 찾아봤다.

괜찮을 것 같은 업체만 선정해 스케줄을 몇 개 잡아 두는 동안, 시간이 빠르게 흘러갔다.

'이쯤이면 리딩 끝나지 않을까?'

해가 길어져서 밖은 밝았지만, 직장인들은 슬슬 퇴근 준비를 할 시간이었다.

슬희도 수첩을 들고 커피숍에서 나와 주차장에 세워 둔 차로 향했다.

차에 들어가 시동을 걸고 창문을 내린 후, 다시 시동을 껐다.

창문으로 후텁지근한 바람이 불어왔다.

간간이 들리는 매미 소리도 시끄러웠다.

'벌써 매미 우는 철이 됐구나.'

슬희가 매미 소리를 들으며 앉아 있을 때였다.

"누나."

창문 너머에서 우현의 목소리가 들려왔다.

깜짝 놀라 고개를 돌렸다.

"우현 씨?"

"오늘 승훈이 형 대본 리딩 날이라면서요? 심심할 것 같아서 찾아왔어요. 나 좀 들어가도 돼요?"

"네, 괜찮아요."

"창문은 올려 두는 게 좋아요. 괜히 기자들한테 사진 찍혀요."

"아, 그렇구나."

슬희는 다시 창문을 올리고 에어컨을 켠 다음, 우현이 앉아 있는 뒷좌석으로 자리를 옮겼다.

"매니저는 기다림의 연속인 것 같아요. 이렇게 앉아 있을 수 있는 날엔 괜찮지만, 서서 기다려야 하는 날에는 힘들걸요. 신발은 편한 것만 신으세요."

"좋은 정보 고마워요. 우현 씨는 매니저 일에 대해 잘 아네요. 매니저 일을 해 본 적이 있어요?"

"아뇨. 알고 지내는 연예인들이 꽤 있어서요."

"아아."

그러고 보니, 우현은 아이돌과 사귄 적이 있다고 들었었다.

"매미가 엄청 시끄럽네요. 창문 올렸는데도 들리다니."

우현이 말했다.

"그러니까요. 건물 많은 지역에선 안 들리는데, 여긴 진짜 시끄럽네요."

"그거 알아요? 매미는 맴맴거릴 때, 자기 귀를 막고 있어서 자기 울음소리를 안 들을 수 있대요."

"헐. 완전 이기적이네."

"그쵸? 진짜 이기적이야. 걔들도 자기 소리 좀 들어야 하는데. 그럼 미안해서 저렇게 안 울 텐데."

우현이 고개까지 절레절레 저으면서 말하는 게 재미있었다.

이제 슬희는 우현과 함께 하는 시간이 그렇게까지 불편하지 않았다.

그 후로도 우현은 매니저의 고충에 대해 이것저것 알려 주었다.

슬희에게는 아주 고마운 정보였다.

"그런데요, 누나."

우현이 갑자기 목소리를 낮췄다.

슬희는 우현이 심각한 질문을 하리라는 걸 깨닫고, 마음의 준비를 했다.

역시나 우현은, 슬희가 가장 묻지 않았으면 하는 질문을 던졌다.

"저번에 그 남자, 누구예요? 회사 앞으로 찾아왔던 남자."

언젠가는 우현이 이 질문을 할 줄 알았다.

슬희는 망설였다.

어째야 할까.

'정 팀장님한테도 말했으니, 상관없겠지.'

슬희는 솔직하게 말하기로 했다.

"전 남자 친구예요. 3년 전에 헤어진."

"왜 찾아왔대요? 다시 사귀재요?"

"네, 그러자고 하네요."

"이제 와서?"

"그러니까요. 이제 와서 다시 사귀자니. 진짜 말도 안 되죠."

슬희는 고개를 저었다.

"싫어요, 진짜. 끔찍해."

한번 말을 시작하자, 멈출 수가 없었다.

민석이 찾아왔던 일에 대해서는 주희나 연우에게도 말하지 못했다.

정우에게도 그저 '전 남친이 와서 다시 사귀재. 곤란하니까 집에 들이지 말아 줘.' 정도로만 말했을 뿐이다.

슬희는 그동안 누군가에게 이 끔찍한 감정을 털어놓고 싶었던 모양이다.

"오랫동안 사귄 남자였어요. 어릴 때라서 다른 거 생각 안 하고 사귈 수 있었죠. 하지만 나이가 들면서 고민했어요. 집안 사정을 말해야 하나, 말아야 하나. 프러포즈를 받던 날 솔직하게 털어놨죠."

슬희는 민석과의 이별에 대해 이야기했다.

헤어진 후, 얼마나 힘들었는지도.

꽤 긴 이야기였는데도 우현은 말없이 들어 주었다.

"난 이제 괜찮아졌어요. 그 사람은 생각나지도 않았고, 결혼 생각은 하지도 않고. 그냥 창현이랑 잘 지내고 있는데, 왜 갑자기 나타나서 저러는 건지 모르겠어."

고개를 숙인 슬희를, 우현은 가만히 응시하다가 물었다.

"이런 얘기, 창현이 형한테도 한 적 있어요?"

슬희는 고개를 저었다.

"아뇨. 어떻게 해요, 이런 얘기. 창현이는 지금도 이것저것 걱정할 거리가 많고, 할 일도 많은데. 괜히 이런 얘기해서 창현이를 불편하게 하고 싶진 않아요."

"흐음."

우현이 미간을 좁혔다.

잠시 고민하던 우현이 입을 열었다.

"누나, 그거 알아요? 누나랑 형은 이쪽에서 보면 누구보다도 긴밀하게 보이는데, 저쪽에서 보면 누구보다도 서로의 사이에 벽을 치고 있는 것처럼 보이는 거."

무슨 말인가 싶어 고개를 들었다.

우현의 걱정스러우면서도 슬픈 눈동자가 가까운 곳에 있었다.

"서로 굉장히 아끼는데, 벽을 치고 있는 것 같아요. 두 사람은."

"아니에요, 이건……."

"아뇨, 맞아요. 정작 중요한 얘기는, 서로한테 안 하는 것 같아."

우현의 말이 옳았다.

슬희는 자신이 '윤해성'을 안다는 것조차 창현에게 말하지 못했다.

그 비밀이 존재하는 한, 슬희와 창현 사이에는 높은 벽이 있을 수밖에 없었다.

우현의 예리함에 당혹스러움을 느끼기도 전에, 우현이 덧붙였다.

"그러지 말아요. 서로에게 솔직해져요. 안 그러면 내가 자꾸 둘 사이에 끼어들고 싶어지잖아요."

　　　　　　　*　　　*　　　*

　리딩을 끝내고 주차장으로 내려오던 승훈은, 차에서 내리는 우현을 보고는 자신도 모르게 몸을 숨겼다.

　'우현이가 왜……?'

　차에서 내린 우현은 심각한 표정이었다.

　어릴 때부터 우현을 봐 왔고, 명현과 연을 끊고 나서도 우현은 종종 만났지만 저런 표정의 우현을 보는 건 처음이었다.

　우현이 사랑에 빠졌다는 소문은 들었다.

　그 이름이 이슬희라는 것도, 사실은 알고 있었다.

　지난번 회사에서 봤을 땐, '귀엽군. 형의 애인을 좋아하게 된 건가?' 정도의 생각만 들었다.

　하지만 지금.

　멀리서 보는 데도 우현은 '사랑에 깊이 빠진 남자'의 얼굴을 하고 있었다.

　'이거 위험한데? 형의 연인과 밀회라니.'

　밀회라고밖에 표현할 말이 없었다.

　우현이 승훈을 만나러 온 건 아닐 것이다.

　'흐음. 그렇게 보이지는 않았는데, 이슬희. 상당히 맹랑한 아가씨일지도 모르겠어.'

　　　　　　　*　　　*　　　*

"오셨어요?"

슬희는 아무 일도 없었다는 듯이 승훈을 맞이했다.

"정말 고생하셨어요. 그런데 스케줄이 하나 더 생겼어요."

"뭔데?"

"여성 잡지 화보 촬영이요. 보니까 꽤 유명한 잡지인 데다가 홍보 효과도 좋겠더라고요. 화보를 싣고 간단하게 근황에 대한 인터뷰를 하고 싶다는데, 가능하시겠어요?"

"지금 찍을 거래?"

"대본 리딩 때문에 늦을지도 모른다고 했는데, 언제든 기다리겠다고 했어요. 만약 오빠 체력만 괜찮으시면 미팅 잡을게요."

승훈이 웃었다.

"내가 체력 걱정을 받아야 할 만큼 늙었나?"

"에이, 오랜만에 일하시는 거라 힘드실까 봐 그렇죠."

편하게 대하라고 했지만, 슬희는 호칭만 오빠라고 바꿨을 뿐, 극존대를 사용하는 건 바꾸지 않았다.

물론 하루 만에 바꾸기 힘들지도 모르지만, 승훈은 지금껏 몇 분만에도 태도를 바꾸는 여자들을 많이 봐 왔다.

그런 면에서 슬희는 승훈과 적당한 거리를 유지하려는 것처럼 보였다.

승훈이 운전하는 동안, 슬희는 묵묵히 차창 밖을 응시하고 있었다.

대본 리딩을 하러 올 때 쉴 새 없이 떠들어 댔던 것과 다르게 말 없는 모습이, 깊은 고민이라도 하는 것 같았다.

'설마 민우현 생각이라도 하는 건가? 설마 이 아가씨, 우현이랑 창현이 사이에서 어떤 남자가 더 나을지 가늠해 보는 중인 건 아니겠지?'

승훈은 그런 게 아니기를 바랐다.

만약 둘 중 하나를 고르라면, 여자들은 대부분 우현을 고를 것이다.

우현은 민 회장의 진짜 아들인 데다가 성격도 밝고 싹싹하니까.

'이슬희는 창현이에 대해 어디까지 알고 있는 거지? 창현이는 이슬희한테 가정사에 대해 이야기는 했나?'

알 수가 없지만, 그렇다고 그에 대한 질문을 할 수도 없었다.

"무슨 생각해?"

그래서 돌려 물었더니, 슬희가 엉뚱한 대답을 내놓았다.

"매미 말이에요."

생각지도 못한 말에, 승훈은 자기가 잘못 들은 줄 알았다.

"어? 누구?"

"매미요. 맴맴 우는 매미."

"아……."

제대로 들은 게 맞나 보다.

"여름에 진짜 시끄럽잖아요. 아까 오빠 기다릴 때, 그 근처에 매미 진짜 시끄럽더라고요."

그러고 보니, 대본 리딩을 하는 내내 매미 소리를 들었던 것 같다.

"우현 씨가 그러는데…… 아, 맞다. 아까 잠깐 우현 씨 찾아왔었어요."

슬희는 아무렇지도 않게 우현에 대한 이야기를 꺼냈다.

그래서 승훈은 조금 안심했다.

우현과 비밀스러운 관계였다면, 승훈에게 이렇게 쉽게 우현을 이야기하지 않았을 것이다.

"아무튼 우현 씨가 그러는데, 매미는 맴맴거릴 때 자기 소리를 못 듣는 대요. 자기는 귀를 막고 운다고 하더라고요."

"아, 그래?"

"네. 진짜 못되지 않았어요? 진상이 따로 없다 싶어서요. 그 생각을 좀 하고 있었어요."

"그게 그렇게 심각하게 생각할 일이야?"

"심각한 문제죠. 전 지금까지 매미가 7년간 잘 인내하고 살아왔다가 자기 소리를 제대로 들으면서 그렇게 시끄럽게 존재감을 드러내는 건 줄 알았거든요. 그런데 자기 귀는 막고서 그러는 거였다니. 배신이야."

진심이 가득 담긴 슬희의 말투에, 승훈은 그만 웃음을 터뜨리고 말았다.

"오빠 생각은 달라요?"

"아니, 그냥. 내가 걱정할 일은 없겠구나, 싶어서."

"뭘 걱정하셨는데요?"

"글쎄. 뭐일 것 같아?"

슬희가 승훈을 돌아보는 시선이 느껴졌다.

"아, 지금 제가 좀 맹해 보인다고 생각하신 거 아니에요? 그런 거라면 너무 빨리 판단을 내리신 거예요. 저, 아까 우현 씨한테 매니저에 대해 이것저것 들은 게 있거든요. 아주 똑 부러지게 해낼 자신이 있습니다."

"그래? 어떻게 하라고 들었는데?"

"빡씨게 하라고요."

"하하하하하."

"아, 왜 웃으세요? 진심인데."

"아니, 굳이 그렇게 빡씨게 할 필요는 없는데."

"아뇨. 그게 우리 두엔에 도움이 된다면, 전 아주 빡씨게 할 예정입니다. 그러니까 오빠. 긴장하세요. 아주 빡씨게 굴릴 거니까."

슬희가 다짐에, 승훈은 웃음을 참으려고 애쓰며 말했다.

"이거 진짜 긴장되네. 그럼 우리 어느 쪽이 더 빡씨게 구르게 되는지, 내기할까?"

* * *

두엔 대표인 창현을 보좌하는 일 외에 태윤에게는 비서로서 회사에서 처리해야 할 업무가 있어야만 했다.

각 부서의 보고는 태윤을 통해 창현에게 전달되었기 때문이다.

하지만 오늘은 태윤에게 넘어오는 보고가 하나도 없었다.

태윤은 아무 일도 하지 않은 채, 조용한 비서실에 혼자 앉아 길고 긴 시간을 보내야만 했다.

'어떻게 된 거지?'

답은 금방 나왔다.

창현이 태윤을 거치지 말고 자신에게 바로 보고를 하라고 지시를 내려 둔 것이다.

'정말로 날 고립시키려는 거야? 그럴 거면 그냥 잘라 버리지? 아니, 내가 무슨 짓을 할지 모르니, 바로 자르지는 못하는 건가?'

모멸감에 손가락 끝이 떨렸다.

태윤을 악을 쓰고 싶은 걸 간신히 참았다.

'내가 뭘 그렇게 잘못했는데? 내 잘못이라면 널 사랑한 것밖에 없는데! 왜 지금 벌어지는 일이 내가 한 짓이라고 확신을 하는 거야? 나한테 제대로 물어보고, 날 믿어 줄 수는 없는 거야?'

자신이 한 짓이면서도, 태윤은 그렇게 생각하지 않았다.

모든 것은 애리가 한 짓이지, 자기가 한 짓이란 생각이 들진 않았다.

게다가 슬희만 없었다면, 슬희가 있더라도 창현이 그렇게 티 내면서 슬희를 좋아하지 않았더라면, 이런 사태까진 벌어지지 않았을 것이다.

태윤은 그렇게 지금 벌어진 모든 일의 책임을 타인에게 전가했다.

퇴근할 시간이 한참 지났다.

마음 같아서는, 아까 창현이 자신을 혼자 남겨 두고 나갈 때 집에 돌아가고 싶었다.

창현이 없는 회사에 있을 마음은 조금도 없었다.

하지만 태윤은 버티고 있었다.

고집 때문이었다.

민창현. 네가 무슨 짓을 하든, 날 어떻게 대하든, 난 여기에 있을 거야. 널 기다릴 거야. 네가 언제 돌아오든, 나는 여기에서 널 맞이할 거야.

그러한 고집.

자신의 마음을 억지로라도 창현에게 보여 주기 위함이었다.

오늘 창현이 돌아오지 않는다면, 밤을 새워서라도 그를 기다릴 계획이었다.

한 통의 전화가 걸려 오지만 않았더라도, 태윤은 그렇게 했을 것이다.

상대는 '팩스로 넣어 드릴까요?'라고 물었지만, 태윤이 직접 만나자고 했다.

혹시 모를 증거를 남기고 싶지 않았기 때문이다.

회사에서 멀리 떨어진 곳에 있는 커피숍에서 만나 서류를 전달받았다.

상대는 서류를 전달하고 나서 나머지 금액을 입금받은 후 곧장 자리를 떠났다.

그가 떠난 후에, 태윤은 서류 봉투 안에서 서류를 꺼냈다.

그리 두툼한 서류는 아니었다.

하지만.

"하?"

서류 내용을 확인하는 순간, 코웃음이 나왔다.

"이게 뭐야? 이런 거였어?"

슬희에 대한 뒷조사를 맡겼다.

슬희와 창현의 과거에 어떤 관계가 있는지, 슬희는 어떤 여자인지, 그전의 남자관계는 어땠는지 알고 싶었다.

가장 알고 싶었던 슬희와 창현의 과거에 대한 정보는 없었다.

아무리 봐도 처음 만난 사이처럼 보이지는 않았지만, 정말 이번에 회사에서 처음 만난 게 맞긴 한가 보다.

문제는 슬희의 집안과 슬희의 과거였다.

'이런 거지 같은 집에 살면서……'

지어진 지 오래된, 재개발을 해야 하지 않나 싶을 정도의 빌라에서 네 가족이 함께 살고 있었다.

'빚은 또 얼마고. 미친 거 아냐? 대체 어떻게 살아야 이렇게 구질구질해지지?'

슬희의 부모도, 슬희와 동생도 전부 일을 하는데, 빚을 갚지 못하는 상황이었다.

심지어 슬희와 동생은 투잡을 하고, 슬희의 아버지는 회사가 끝나고 돌아와 대리운전까지 했다.

전 애인과 헤어진 이유가 전 애인에게 돈을 뜯어내려고 했다는 증언도 있었다.

'이거 완전 창현이 만나서 한몫 잡아 보려는 거 아냐? 창현이 만나면 자기가 신데렐라라도 될 줄 아는가 보지?'

그렇게밖에 생각이 안 됐다.

슬희가 첫 면접 때 돈 타령을 하던 것도 이해가 됐다.

이런 집구석에서 태어나 살아왔으니, 돈에 집착하는 것도 당연했다.

아마 창현을 유혹한 것도 창현 그 자체보다는 그의 재력에 눈이 멀어서일 것이다.

'창현이는 그것도 모르겠지.'

창현은 인간관계에 면역이 없었다.

적어도 태윤이 보아 온 창현은 그랬다.

'창현이는 여자를 만나는 게 처음이니까…… 나도 적극적으로 대시해 본 적이 없고. 이럴 줄 알았으면 차라리 내가 먼저 유혹할 걸.'

그 문제가 아니었지만, 태윤에게는 그 문제로 생각되었다.

내가 먼저 유혹했더라면.

내가 먼저 용기를 냈더라면.

그랬다면…… 창현은 이슬희가 아닌 나를 선택했을 텐데.

그랬을 텐데.

후회와 미련과 슬희를 향한 미움이 범벅되어, 태윤의 이성을 마비시켰다.

지금껏 원하는 것은 다 가져온 태윤에게, 갖지 못한 하나는 큰 충격이고 상처였다.

자신의 완벽한 삶을 채우기 위해서는 반드시 창현이 필요했고, 그걸 갖기 위해서라면 무슨 짓이든 할 수 있었다.

'이슬희, 넌 분수를 몰라.'

태윤은 슬희를 서류를 노려봤다.

'시궁창에서 빌어먹던 쥐는 그냥 시궁창에 있는 게 제일 잘 어울려. 괜히 고급 펫 숍으로 숨어들어 봐야, 적응하지 못하고 죽을 뿐이야.'

＊　　＊　　＊

잡지사에선 커피숍 하나를 통째로 빌려서 인터뷰를 진행했다.

고급스러운 인테리어의 커피숍의 은은한 조명 덕에, 안 그래도 잘생긴 승훈의 얼굴이 그림처럼 빛났다.

슬희는 구석에 서서 인터뷰를 구경하고 있었다.

잡지 기자는 승훈을 편하게 만들어 주기 위해 농담을 건네면서도 능숙하게 인터뷰를 진행했다.

연륜이 있어 보였는데 역시나 노련한 모습에 새삼 감탄했다.

얼마나 그러고 있었을까.

백 안에 넣어 둔 휴대폰이 진동했다.

확인했더니 창현에게 온 메시지였다.

[어디야?]

단 세 글자에 웃음이 나오게 만들 수 있는 건 창현뿐이리라.

[승훈 오빠 잡지 인터뷰 중.]

[언제 오빠 동생 하는 사이가 된 거야?]

[또 질투?]

[응, 질투. 어디서 해?]

[여기 커피숍이야.]

슬희는 장소를 알려 주었다.

그러고 얼마 지나지 않아 다시 문자가 들어왔다.

[나, 지금 근처야. 잠깐 나올래?]

[내가 자리에 없어도 되나?]

[응, 괜찮아.]

괜찮다는 말은 승훈이 해야 하는 게 아닐까 싶었지만, 슬희는 휴대폰을 백에 넣고 조용히 커피숍을 빠져나왔다.

안 그래도 촬영 전에 승훈이 힘들면 어디 나가 있어도 된다고 말한 터였다.

1층으로 내려갔더니, 커피숍 건물 입구에서 창현이 기다리고 있었다.

흔히들 잘생긴 배우가 나오는 영화를 보다가 자기 남자 친구를 보면 웬 오징어가 앉아 있나 싶다는데, 슬희는 그렇지 않았다.

대한민국에서 결혼하고 싶은 남자 1위를 놓치지 않는 승훈을 보다가 나왔는데도, 슬희의 눈엔 창현이 세상에서 제일 잘생겨 보였다.

"역시 넌 근사해."

만나자마자 칭찬을 들은 창현이 얼굴을 붉혔다.

슬희는 저 잘생긴 얼굴로 칭찬을 들을 때마다 얼굴이 빨개지는 걸 감상하는 것 역시 즐거웠다.

"여긴 어쩐 일이야? 회사 끝났어?"

"응, 오늘은."

"우리 이런 시간에 만나는 거 되게 오랜만인 것 같아."

"그러게. 부산 여행이라도 다녀왔으니 다행이지, 안 그랬으면 계속 보고 싶어서 견딜 수 없었을 거야."

"너도 내가 보고 싶기도 하고 그렇구나."

"당연하지."

"왠지 좋다. 너도 나랑 같은 생각이라는 게."

"너도, 내가 보고 싶어?"

창현이 의아한 듯 물었다.

슬희는 어이가 없었다.

"당연하지!"

"아, 그래."

창현은 잘생겼단 칭찬을 들었을 때보다 더 부끄러워하며 시선을 옆으로 돌렸다.

"왜? 내가 널 안 보고 싶어 할 줄 알았어?"

"응? 아니, 그냥. 응, 좀. 그랬어."

"왜 그렇지? 우리는 연인인데, 보고 싶은 게 당연하잖아."

"그래, 당연한 거겠지?"

창현은 미소를 지으며 슬희의 손을 잡았다.

슬며시 깍지를 끼어 오는 느낌이 좋았다.

그렇게 서로의 손을 꼭 잡고 바로 앞에 보이는 편의점으로 향했다.

"아이스크림 먹을까? 저녁은 먹었어?"

창현이 물었다.

"응, 인터뷰하러 오는 길에 간단하게 백반 먹었어. 신기하더라. 조승훈도 백반을 먹다니."

"그럼 뭘 먹는 줄 알았는데?"

"이슬?"

"……저 형도 인간이야. 밥도 먹고 화장실도 가."

"역시 그렇겠지?"

"오빠, 동생 하는 사이인데 그것도 몰랐어?"

"뭐야, 오빠라고 하는 걸 가지고 아직도 질투하는 거야?"

"응. 질투 나."

"그럼 너도 오빠라고 불러 줄까?"

슬희의 말에 창현이 우뚝 걸음을 멈췄다.

농담으로 한 말인데, 창현은 진지하게 슬희를 내려다보다가 다시 걸어가며 말했다.

"응, 한번 해 봐."

"어우 야. 우린 동갑인데 어떻게 오빠라고 부르니?"

"그래도 한번 해 봐. 들어 보고 싶어."

장난이었는데 창현이 이렇게 진지하게 반응하니, 슬희도 괜히 부끄러워졌다.

오빠라는 말 듣고 싶다면, 열 번이고 백 번이고 해 줄 수 있지만.

"왜 남자들은 오빠란 말을 좋아할까? 로망인가?"

"여자들도 누나라고 불리는 거 좋아하지 않아?"

"글쎄. 그런가?"

슬희는 고개를 갸우뚱했다.

누나라.

우현이 떠올랐다.

"응, 뭐. 누나도 나쁘지 않은 것 같네."

"흐음."

"왜 눈을 그렇게 떠?"

"너 지금 누구 생각했어?"

"어휴, 예리하긴. 네, 네. 민우현 씨 생각했습니다. 동생도 질투해요?"

"나도 널 누나라고 불러 줄까?"

"에이, 됐어. 됐어. 네가 그러는 건 좀……."

"왜? 난 별로야?"

"아니, 별로라기보단……."

슬희는 창현을 올려다봤다.

창현이 날 누나라고 부른다니.

'괜찮을 것 같네. 창현이한테 누나라고 불리는 것도.'

슬희는 빙긋 웃었다.

"그래, 누나라고 한번 해 봐."

"누나."

창현은 망설이지 않고 불렀다.

"아, 뭐야. 재미없게. 좀 튕기기도 하고, 그러다가 불러 줘야 재미있지."

"알겠어. 그럼 지금부터 좀 튕길게. 누나라고 안 할래."

"응."

"누나."

"……그게 튕긴 거니?"

"더 이상 어떻게 튕겨? 경기장 밖까지 튕겨서 날아가길 바라는 거야?"

창현이 어이없다는 듯 물었다.

"알겠어, 오빠. 오빠 말이 다 맞아."

슬희가 기습적으로 오빠라고 말하자, 창현의 눈이 커졌다.

깜짝 놀란 듯 슬희를 내려다보던 창현이 곧 미소를 지었다.

"오빠라고 불리는 것도 나쁘지 않네. 하지만 난 역시 이름을 불러 주는 게 더 좋다."

"그래? 나도 그런데. 우리 같은 생각 하고 있네."

"응, 통했네."

편의점 알바생은, 아이스크림 냉장고 앞에서 끝나지 않을 닭살을 떨어 대는 두 사람을 지그시 노려봤다.

'저 사람들은 대체 왜 여기에 와서 저렇게 연애질을 해 대는 거지?'

알바생이 어떻게 생각하든, 자기들만의 세계에 빠진 슬희와 창현은 한참을 오빠와 누나에 대해 도란도란 대화를 나누다가 간신히 아이스크림을 하나씩 골랐다.

편의점 앞에 앉아 아이스크림을 먹으며 대화를 나누는 동안, 승훈의 인터뷰도 끝났다.

스태프들과 함께 커피숍에서 내려온 승훈이 맞은편 편의점에 있는 두 사람을 발견하고는 저벅저벅 걸어왔다.

"이야, 내 매니저가 날 버리고 어디 갔나 했더니, 연애하러 와 있었군."

"아, 죄송해요."

"아니, 아니. 괜찮아. 내 아이스크림은 없어?"

"이런 데서 아이스크림 드셔도 돼요? 사람들이……."

걱정을 끝내기도 전에, 근처를 지나가던 여고생 네 명이 승훈을 알아보고는 격한 환호를 하며 달려왔다.

호들갑을 떠는 여고생들에게 사인을 해 준 승훈이 말했다.

"자리 좀 옮길까?"

"형님은 집에 안 가십니까?"

"가야지. 내 매니저가 날 데려다줘야 하는데."

"어차피 형님이 운전하잖아요. 그냥 스스로 운전해서 가시죠. 일과도 끝났는데."

"이것 봐라, 슬희야. 얘가 이렇다. 나한테 드라마 출연 좀 해 달라고 부탁할 때는 내 앞에서 무릎이라도 꿇을 기세더니, 지금 말하는 거 봐. 이렇게 전후가 다른 놈이야."

"그러게요."

슬희의 대답에 창현은 충격받은 듯하더니, 결국 한숨을 푹 내쉬었다.

"가시죠. 제가 모셔다드리겠습니다."

"그래, 부탁 좀 하자. 가는 길에 슬희가 나랑 같이 사는 문제에 대해서 의논도 하고 싶고."

〈다음 권에 계속〉